U0902661

维纳斯之吻

板栗子◎著

[下册]

青岛出版社
QINGDAO PUBLISHING HOUSE

第七章　真相

厉深给它喂了一小块白煮肉，虽然没什么味道，但只要从人类碗里要来的，那就比狗粮好吃，吃到肉后的丽丽心满意足地蹲在一边。

余晚夹了几块牛肉到蘸碟里，问坐在对面的厉深：“你的新专辑什么时候发行啊？”

厉深道：“预计是7月份，现在歌已经录得差不多了，在制作后期。”

“哦，那发售的时候我去买。”

厉深抬眸看着她，朝她笑了笑：“你要是想听的话，我现在就可以唱给你听啊。”

“哇，这么好的福利吗？”

“嗯，女朋友专场。”

余晚沉默了一秒，问他：“你们当明星，是不是要专门学一门课程，叫如何撩妹啊？”

厉深低笑起来：“你这是在夸我？还是在说以前我不会撩妹？”

“嗯……”余晚想了想，“以前也不是不会，但是明显没有现在这么会啊。”

“那看来我还是有进步？”厉深拿起旁边的水杯喝了一口白水，清了清嗓子，“我给你唱歌。”

他清唱了起来，曲调是他惯有的舒缓和深情，就连在旁边吃肉的丽丽都被他的歌声吸引了。

“公园的长椅，自行车上新刷的漆，还有下个路口，睁开眼睛看见的你。”厉深的歌声渐渐停下，他看着对面的人，问她，“这是新专辑的主打歌PARK，好听吗？”

这个画面让余晚想起以前，他每次写了曲子，也总是第一个唱给她听。眼眶莫名有了些湿意，她按捺住心中的情绪，笑着对他点了点头：“嗯，很好听。”

“汪！”

丽丽的叫声吸引了两人的注意，余晚笑了一声，对厉深道：“丽丽也觉得很好听呢！”

厉深也笑了起来：“我看它是想多要一块肉。”

吃完饭，两人把桌子收拾了，厉深家里有洗碗机，也不用再费劲洗碗。把碗筷整整齐齐地码进洗碗机里，厉深呼出了一口气，道：“行了，可以不用管它了。”

“嗯。”余晚擦了擦手，问他，“要出去遛遛丽丽吗？”

厉深看了看天色，道：“等天再黑点儿我们再出去吧。对了，竹竿下个月就办婚礼了，他给我们寄了喜帖，你要看看吗？”

余晚有点儿意外：“我们？”

“嗯。”厉深笑了笑，“他说懒得分开寄了，这样正好，我们份子钱也只用给一份了。”

竹竿寄过来的邀请函放在厉深的卧室里，余晚来过厉深家几次，还是第一次进他的卧室。看得出来，他家有定期做保洁，打扫得干净整洁，以一个单身男性来说，十分不容易了——哦，他现在也不是单身男性了。

“找到了，这里。”厉深从床头柜的抽屉里拿出一张卡片，递给了余晚，“还是上次你给胡娇设计的邀请函好看些。”

余晚道：“那都是钱堆出来的啊。”她顺势坐在厉深的床上，翻开卡片看了看，“啊，原来竹竿叫吴征？”

厉深笑了一声，挨着她坐下：“你现在才知道？你之前不是还帮他联系求婚甜品台来着？”

“对哦，我当时都没给人家介绍他的名字……”不过幸好，她也没跟别人介绍说他叫竹竿，“你打算给他送多少礼金？你们关系这么好，肯定得包个大红包。”

厉深搂住她的腰，把下巴搭在了她的肩上：“你说呢？我听你的。”

余晚侧头看了他一眼：“你这是准备把财政大权交给我吗？”

“嗯……”厉深看着她的嘴唇一开一合，情不自禁地就吻了上去。这个吻不断地加深，厉深的呼吸也越来越粗重，余晚看着终于从自己唇上离开、转而吻上自己脖子的某人，轻喘着问：“想做吗？”

“嗯。”厉深收紧手臂，抬起头对上她的视线，“想得快发疯。”

和余晚分手的这几年，他没有过其他女人，他是一个正常男性，有正常的生理需求，他可以给自己洗脑说已经忘记了余晚，可他的身体还是很诚实地渴求着余晚的。特别是当他从曾经的梦里醒来，看着被单上那些乱七八糟的东西时。每当这种时候，他都恨不得一巴掌拍死自己。

他的吻再次落在余晚的唇上时，比刚才粗暴了许多。余晚被他推倒在床上，抚上了他越来越滚烫的身体。

她这几天其实一直不安，她怀疑过厉深找她复合的动机，也担忧她和厉深的这段关系究竟能维持多久。他毕竟和以前不一样了，现在的他是个大明星，他们迟早得面对他的经纪公司和粉丝。可是厉深每一次吻她，都是那么热烈和充满爱意，她的所有不安，都在他的吻里慢慢地消散。她搂住他的脖子，热情地回应着他的吻。

厉深和余晚运动了，丽丽的运动自然是泡汤了。晚上没有遛成弯，第二天天一亮，它就跑到厉深的卧室门口一顿狂叫。

余晚是被狗叫声吵醒的，丽丽的叫声极具穿透力，可以抵她十个闹钟。

厉深已经起来了，余晚的身边空出了一块，她躺在床上安静地听着丽丽乱叫，身上的酸疼感让她连手指都不想动一下。

幸好今天不用上班，余晚如是想。

浴室门轻响一声，厉深穿着睡衣从里面走了出来。看见在床上睁着眼睛的余晚，厉深愣了一下，问她："丽丽吵醒你了？"

他正在剃胡须，剃须刀嗡嗡的震动声竟然盖过了丽丽的叫声，吸引了余晚全部的注意力。

厉深好像是刚洗了澡，听见丽丽的叫声，连衣服都没有穿好，就剃着胡须出来了，余晚的目光从他大片结实的胸膛扫过，不怎么自然地别开了目光："嗯……你快去看看它，估计邻居也要有意见了。"

"嗯。"丽丽的叫声着实扰人清梦，厉深快步走过去，旋开门锁，门一开，丽丽整个身子就都扑了过来。厉深关掉手上的剃须刀，脸上没刮干净的胡子也来不及管，先把丽丽从身上弄了下来："我看你真的是要造反了，信不信我把你的毛全剃光？"他说着，还扬了扬手里的剃须刀以示威胁。

"汪！"

丽丽的爪子一下朝他的手上打过去，厉深躲开后，毫不留情地捏住了它的脸："你完蛋了，我跟你说。"

他从抽屉里把丽丽用的嘴套找出来，强行给它戴上了，整个世界一下子就清静了。丽丽叫不出来，只能用大眼睛瞪着厉深，厉深把狗链也给它戴上，牵到花园里拴上了。

忙活完，他才回到卧室继续剃胡须。余晚还躺在床上，厉深穿好衣服准备去公司了，她还是动都没动一下。

厉深笑了一声，走上去问她："昨天晚上我是不是做得太过了？"

余晚没有应声，答案似乎是显而易见的。厉深弯腰在她唇上印下一吻，贴着她的唇瓣呢喃道："你昨晚太热情了，我忍不住。冰箱里还有吃的，你再睡一会儿吧，今天在这里待一天都没关系。"

厉深这么一说，余晚才如梦初醒："你是不是马上要出门了？你的助理和经纪人要来接你吗？"

她还躺在厉深的床上啊！余晚一下子就慌了，挣扎着想爬起来，厉深按住她，安抚地揉了揉她的头："放心吧，我的助理和经纪人就算要来，也不会随便进我的卧室，她们只会在一楼活动。"

"啊，我的鞋子还在楼下！"

厉深笑道："我等会儿收到鞋柜里去。"

"还有包包也在楼下！"

"行行，我现在就去帮你拿上来。"

厉深去客厅把余晚的鞋子收到了柜子里，又把她的挎包拿上了楼。刚走进卧室，小董的声音就从楼下传了过来："深哥，我来接你了。"

余晚顿时屏住了呼吸，一双眼睛睁得圆圆地看着厉深。这个样子过于可爱，厉深被她看得一时把持不住，走过去低头吻住了她。小董没有得到回应，便往楼上走，余晚听到外面的脚步声越来越近，推了推身前的厉深，却被厉深抓住手，吻得更加深入了。

小董走到门口，便停了下来，她不敢随便进厉深的房间，抬手敲了敲门，问道："深哥，你醒了吗？"

厉深终于松开余晚，回了一句："我在换衣服，马上出来。"

"好嘞。"小董问，"那我下去做点儿早饭？"

"嗯，多做点儿。"

多做点儿？难道还要留着晚上吃？小董揉了揉鼻尖，道："好。"

脚步声又慢慢地远去了，余晚震天响的心跳却还没平复下来。她瞪着厉深，用力推了他的胸口一把，厉深站在旁边，看着她无声地笑。

厉深怎么变得这么贱了啊!

“我先下去了，你等会儿起来了，把早餐热一下。”厉深放轻声音，对余晚笑着道，“如果下午好点儿了，就去遛遛丽丽。”

“嗯……”

厉深想了想，又问：“需要我帮你带点儿什么吗?”

“不需要，谢谢。”

“那我走了。”走到门口，他又回过头来看了余晚一眼，“真的走了。”

“快走吧。”

小董听到厉深的脚步声时，探出脑袋看了一眼：“深哥，今天什么事这么高兴啊?”

厉深的脚步顿了顿：“我看上去很高兴吗?”

“对啊。”

“哦，可能是因为专辑终于要录完了开心吧。”

小董沉默了一下，继续准备早餐：“对了，我刚刚进来时，看你给丽丽戴着嘴套，它又闹了吗?”

“嗯，最近脾气是越来越大了。”厉深朝花园看了一眼，走出去道，“我去看看它。”

他安抚丽丽的时候，小董做了一桌子的早餐，完全够厉深晚上再吃一顿了。吃完早饭，她开车送厉深去公司，余晚听见他们的车子开走，才呼出了一口气。

刚刚厉深忽然凑过来亲她时，她都快吓死了，这会儿精神一放松，倦意再度冒了出来。她打了个哈欠，拉了拉被子，再次睡了过去。

这次一直睡到十一点，余晚起身泡了个澡，才慢吞吞地下楼吃午饭。丽丽还被拴在院子里，不过嘴套倒是摘了，看见余晚下楼，它便朝她叫了起来。

厉深走的时候给它准备好了水和狗粮，这会儿它的小盘子、小碗里还剩了些，余晚揉揉它的头，对它笑着道："等我吃了午饭，就带你出去散步吧。"

"汪！"丽丽摇了摇尾巴，表示同意。

余晚今天带丽丽去了丽泽公园，绕着公园转了一圈。丽丽似乎是好久没走过这么远的地方了，显得格外兴奋。

丽泽公园有树，有湖，有骑行和慢跑的路线，这个季节，扎堆结婚的新人也成了公园里一道亮丽的风景线。丽泽公园修建的时候就特意规划了一个区域专门用来举行婚礼，这里有不同风格的建筑，可以用作拍摄婚纱照的场景。竹竿的婚礼本来也想在丽泽公园办，但公园的场地半年前就被预约完了，他们不得不换了个不那么热门的地点。

余晚牵着丽丽，活动着筋骨，看着在公园里拍婚纱照的新人，笑着感叹："结婚真好啊。"

人们可能在某个行业待久了，就会对这一行失去兴趣和敬畏，但余晚每次看见结婚的新人，还是能感受到他们身上洋溢的幸福。

"汪汪！"

丽丽配合地叫了几声，余晚摸了摸它的头，问它："丽丽也想结婚了吗？"

"汪！"丽丽叫了一声，便朝前面跑了起来。余晚赶紧攥紧了手里的狗绳："丽丽别跑啊！下次不带你出来了哦！"

"汪！"丽丽在余晚的威胁下，终于放慢了脚步。

带丽丽散步回去，余晚给厉深发了一条消息，跟他报告遛狗的任务已经完成。

厉深看到后，笑着给她拨了通电话。余晚看见他的电话，有些惊讶地接了起来："你没在工作吗？"

"没有，马上就收工了。"厉深走到自己的休息室，顺便带上了门，“你就在我家等我吧。”

“好啊。”

厉深道：“要不你干脆拿点儿衣服放到我那边。”

余晚眉梢轻轻地一挑：“不用了吧，我们住得那么近。”

“但是不太方便吧。”

余晚想了一会儿，开口道：“住在你那边太危险了，今早的事我可不想再来一次了。”

厉深低笑了一声：“那我搬点儿东西到你那边？这样你也不用刻意去买男士衬衣了，直接挂我的就行，一举两得。”

“行吧。”余晚总觉得，他可能一开始就是这样打算的。

厉深当天晚上回去，就把自己的一些东西搬到了余晚那边，以后要在她家过夜的话，会方便很多。他带过来的东西里，还包括好几盒安全套，余晚抽了一下嘴角，装作没有看见。

两人就这样偷偷摸摸地谈起了恋爱，而时间也不知不觉地就到了竹竿的婚礼。

竹竿的婚礼是在6月中旬举行的，这段时间厉深主要的工作就是准备8月份的演唱会。演唱会比较小型，也只办两场，他的时间还算充裕。

婚礼当天，厉深和余晚都特地抽出了时间过去参加。竹竿看见厉深和余晚一起来的，露出了暧昧的神色：“你们两个，是不是有情况？下次是不是就该喝你们两个的喜酒了？”

余晚被他一调侃，就有些害臊，厉深咳了一声，没承认也没否认：“新婚快乐，这是我和余晚的一点儿心意。”

他把礼金直接给了竹竿，竹竿一捏红包的厚度，就感动了：“深哥，你果然是我最好的哥们儿！”

不过红包都是两个人一起给的，这肯定就是复合了吧！这个时候，他不得不佩服自己的先见之明：“你放心吧深哥，今天我给你留了一个单独的包间，里面只坐我们大学的几个铁哥们儿，保证不会有人乱说什么。”

厉深笑了一下道：“别人我都挺放心的，嘴巴最大的不就是你吗？”

“你这样说，我就不高兴了，你看你和Lily的事，这么多年我说什么了吗？”竹竿说着，又看向今天特意换上一条长裙的余晚，“Lily，你今天很漂亮啊，短发真的特别适合你！”

“谢谢。”余晚笑了笑，跟他道，“你先去招待其他人吧，我们自己过去就行。”

“好，等会儿扔手捧花的时候，你记得过来啊！我都跟陈思说好了，让她在扔手捧花的时候就往你那里扔！”

“啊？”余晚刚想跟他说不用了，竹竿就跑去招呼其他客人了。厉深看了一眼脸颊微微发红的余晚，对她笑着道：“我们先去包间吧，等会儿仪式的时候再出来。”

“好。”余晚跟着他走了几步，又有些不放心，“要不我去新娘子那边看一下吧？”

厉深笑着拉起她的手，看着她道：“你是不是职业病？今天你是来参加婚礼的，不是来策划婚礼的，不用操心了。”

“哦……”

余晚撇了撇嘴，又听厉深在旁边饶有兴趣地问：“你看今天这个现场的布置，你给打多少分？”

竹竿的婚礼做得中规中矩，没有什么特别的地方，但也没什么纰漏。其实，这才是绝大部分新人婚礼的样子。

中午十二点仪式正式开始，余晚也是这时才见到新娘。穿上婚纱的姑娘总是迷人的，就连厉深都忍不住感叹：“没想到竹竿竟然能娶到这样的女生，感觉一朵鲜花……”

他话还没说完，就被余晚笑着打断了：“行了，竹竿也没那么差吧。”

厉深笑着没说话，婚礼在司仪的主持下，有条不紊地进行着。竹竿本来是想请厉深来当伴郎的，但陈思一句“厉深当伴郎还有人看你吗”的灵魂拷问，彻底打消了竹竿的这个念头。

现场的主持人很会活跃气氛，把竹竿和陈思的爱情故事讲得荡气回肠，陈思的父亲的发言环节也特别感人，现场不少亲友都听得眼眶发红。厉深站在角落里，一直没说话，但看表情，似乎也是颇有感触。

流程走完以后，主持人便打破了现场温情的气氛，宣布接下来就是大家期待已久的扔手捧花环节。

竹竿连忙朝厉深旁边的余晚使起了眼色，余晚摆了摆手，示意自己就不过去了。厉深低头看她：“不过去吗？”

余晚道：“不了吧，你看伴娘好像很想要呢。”

伴娘一般都是新娘最好的朋友，人家说不定都找陈思要过手捧花，竹竿让陈思把手捧花扔给自己，恐怕也是有些为难陈思。

厉深笑了笑，没说话，竹竿在台上急得不行，为啥在他的婚礼上，他都还要为厉深和Lily的感情操心！

陈思见余晚不过来，便把手捧花朝伴娘的方向扔去了，伴娘接到手捧花以后，高兴得原地蹦了起来。余晚在旁边看着，忍不住笑了起来。

吃完宴席，厉深说带她出去走走。竹竿的婚礼虽然是在室内举行的，但不远处就有片草坪，风景还不错。

两人找了个隐蔽点儿的地方坐下来，厉深变戏法一样，从背后变了一朵鲜花出来：“送给你的，这是新娘手捧花里最漂亮的一朵。”

余晚看着送到自己面前的鲜花，愣了愣神：“你从哪里搞到的？”

余晚想：他该不会还跑去问人家伴娘要了吧？

厉深笑了笑，把花放到她的手心里：“秘密。”

“不说就不说呗。”余晚嘀咕了一句，握住了手里的花。

厉深靠近她，那注视她时总是盈满柔情的漂亮双眸，此刻也一样专注地看着她："女子穿婚纱，真的很漂亮。未来某一天，你愿意为我穿上婚纱吗？"

余晚一愣，呆呆地看着厉深。厉深仍注视着她，似乎在耐心地等着她回答，余晚握着手里的花，张了张嘴，好半天才道："你这是在求婚吗？"

厉深笑了笑："提前演习一下吧，我怕我到时候像竹竿一样找不着北。"

"你想和我结婚？"

"你不想吗？"

余晚看着他，鼻头忽然一酸："厉深，你一点儿都不恨我吗？不恨我当初跟你分手？"

厉深的眸色微微一沉，他安静地看了她一阵，才道："最开始是恨的，那个时候我想不明白你为什么要和我分手。现在我倒是能够理解，只有爱是生活不下去的，你回C市发展也是正确的决定。我们两个现在都变得比以前好了，不是吗？"

可是，当初分手的时候，你明明那么难过啊……

"那个时候我们都太年轻了，"厉深抬起手，轻轻地擦去余晚眼角的泪水，"既然决定重新开始，就不要再拘泥于过去了，我们今后会过得更好的。"

"嗯……"余晚抿着嘴角，点了点头。

她的声音还带着哭腔，厉深无奈地笑了笑，对她道："你再哭的话，我就在外面亲你了。"

余晚擦掉自己的眼泪，也朝厉深露出一个笑："上一次是我提出的分手，这一次，除非你跟我分手，否则我不会再分手了。"

厉深看着她，眸色又沉了几分："我看你是成心想让我亲你。"

余晚从地上爬起来，朝宴会厅的方向跑去："好了，快点儿回去吧！等会儿你又要让人认出来了！"

厉深勾了勾唇，跟上了她。

竹竿的婚礼结束以后，厉深又投入到了演唱会的排练之中。这天收工早，他也没让小董送他，到家以后就直接去了余晚那里。

余晚还没下班，他从冰箱里拿出一瓶饮料，喝了一口，看着余晚挂在阳台上的男士T恤和衬衣——都是自己的衣服。他勾了勾唇，走到沙发上坐下，给余晚发短信。

此时，余晚正在和她的妈妈讲电话。

“我都说了，我工作真的很忙啊。”

“对对对，你忙到我过生日给你打电话，你也不接。”余晚的妈妈看了看眼前的大门，确认没错，朝前面走了过去，“反正你不回家，我只能去你家找你了。”

“啊？外婆的事我听爸爸说了，我会抽时间回去的！”

“呵，就这样吧。”余晚的妈妈挂断电话，对门口的保安道，“你好，我是47栋3单元602住户的妈妈。”

“请稍等。”保安帮她接通了可视电话，屋里的厉深听见铃声，走上去按下了通话键。

保安对着镜头，在那头道：“您好，有位女士说是您的妈妈，跟您确认一下。”

可视电话的镜头并不那么清晰，但男人、女人还是能看清的。厉深还没反应过来，余晚的妈妈就挤开保安，对着镜头道：“你是谁啊？为什么在我女儿家里？”

余晚的妈妈？她把厉深吓得下意识地往旁边一躲，靠在了墙上。

视频通话还没有挂断，余晚妈妈的声音清晰地传了过来：“你们保安怎么回事啊？这陌生男人都跑到我女儿的家里去了！”

保安道：“阿姨您别激动，是不是您女儿交男朋友了没和您说？”

余晚的妈妈忽然静了下来，片刻后又对着视频喊了起来：“你给我出来，躲什么躲？”

厉深转过身，看向镜头。余晚的妈妈朝前凑了凑，然后微微一愣：“厉深吗？你是厉深？”

小区保安竖起了耳朵，什么？厉深？唱歌的那个厉深吗？这么一看，好像真的很像啊！

“阿姨你好，我马上给你开门。”他没有回答余晚妈妈的问题，只是飞快地按下了开锁键。

保安朝余晚的妈妈笑着道：“阿姨您可以进去了。”

余晚的妈妈一边朝里走，一边给余晚打电话。

余晚看见屏幕上的来电人，扶了扶额：“妈，又怎么了？”

“你还好意思问我怎么了？”余晚妈妈冷笑一声，“你是不是又和厉深在一起了？你这才回A市多久啊，不得了啊。”

余晚一愣，下意识地从办公椅上站了起来：“妈，你在哪儿？”

“我在你家门口！”

她来A市时，没有告诉她妈妈公司的新地址，但是老家的行李都是直接寄到她家的，没想到她妈妈竟然直接找到她家去了。

她飞快地合上电脑，一边塞进包里，一边对她妈妈道：“我马上回来。”

魏邵看见她急匆匆地从办公室里出来，走出来叫住了她：“余晚，怎么了？谭萍的婚礼又出什么事了吗？”

“不是。”余晚回过头，跟他道，“我妈妈突然从老家来了，魏总，我请一个小时的假。”

魏邵一愣，余晚受伤的那次，他在医院见过她妈妈，那是一位很严厉的妈妈：“那你快去吧，反正马上也下班了。”

“谢谢。”余晚提着包，飞快地走了。取车的路上，她给厉深拨了通电话。

厉深这会儿正在疯狂地收拾房间，阳台上挂的那些他的衣服，他一把全收了下来，塞进了余晚的衣柜里，还有分散在家里各处的安全套，他一个一个地找出来，一起塞进了衣柜。

刚松了一口气，厉深一抬头，就看见衣帽间镜子里映着的自己——深V领的T恤，稍微一动，别说锁骨，就连肩膀都能看见。他飞快地把衣服脱下来，找了一件保守的圆领T恤穿在身上——这样看上去就不会显得轻浮了吧?

他的手机不知道什么时候落在了客厅里，听到铃声，他才走过去，把手机拿了起来："晚晚？"

"我妈妈过来了，你是不是见过她了？"

"嗯，她刚刚在门口，我接了可视电话……"

余晚沉默了一秒："我已经从公司赶回来了，你……"

她刚说到这里，门铃就再次响了起来。厉深提起一口气，对着镜子理了理自己的头发："你妈妈到了，我去开门。"

"我马上回来！"

"你别着急，开车慢点儿。"厉深挂断电话，呼出一口气，走过去打开了门。

余晚的妈妈站在门外，默不作声地打量着他，厉深朝她露出一个笑脸，开口道："阿姨好，我是厉深。"

余晚的妈妈偏过头去，呵了一声，还真是厉深。

"阿姨，您先进来再说吧。"

厉深把余晚的妈妈请进了屋，又殷勤地去给她泡了一杯茶、削了一个水果。余晚的妈妈坐在沙发上，看了一眼面前的茶和水果，又抬头看向站在前面的厉深。

"你和余晚又在一起了？"

厉深垂在身侧的手缓缓地捏成拳，低声应了句嗯。

这是他第一次正式见到余晚的妈妈，但他对她的印象，可以追溯到他和余晚分手的那一年。

那个时候刚好有家娱乐公司想找他签约，但谈了两次，大家的条件都没有谈拢，最后不欢而散。回家的路上，他看见有卖让余晚馋嘴的冰粉，想给她带一碗回去，但又怕她吃了后胃痛。最后他走上去，跟老板说："老板，要一碗冰粉，不要冰。"

老板不禁觉得现在的年轻人吃东西真的很怪，最后他为了维护冰粉的尊严，还是少少地加了一些碎冰。厉深提着这碗冰粉到家时，碎冰也彻底化成了水。

余晚正坐在电脑前投简历，听见开门声，第一时间朝门口看去："回来了？和顺诚娱乐谈得怎么样了？"

厉深走过去，把冰粉放在桌上，挨着余晚坐了下来："我不打算和他们签约了，合同太不公平了，我虽然还没毕业，但我不傻啊。他们开那么低的条件，还要和我签十年的长约，我才不干。"

余晚听到"十年"，也吓了一跳："要签十年这么久吗？"

"对呀，条件要是好点儿的话就算了，关键是还那么苛刻，我就没答应。"他朝余晚笑了笑，"不过没关系，签不了他们，还有其他公司，而且这几年选秀节目不是很红吗？我还可以去试试参加选秀节目。"

"嗯。"余晚懵懵懂懂地点了点头，她对娱乐圈也不了解，既然厉深不愿意签，肯定是真的不太好，"那你也不要着急，总会有慧眼识珠的公司的！"

"我也这么想！"他把冰粉打开，推到余晚面前，"我买了冰粉，你要吃吗？"

"吃！"余晚难得可以吃点儿冰的，拿起勺子就舀起一勺。

厉深勾了勾唇，问她："你的工作找得怎么样了？"

余晚道："这几天跑了几家公司，但是还没结果，再等等吧。"

"嗯，你也别着急。"

"嗯。"余晚把勺子递到厉深嘴边，问他，"你要吃吗？"

厉深没回答，只是一口把勺子含进了嘴里。

之后几天，厉深照常去酒吧唱歌，余晚也继续投简历和参加面试。A市的婚庆公司数量很多，不过质量参差不齐，余晚在这一行做了一年，太差的她看不上，可是有名的公司，又要让她从学徒开始做。余晚知道大公司竞争激烈，但好歹她也有一年的工作经验，要她再从学徒做起，她也不情愿。就在找工作陷入僵局时，余晚忽然收到了一家婚庆公司发给她的邮件。

她在招聘网站上投递了不少简历，但还是头一次有公司主动联系她。她看了一眼，这家公司叫韶华，虽成立不久，但看着还不错，邮件还是老板亲自给她发的。余晚去公司官网浏览了一圈，上面有发布一些公司最近策划的婚礼，规模虽然都不大，但看着就漂亮，而且富有创意。她留意了一下，这几场婚礼的策划人都是公司的老板魏邵。余晚有些心动了，她很欣赏这位魏总做的婚礼，而且公司开的条件还不错，可唯一的问题是，这家公司在C市。

她犹豫了一阵，还是写了一封邮件拒绝了他，说自己想留在A市发展。邮件发出后，余晚又开始继续投简历，没想到第二天，这位魏总竟然给她打了电话。

“余小姐，我看了你的简历，对你策划的婚礼十分感兴趣。我认为你是一个很有想法的婚礼策划，只要稍加磨炼，未来一定大有可为。”

魏邵的一顿夸，差点儿让余晚晕晕乎乎：“魏总过奖了，您策划的婚礼才是真的别具匠心。”

“你看过我的策划？”

“嗯，之前在贵司的主页上浏览过。”

那边的魏邵笑了一声：“那看来你对我们公司也不是完全不感兴趣嘛。我们公司虽然成立不久，但在婚礼这块有很大的发展前景。另外我看了，你是C市人，我知道现在的年轻人都不喜欢留在家乡，但C市这几年发展得很好，在C市你能得到的不一定会比A市少。”

这些余晚都知道，最初她来A市，是为了反抗她妈妈，可她现在留在A市，是因为厉深在这里。

“我们公司现在正需要人才，你有很大潜力，我不想错过。另外，其实我是A市人，我们公司以后很可能会把总部搬到A市，如果你想待在A市，到时候我可以把你一起调回A市。”

余晚抿了抿唇，对魏邵道：“我可以考虑两天吗？”

“可以，你考虑好了随时可以联系我。”

“好的，谢谢魏总。”余晚挂断电话，坐在沙发上发起呆来。去魏邵的公司，是现在摆在她面前的最好的选择，魏邵说看到了她的潜力，她也同样看到了魏邵的公司的潜力。但如果她去了C市，厉深怎么办呢？难道自己要跟他异地恋，然后过几年再跟着公司回A市？她叹了一口气，魏邵说的“以后”，还不知道是多久以后呢，这说不定就是一张空头支票。这件事让余晚纠结了好几天，但她还没得出结果，更麻烦的事情就又来了。

余晚的妈妈找到了A市来，直接把余晚堵在了家门口。

余晚这一年几乎没怎么和家里联系，过年时往家里打电话都是用的公用电话，可她妈妈就是法力通天。

她们在附近找了一个小咖啡馆谈话，余晚的妈妈气不打一处来地看着余晚：“你真是长本事了啊，走了就不打算回家了，是不是？我还以为你这一年过得好好的，让你乐不思蜀了，结果你看看你自己，过的是什么日子？”她在来之前，已经把余晚的事情调查得一清二楚，包括余晚和厉深的事，“工作没见做出什么成绩来，小男朋友倒是找了一个，还和人家同居了，你厉害啊余晚，你是不是想气死我和你爸？！”

咖啡馆里的客人或多或少地把目光投向了她们这边，余晚抿了抿嘴角，对她的妈妈道：“妈，你小声点儿。”

“我小声点儿？你现在知道丢人了？我跟你说，余晚，马上收拾东西跟我回C市。”

余晚捏紧手里的咖啡杯，倔强地道：“我不回去。”

“你不回去，还想待在这里做什么？工作你也辞了……”余晚的妈妈说到这里，哼笑了一声，“哦，是舍不得你那个小男朋友吗？余晚，你清醒一点儿，你们两个这么在一起，根本不会有结果。”

余晚皱着眉头，看向她：“怎么就没有结果？”

“你们两个拿什么在一起？你没有工作，他在酒吧打工，你们下个月的房租和生活费有着落了吗？”

余晚的心里赌着一口气，眉头也皱得更紧：“我又不会一直找不到工作，厉深也不会一直在酒吧唱歌，他是音乐学院的高才生，以后肯定会成为大歌星的！”

“我看只有你这么觉得，你以为靠音乐吃饭这么容易吗？能靠音乐吃饭的，都是极少数的人！”

余晚板着脸不说话，余晚的妈妈缓了一口气，看着她道：“你爸说我把你管得太紧，没有自由空间，好，我让你在外面飞了一年，你呢？你干出什么了？我看你就交了一个男朋友。哼，日子都过不下去了，还有心思谈恋爱！”

余晚的嘴角动了动，似乎想说什么，最后又忍下去了。她妈妈看着她，笑了一声：“你想说什么，是不是想说只要你们相爱，什么难关都能过去？你表哥当初也是这样想的，当年他前途无量啊，就为了跟何欢在一起，出国深造的机会也放弃了，家里安排的工作也不要了，结果呢？”

余晚被堵得说不出话，表哥跟何欢结婚那年，她才上高中，听说这件事的时候，只觉得表哥很酷，这个要不是真爱，那还有什么是真爱？可是他跟何欢结婚一年后就离婚了，没什么特别的原因，就是因为生活压力。当初他可是爱到可以为她放弃一切的人，在生活面前却变得这么不堪一击。短短一年，一切都支离破碎了。知道表哥离婚后，她常常会想，他后悔过吗？也许后悔过吧，毕竟深爱过。

“你们这么在一起，只会互相拖累。”

余晚抬起头，愤愤地道：“我们怎么就互相拖累了？”

“没有吗？”余晚的妈妈嗤笑了一声，“你那个小男朋友，前阵子不是要签个什么娱乐公司吗？最后没签成，就是因为人家公司不让谈恋爱。”

余晚一愣，厉深不是说，是因为公司要他签长约才没签成的吗？

“你听谁说的？”

余晚的妈妈道：“我们家里做这么多年生意，还是有些路子，刚好有朋友认识那家公司的人，帮我打听的。”

余晚握着手里的杯子，默不作声。她妈妈站起身，对她道：“你爸帮你把房子和车都买好了，你自己想清楚该怎么做。”

厉深这天和往常一样，在酒吧唱完歌，凌晨两点过才回到家里，一打开门，就看见自己的行李箱放在门口，而余晚坐在沙发上，还没有睡。

厉深愣了一下，问余晚：“晚晚，怎么了？”

余晚回过头看着他，没什么情绪地道：“厉深，我们分手吧。”

厉深像是完全没反应过来她在说什么一般，愣在原地，过了好一会儿，他才朝余晚抿起嘴角，露出一个笑脸：“晚晚，你是不是饿了？”

余晚肚子一饿情绪就会不好，厉深走到冰箱旁，顺手打开了冰箱：“冰箱里还有一袋小火锅，我煮给你吃吧。”

“厉深，我说我们分手吧。”余晚站起身，看着他道。

厉深拿小火锅的手顿了一下，直起腰，回过身来看着余晚。他还挂在嘴角的笑此刻看上去格外苦涩，那双漂亮的黑眸里盈着水光，仿佛下一刻就会流出泪来：“为什么？”

他今天出门的时候，明明都还好好的。

余晚偏了偏头，似乎想避开他的目光：“今天我的妈妈来了，她想让我跟她回C市。我想了一晚上，觉得她说的是对的，我们现在这样挤在一个十几平方米的小房间里，算什么呢？我不想再过这种生活了，我想回C市发展。”

厉深的眸子动了动，朝她的方向走了一步：“可是，我们不会一直这样的，我很快就能签约经纪公司的，你也会找到工作的。为什么一定要分手？你的妈妈在哪儿？我去和她说。”

“你和她说什么呢？我的妈妈已经知道我们同居的事了，她见到你，恐怕只会想打断你的腿。”余晚走过来，把厉深的行李箱推到了他面前，“你的行李我已经收拾好了，我明天就会跟我的妈妈回C市，房子也会退了。你今晚先找个酒店住吧。”

厉深的手捏成一个拳头，眼眶发红地看着她。他像是在极力控制住情绪，开口时带着近乎乞求的语气：“晚晚，不要和我分手好不好？我们不是说好了等我毕业了就结婚吗？我都跟我的妈妈说了，今年过年要带你回去。”

余晚吸了吸鼻子，忍住了漫上眼角的泪水：“厉深，你醒醒吧，我们这样，拿什么结婚？”

厉深抓着她的衣角，还是看着她：“晚晚，我借你的钱还没还清呢，上面还按了红手印的。”

余晚转过身，走到抽屉前从里面拿出当初厉深给她写的那张借条，撕成了两半：“不用还了，这张借条作废了。”

“晚晚……”厉深看着被撕成碎片的借条，眼泪在眼眶里打转。

余晚打开门，把他的行李提了出去，然后把他也推了出去：“就这样吧，分手对我们两个都好，我累了，我想回家，你留在A市，以后也会有很多机会，你将来肯定会成名的。”

“我不想成名，我只想和你在一起！”厉深终于有些激动地朝她吼了起来。

“厉深，你别这么幼稚了！”余晚说完这一句，就关上门，还从里面反锁上了。

门一关上，余晚的眼泪就终于忍不住，一下子掉了出来，她听着厉深在外面一边敲门，一边叫她的名字，情绪也崩溃了。

这个小区很老旧，没有物管，只在门口守着一个门卫。厉深弄出的动静已经吵醒了不少邻居，最后不知道是谁报了警，警察过来把哭着叫门的厉深强行拖走了。

余晚从窗户看到厉深被带上了警车，一边哭，一边收拾行李，连夜去了她妈妈住的酒店。她没办法再待在这里，这周围到处都是厉深的气息，令她喘不过气。她不想这样赶厉深走，可是如果不狠心点儿，她就根本没办法和他分手。

那晚，她刚到酒店就下起了瓢泼大雨。她不知道，厉深从警局离开以后，又回到了她家楼下，在那里站了一夜。

那是厉深第一次深刻地感受到心痛，雨水冲刷在他的身上，竟然一点儿感觉都没有，只有心脏的位置传来的剧烈疼痛，让他觉得自己下一秒仿佛就会死去，可同时又越来越清醒。那天他也知道了，不管人的心多冷，流出的泪依然是热的。

现在，那种感觉又一点一点地开始蚕食自己的心脏，厉深看着眼前的余晚的妈妈，呼出了一口气。他不会让三年前的事重演一遍，这次无论她的妈妈说什么，他都不会再放手。

“你和余晚是什么时候重新开始的？”余晚的妈妈已经完全冷静了，甚至觉得这个结果似乎不怎么意外，也许当年她看见哭成一个泪人突然出现在酒店的余晚时，就隐隐有了感觉吧。

厉深道：“余晚生日的那天。”

余晚的妈妈在心里呵了一声，难怪那天他们给余晚打电话，一直没人接，原来她是和男朋友在一起：“那还是有一个多月了，你现在的经纪公司不反对你谈恋爱了？”

厉深皱了皱眉，下意识地追问：“什么意思？”

余晚的妈妈道：“你还跟我装傻吗？这些明星经纪公司，不是一般都反对艺人谈恋爱？你原来要签约的那家公司，不就是因为你和余晚在一起，才不签你的？”

厉深的眸色猛地一沉，看着她问：“阿姨，你是从哪里知道我原来的事的？”

“找朋友问了一下就知道了。”余晚的妈妈说到这里，也有几分不自然，毕竟是私自调查了人家的隐私。不过面上，她还是很稳得住的：“怎么，你当时都和我女儿同居了，我查查你还不行了？我没打断你的腿已经不错了，要是来的是余晚的爸爸，你看他打不打你？”

厉深的心跳突然快了起来，他做了一个深呼吸，问余晚的妈妈：“阿姨，这件事，你跟余晚说过吗？”

“说过，我跟她分析得很清楚，你们两个当时在一起，本来就是互相拖累。”

厉深觉得自己的心脏像是被什么绞住，忽然喘不上气，他转过身，快步朝门外走去：“阿姨不好意思，我有点儿事要出去一下。”

“哎，你去哪里啊？我话还没问完！”余晚的妈妈站起身，想叫住厉深，而对方步子都没停一下，飞快地打开门出去了。

厉深一出电梯，就拿出手机拨通了余晚的电话。余晚还在往家里赶，看见厉深的来电，第一时间接了起来：“怎么了？是不是我妈妈又说什么了？”

厉深张了张嘴，声音紧绷地道：“余晚，我问你，你当初为什么要和我分手？”

余晚的眸子动了动，反问道：“你怎么突然又问这个？”

厉深走到楼下，捏紧手里的手机，吐出了一口气：“你是不是知道当时顺诚之所以不和我签约，是因为我在和你谈恋爱？”

余晚抿着嘴角没答话，肯定是她妈妈刚才和厉深说了什么。

她没有回答，厉深也没有催她，他再次做了一个深呼吸，以平缓内心翻腾的情绪：“你还在开车？”

“嗯，已经到丽泽公园西门了。”

“好，我在楼下等你。”

余晚把车停好，直接从地下停车场坐电梯上了一楼。电梯门一打开，余晚就见厉深站在对面，抱着双臂靠在瓷砖墙上。他的脸色看上去很不好，嘴角也抿得直直的，看见她后，他站直身体，看着她不说话。

余晚的手里捏着车钥匙，她从电梯里走了出来。厉深的情绪像是紧绷的弓弦，一触即发，她低声叫了他一句：“厉深？”

厉深的唇角动了动，像是在忍耐什么，过了一会儿，他终于开口，把刚才在电话里的问题又当面问了余晚一遍："你是不是知道当时顺诚之所以不和我签约，是因为我在和你谈恋爱？"

余晚微抿着唇，点了点头："嗯，这是我妈妈告诉我的。"

厉深笑了一声，眼眶又有点儿发红："你就决定跟我分手？"

"也不全是……"余晚的手握得比刚才更紧了，"我当时也收到了魏总的邀请，他想让我去他的公司。"

她跟着她妈妈回C市后，没有去她妈妈打点好的金融公司上班，而是去了魏邵的公司。那段时间，余晚的情绪很不好，她妈妈虽然对她的决定不怎么赞同，但最终还是没有再干涉她。

"魏总？就是现在的魏邵吗？"

"嗯……我当时一直很犹豫要不要去，他的公司很有发展潜力，但是公司在C市。"余晚没有说，如果没有她妈妈，她最终还是会拒绝魏邵的。

厉深偏过头去，过了一会儿，才看着余晚道："余晚，我不需要你做这种事，我当时已经拒绝他们了。"

"然后呢？再这样拒绝每一家公司吗？"余晚说完，自己也先缓了缓，"而且我也说了，并不全是因为你。"

"你自己心里清楚，如果没有这件事，你会那么坚决地跟我分手吗？"厉深说着，竟然像三年前一样，眼泪又要掉下来，"你知道我当兵的那两年是怎么过来的吗？"

余晚的眼睛也红了，她吸了吸鼻子，正想说话，就忽然被厉深吻住了。这个吻是他们重逢这么久以来最狠戾的一个吻，他仿佛把自己的满腹怨恨还有委屈都揉进了这个吻里，一点一点地传给余晚。

余晚的嘴唇被他咬出了血，淡淡的血腥味缠绕在两人的唇齿之间，似乎令厉深更加疯狂。厉深经常跑步，肺活量十分惊人，余晚完全招架不住他的攻势，最后还是余晚妈妈的一通电话唤回了两个人的神志。

“余晚，你什么时候回来？还有那个厉深，也不知道跑到哪里去了，他该不是被我吓跑了吧？还是不是男人啊？”

她刚刚用自己的性命体验了一次，他很男人。

余晚和厉深一起上楼去见了余晚的妈妈。

余晚的妈妈正坐在沙发上吃之前厉深削的水果，看到他们两人一起进来，刚想说什么，就瞥见了余晚被咬破的嘴唇。

厉深的唇上还沾着余晚的口红，两人在余晚的妈妈的注视下，意识到什么，同时不自在了起来。

余晚的妈妈放下手里的水果，哼笑了一声：“现在年轻人谈个恋爱，真是干柴烈火啊。”

余晚下意识地用手背挡了一下自己的嘴唇，干咳一声道：“妈，你怎么突然来了？”

余晚的妈妈冷笑道：“我要是不突然来，怎么抓包呢？你们俩这是又同居了？”

“没有。”厉深赶紧道，“我住在旁边那栋别墅，因为隔得比较近，所以偶尔过来串串门。”

余晚的妈妈扯了扯嘴角，心想，我信你个鬼。她站起身，走到阳台上，朝厉深手指着的方向望去：“哟，还真是别墅。”她转回身，看着余晚，“余晚，你该不是知道人家住在这里，特地买在他旁边的吧？”

余晚道：“没有，这真的只是个巧合，我也是搬过来之后才发现的。”

余晚的妈妈没说话，又转过头去，欣赏了一下别墅区的风景：“前面这栋就是厉深的房子？”

“嗯。”厉深走到她身边，点了点头，“阿姨要不要过去坐坐？”

“不用了，我不喜欢狗。”花园里，一只柴犬正围着一个花盆转悠，满脸好奇的样子，“那只狗，也是你养的？”

“嗯。”

“它把你的花吃了。”

他的眉梢挑了挑，也朝花园看过去。丽丽果然踩在花盆上，仰起脑袋把一朵花给咬了下来。余晚往外凑了凑，有些担心地问：“那朵花能吃吗？丽丽吃了会不会闹肚子？”

厉深道：“没关系，不好吃的东西它都不会吃。”

他刚说完，那边丽丽就把嘴里的花全给吐了出来，又在花盆上踩了几脚。

余晚的妈妈啧了两声：“这就是我不喜欢养猫养狗的原因。”

厉深觉得，丽丽的皮可能真的痒了。他朝余晚和她的妈妈笑了笑，问道：“时间也不早了，不如我们出去吃个晚饭？”

余晚的妈妈看了看他：“你一个大明星，方便出去吃饭吗？”

“方便的。”厉深露出一个经受过万千迷妹考验的笑容，“阿姨喜欢吃西餐还是中餐？西餐的话，我们去郁氏的海景餐厅吃；中餐的话，可以去天下居。”

余晚的妈妈道：“中餐吧。”

“行，我开车载你们过去。”他朝余晚看了一眼，“我先下去取车，在楼下等你们。”

“好。”余晚把他送出去，回过头来有些不满地看着她的妈妈，“妈，你下次来能不能提前打个招呼？”

“怎么，你没做亏心事，干吗怕我过来？”余晚的妈妈道，“我是真没想到，你又跟厉深在一起了，我一直以为你和那个魏总有什么。”

“妈，你不要乱说好不好？我和魏总就是单纯的上下级。”

“我看人家对你不一定单纯吧？”

余晚想到车祸那次魏邵跟她的谈话，不禁皱了皱眉：“你就别瞎猜了，反正我已经和厉深和好了，这次你说什么都没有用。”

余晚的妈妈哼了一声：“你现在是翅膀硬了，我说什么，你会听吗？”她顿了一下，又道，“算了，我们先去吃饭，我等会儿直接跟厉深聊。”

余晚有些急了：“你要跟他聊什么啊？”

“还能聊什么？当然是聊你们的事。”

天下居在星光广场附近，离丽泽公园还是有一段距离的。厉深提前电话预约了一个VIP包间，点了几道招牌菜，才开车载余晚她们过去。

下车的时候，余晚的妈妈看见他把口罩和帽子戴上，就勾了一下唇，侧头问余晚：“你们平时约会是不是都这样？”

余晚道：“妈，明星出门是这样啊，而且我们平时工作都很忙，约会基本都在家里。”

“哦，在家里约会一般都做什么？”余晚的妈妈冷笑着看她。

余晚觉得妈妈的笑越冷，自己的脸就越红。

厉深咳了一声，道：“一般就是一起做做饭，遛遛狗，有时候也看看电影什么的。”

余晚的妈妈看了他们一眼，没说话，他们两个在她眼皮子底下都能找时间把嘴亲破，更别说她不在的时候了。

到了包间后，厉深把口罩和帽子都摘了下来，殷勤地把菜单递给了余晚的妈妈：“阿姨，来之前我已经点了几道菜，您看看您还想吃什么，让服务员加上。”

余晚的妈妈接过菜单，顺便看了一下价格，A市的天下居她也来吃过几次，对这里的印象就是价格昂贵，菜品分量少，但味道还不错：“你点了哪些菜？”

厉深道：“我点了几道招牌菜，还有晚晚平时爱吃的家常菜。”

余晚的妈妈顺势看向余晚，心想：厉深还称呼自己的女儿为“晚晚”，叫得挺亲热啊。

余晚咳了一声，指着菜单道：“妈，你不是喜欢吃豆腐吗？这里的铁板千叶豆腐一定要尝尝啊。”

余晚的妈妈又随便点了两道菜，服务员便退了出去。厉深之前点的那些菜，很快就送了上来，他给余晚的妈妈递过去一小碗蛋炒饭和配汤，对她道："阿姨，天下居的招牌蛋炒饭，味道是一绝，配汤也很鲜美，您尝尝。"

"嗯。"余晚的妈妈尝了一口，没对味道做评价，而是问他，"你和余晚在一起的事，你的公司知道吗？"

厉深给余晚夹菜的手顿了顿，放下筷子道："我暂时还没有告诉公司，您说得没错，公司是不怎么支持艺人恋爱的，但有实绩的艺人，公司其实也管不了那么多，相对地，艺人自己的话语权会增多。我下个月就发新专辑了，接下来还有演唱会，顺利的话，我今年应该还能再拿几项有分量的奖，到时候跟公司说，相信他们也不会怎么反对。"

余晚的妈妈沉默了一会儿，又问他："就算公司管不了你谈恋爱，你的粉丝会支持吗？我可是知道的，现在追星的小女孩儿疯狂得很，余晚跟你在一起，压力会很大吧？"

这次还没等厉深说话，余晚就开口道："妈，我已经是成年人了，既然是自己的选择，肯定也做好了心理准备，粉丝也就在网上闹闹，断开网络就清净了，再说也不是所有粉丝都会反对啊，你看那么多明星也恋爱结婚了，也没见人家怎么着啊。"

"我看就是你心大。"余晚的妈妈啧了一声，"现在小姑娘疯狂起来，说不定杀到你家门口。"

"阿姨你放心吧，不管是在网络上，还是在现实里，我都会保护好余晚。"厉深看着余晚的妈妈，跟她保证道，"我已经和三年前不一样了，现在的我有能力照顾好余晚。"

余晚的妈妈没有立刻回答，喝了一口汤，才开口道："你们两个的事，我先持保留态度，后期观察观察再说吧。"

厉深沉吟了片刻，又补充了一句："阿姨，我对余晚是认真的，我是想跟她结婚的。"

余晚的耳朵被他说得有些红，她给厉深夹了一筷子菜，道：“先吃东西吧，放凉了就不好吃了。”

“嗯。”厉深笑了笑，舀起一勺配汤，递到余晚嘴边，“晚晚，这个鱼汤超级好喝，你尝尝。”

余晚低头尝了一口，味道确实非常鲜美，天下居把一份蛋炒饭的配汤都做得这么精致，也算是对得起价格。

余晚的妈妈在旁边白了他们一眼：“你们两个做什么呢？都多大人了还要人喂，给我自己吃自己的。”

余晚撇了撇嘴，把厉深手里的碗接了过来。

吃了饭，厉深本来想送她们去星光广场逛逛，但余晚的妈妈说今天赶了路有些累，他便直接送她们回家了。

余晚洗了澡出来，见她妈妈站在阳台上，便包着头发走了过去：“妈，你还不睡吗？”

“等会儿再睡。这厉深家的院子，做得还挺漂亮啊。”

余晚道：“对啊，灯光还会变颜色呢。”

余晚的妈妈回过头来看她：“听说厉深当了两年兵？”

“嗯。”

“难怪。”余晚的妈妈喃喃道，“这当兵，真的很磨炼人。”

今天厉深在饭桌上跟她说那番话时，透着一股子坚定和不容置疑，和她三年前在照片上看到的那个少年简直判若两人。

余晚也像想起了什么，有些出神，最后还是她妈妈叫了她一声，才回过神来。

“余晚，你明天向公司请个假，跟我回老家几天，你外婆的事还得你亲自回去处理。”这才是她这次来找余晚的正事。

余晚问：“外婆的房子到底怎么了？爸爸在电话里也没跟我说清楚。”

余晚的妈妈顿时白了她一眼：“是你爸没说清楚吗？他才说了两句你就挂了。”

“我不是赶着开会嘛。”

“行，就你忙。”余晚的妈妈懒得说她了，“你外婆现在年龄大了，住的还是原来县里边的老房子，多少有些不方便，我和你爸想把她接到我们家来，但她不愿意。老家那些亲戚就找我们，说我们家那么有钱，就该给你外婆在县里买套新房子。”

余晚一边听，一边点头，外婆住在C市下辖的一个县级市里，那里经济没有C市发达，房价也没有C市高：“那就给外婆买一套呗。”

虽然亲戚那些话说得有点儿恶心人，但外婆确实年纪大了，别的不说，老房子没有电梯，她爬楼梯就不方便。

余晚的妈妈道：“我和你爸也觉得是要给你外婆买一套房子，但你知道那些亲戚怎么想的吗？他们就指望着我们给你外婆买了房，过两年等你外婆去了，他们就把房产分了。呵，真当我们家老余这点儿小心思都看不出来啊，那不是白在商场上混了。”

余晚愣了愣，她是真没想到他们抱的竟然是这种心思。

“我就和你爸商量，给你外婆买的那套房写你的名字，以后即使你外婆真的走了，这套房子他们也分不到一平方米。”

“哦，这样啊，那也可以。”

“不过有些手续还得你亲自回去办，你爸看了几套房子，你回去后再陪你外婆看看，看她喜欢哪里。”

“好。”余晚想了想，道，“我可以请三天假。”

余晚的妈妈听她说“三天”就变脸了：“好不容易回趟家，就请三天假？再怎么也得待一周吧？”

“一周是不可能的，我手上还有一场几百万的婚礼呢。”

余晚的妈妈微愣，接着呵了一声：“你现在说话的口气真是越来越像老余了，不得了哈。”

“我又没有吹牛，人家的预算就是几百万，我能怎么办，拦着不让人家结婚吗？”

余晚的妈妈问：“这几百万的婚礼，你们是怎么做出来的？”

“几百万算什么，几千万的婚礼我都做过呢。人家这笔钱是把所有费用都包含在里面了，又不是都给我们婚庆公司。新娘的一束手捧花都是上万的，你说得不得要几百万吧？”

余晚的妈妈摇了摇头，嘀嘀咕咕：“总之明天先向公司请假，这件事不能再拖了。”

“知道了。”

余晚第二天上午一开完会，就去找魏邵请假了，魏邵很爽快地给她批了三天假，问她：“你们什么时候走？阿姨好不容易来一次A市，我请她吃顿饭再走吧。”

“不了不了。”余晚飞快地拒绝，“我今天下午就要跟我妈回去，下次有机会再说吧。”

魏邵沉了沉眸，点头对她笑了笑：“好吧。”

“谢谢魏总的假条。”余晚拿起魏邵签的假条，朝他笑了笑，便走了出去。

回到自己的办公室，余晚先把手上的工作交代了一下，然后拿起手机开始给谭萍发消息：“谭小姐，我家中有事要回老家三天，这期间如果有什么事，你随时可以联系我。”

谭萍：“好的。”

收到谭萍的回复，余晚又给厉深发了一条消息：“我要回老家三天，回来后再联系你。”

厉深一直在为演唱会排练，中途休息才看到这条消息，他蹙了蹙眉，走到没人的角落，给余晚拨了通电话过去：“晚晚，怎么了，家里出什么事了吗？”

余晚这会儿还在公司，笑了一下，道：“没有，就是回去给外婆买套房子，因为要写我的名字，所以得我亲自回去。”

“哦，那好，你们路上注意安全。”厉深顿了顿，又道，“等你回来。”

明明很简单的四个字，莫名被余晚听出了一丝旖旎的味道，她想起被乱七八糟地塞在自己衣柜里的衣物和安全套，默默地红了红脸：“嗯。”

第八章　地下恋情

余晚下午就跟她的妈妈一起坐长途大巴回了C市。今天时间已经来不及，余晚的妈妈跟她说好，明天一早就出发去外婆那儿，陪外婆把房子看好。

晚上余晚洗了澡，就开始在自己的房间里翻箱倒柜，她去A市这大半年，她的房间还是一直有人打扫的，她这会儿找起东西来，也不会满屋子的灰。

“余晚，下来吃点儿水果。”余晚的妈妈站在客厅朝她喊，余晚扭头应了一声“马上来”，又继续在抽屉里翻找起来。

余晚的妈妈听见动静，朝楼上走了几步：“你在找什么？一回来就把家里翻得乱七八糟的。”

“没什么，就以前的一个本子，你别管我，我等会儿肯定收拾好。”余晚又换了一个抽屉，把里面的书都抱了出来。挨着把书检查了一遍，余晚终于从两本书之间翻出了一个小笔记本。

“啊，找到了。”她的嘴角弯起一个笑，她拿起本子坐到床上，翻开了其中一页，上面用签字笔密密麻麻地写着“余晚”两个字。这是当初厉深练习签名时，写了满满一整页的她的名字。

“哈哈哈哈，好傻啊。”余晚一看着本子，便想起了当时的事，忍不住笑了起来。她用手机把这一页照下来，发给了厉深。

晚晚：“哈哈哈哈哈，你看看这是什么？”

厉深刚从外面夜跑回来，正准备洗澡，看见手机上余晚发来的新消息，就这样裸着上半身，站在卧室里玩起了手机。

阿深：“这是我当初练习的签名吗？”

晚晚：“对，哈哈哈哈哈，好好笑啊，你是准备给粉丝签我的名字吗？哈哈哈哈哈哈哈。”

阿深：“你当时已经笑过一次了。”

晚晚：“但是现在看到还是觉得很好笑！”

阿深：“这个本子你还留着的？”

晚晚：“收拾行李的时候一起带回来了，没想到还能找到。”

晚晚：“我要把这一页撕下来，再买个相框框起来，哈哈哈哈哈哈哈。”

“余晚，一个人在那儿傻笑什么呢？让你下来吃点儿水果！”

“哦，马上就来！”余晚放下手机，跑下楼了。睡觉之前，她在网上买了相框，寄到A市那边，才锁了手机睡觉。

第二天一早，她的妈妈就把她叫起来，开车去了外婆家。原来的小县城这几年发展了不少，也修了一些新楼盘。

余晚的爸爸之前已经筛选过一次，挑的都是现房，余晚带外婆实地看了看，一个上午就把这事定下来了。跟售楼部签完合同，余晚的妈妈顺便把外婆也接到C市玩两天。

晚上余晚的爸爸特地回家来吃饭，一家人难得围在一起，吃了一顿丰盛的晚餐。吃完饭，余晚的妈妈又开始念叨余晚要吃水果。她让余晚去厨房帮她切水果，两人端着一大盘水果从厨房出来的时候，余晚的爸爸和外婆正坐在沙发上看电视。

那是ABA的一档音乐节目，厉深正在上面唱歌，余晚的爸爸看见余晚出来，就问她："晚晚，这个是不是你的男朋友？"

余晚的妈妈听他这么说，朝电视上看了一眼，还真是厉深。

这是余晚第一次和家人一起在电视上看见厉深，顿时有些不好意思，她拿起一块西瓜，咬了一口，含混不清地应道："嗯。"

余晚的爸爸笑嘻嘻地道："你这是还不好意思了吗？"

"喀，爸，吃水果啊，这是妈特地给你削的苹果。"余晚企图用苹果塞住她爸爸的嘴。

余晚的爸爸拿起一块苹果，又看向了电视："我看厉深还是可以嘛，歌唱得不错，下面的小姑娘一个个激动得跟什么似的。"

坐在一旁的外婆似乎也明白了他们在说什么，有些惊喜地问余晚："晚晚啊，这个小伙子是你男朋友啊？"

"嗯……"

"真是啊？我们家晚晚就是有眼光，这小伙子长得真俊啊，外婆喜欢。"

"哈哈。"余晚听到外婆夸厉深，心里也喜滋滋的，"外婆，你吃苹果吗？"

"吃吃。"外婆把苹果拿到手上，又问，"你们准备什么时候结婚啊？"

她扁了扁嘴，跟外婆说："外婆，我妈好像不是很喜欢他。"

外婆顿时不乐意："她不喜欢有啥用？当初我也不喜欢你的爸爸，你妈还不是嫁给他了？"

余晚的妈妈被外婆这么一说，便有些不自在，她看了余晚的外婆一眼，埋怨道："妈，你跟她说这些做什么？"

"我为啥不能说，我就喜欢这小伙子。"外婆拉着余晚的手，笑眯眯地问她，“啥时候把真人带回来给外婆看看啊？”

“过年的时候？”

“好好，那说定了，一定要把他带回来给外婆看。”外婆拉着余晚，笑得合不拢嘴，“你的婚事也要早点儿定下来啊，外婆年纪大了，过一天少一天，外婆还要看着你嫁人啊。”

“外婆，你说什么呢，你肯定长命百岁的！”余晚说着，喂了一小块苹果给她，“外婆，吃点儿水果。”

“好好。”外婆一边吃，一边还不忘叮嘱，“记得要带回来给外婆看啊。”

“知道啦，知道啦。”

余晚在家悠闲地待了两个晚上。早餐是外婆给她做的小汤圆，她还没来得及吃两口，电话铃声便响了起来。余晚咬着勺子，把放在手边的手机拿了起来，是谭萍打来的。

一看见这两个字，余晚就隐隐地觉得可能婚礼又出了什么事，果不其然，电话刚接通，谭萍就焦急地在那头说：“余小姐，我们想把婚礼提前一个月举行，可以吗？”

余晚放下手里的勺子，走到窗边问她：“谭小姐，你先别着急，是出了什么事吗？”

“我爷爷昨晚突然住院了，差点儿进了ICU，家里商量了一下，怕他的身体撑不下去，就想把婚礼提前。”

余晚沉吟了两秒，道：“我这边马上处理一下，等会儿给你回话，可以吗？”

“好，麻烦你了。”

余晚笑着说了句“不麻烦”，一挂断电话，脸色就苦了起来。她匆匆地走回楼上，拿了自己的包就往下走：“妈妈，外婆，我公司有急事，要先回去了。”

余晚的妈妈愣了愣，不满地朝她道：“怎么回事？不是说请了三天假吗？这才回来待了这么点儿时间又走了？”

“没办法啊，客户要把婚礼提前，这下计划都乱了。”余晚一边换鞋，一边道，“那个水果你帮我寄回去吧，我现在直接去公司，带着不方便。”

余晚的妈妈啧了一声，觉得余晚不留在C市才是最大的不方便。外婆站起身，朝余晚道：“晚晚，把早饭吃了再走吧。”

“不啦外婆，我在车上随便吃点儿就可以了。”她打开门，把包背在身上，朝外婆笑笑道，“下次回来，我把厉深给你带回来啊。”

提到厉深，外婆总算又高兴了一点儿：“好好，你路上小心些。”

“知道了，外婆拜拜。妈，我走了啊，你跟爸说一声。”余晚说完这句，就叫了一辆车，匆匆赶往客运站。

坐上大巴后，她拿着手机在“李锐谭萍1001婚礼团队群”里发了一个大红包，紧跟着发了一个捂脸哭泣的表情。

策划余晚：“各位老师，谭萍和李锐的婚礼要提前，你们的时间能安排吗？”

摄影朱杨：“为啥突然提前？”

灯光刘建国：“肯定是新娘子中标了。”

策划余晚：“不是，是女方爷爷的身体情况突然恶化，昨晚差点儿进ICU，他们怕老爷子等不到。”

酒店周晓宁：“提前多久啊？”

策划余晚：“我刚刚跟新人又沟通了一下，最后确定在9月3日。”

酒店周晓宁：“那天我们酒店有三对结婚的，宴会厅都被订了啊，剩下两个小点儿的宴会厅，你肯定看不上，只有草坪还空着。”

策划余晚：“在草坪上办中式婚礼吗？我似乎已经能听见男方妈妈的尖叫声了。”

酒店周晓宁：“你快点儿决定要不要，晚点儿连草坪可能都没了我跟你说。”

策划余晚：“草坪你先给我留着啊，我马上联系他们。”

主持曾凯：“我9月3日已经有场婚礼了啊。”

策划余晚：“那其他人呢？”

摄像原野：“我那天可以。”

跟妆红秀：“我也可以。”

策划余晚：“@唯婷许毅，许总呢？@甜品台唐蜜，还有糖糖呢？”

唯婷许毅：“可以，不过9月和10月花期不一样，因此有的花材价格也不一样。”

策划余晚：“好的，只要能赶上，价格就都可以谈。”

甜品台唐蜜：“那天是好日子呢，已经订了一个甜品台了，不过加班赶赶应该还是可以的。”

策划余晚：“好的。”

余晚跟大家比完心，又发了一个大红包。

酒店周晓宁：“@策划余晚，9月初正是雨水多的时候，我记得每年那几天都在下雨，要改在那个时候做户外，你要把下雨的预案做好。”

余晚叹出一口气，先把所有人的时间确定了一遍，然后又给谭萍拨去一通电话：“谭小姐，你现在还在医院吗？”

“嗯，我在这边陪爷爷，李锐也在。”

“好，我现在已经发车了，两个多小时能赶到，刚才我跟其他人确定了一下时间，主要是主持人已经有场婚礼了。”

“啊……我还挺喜欢那个主持人的。”

“他说帮我联系他的师弟，我这边有几个他的师弟主持的视频，我待会儿发到你的邮箱，你可以先看一下。”

“好的。”

“还有就是婚礼可能要改在户外，你们看行不行？”

“可以的，现在情况特殊，大家应该也没什么意见。”

“那就好，为了应对下雨的情况，方案还要再修改一下，等下我到医院拿给你看。”

“行。”

婚庆行业里有个戏称的“四大金刚”，分别是主持人、化妆师、摄影师和摄像师，这四个人中又数主持人最为重要。主持人不仅要引导新人顺利地走完全部流程，还需要调动现场气氛，随时控场，而主持人的风格更是可以影响整场婚礼的气质。换主持人对婚礼整体效果的影响还是很大的，好在曾凯介绍的主持人是自己的师弟，在主持风格上，他俩有许多相似之处。余晚和他沟通完，便把他的一些现场视频发给了谭萍。

这边处理完，她坐在车上又开始修改方案，因为场地的变化，预算也要做相应的调整，余晚到A市的时候，只把新方案改好了，新的预算表是在去中心医院的路上才做完的。到了医院，她在医院附近买了一个水果篮，提着去住院部找了谭萍。

“余小姐，这次真的麻烦你了。”谭萍在余晚探完病后，叫上李锐，跟余晚在附近的水吧商量婚礼的事。

余晚把电脑摆到桌上，朝他们笑了笑道：“没什么，老人家没事就好。”

她改了一路的方案，电脑也快没电了。她在座位旁边找了一个插座，把电源接上：“定欧大酒店的草坪和他们最大的宴会厅的场地费用相差不大，我这边重新做了预算表，你们可以先看一下，具体的费用等方案落实下来，我再做一份详细清单给你们。”

“好。”

“定欧大酒店的草坪很大，你们之前应该也看过吧？现在宴会厅被订了，我便想把用餐地点改在草坪上，考虑到可能会下雨，我建议在草地上搭建婚礼篷房。”余晚一边跟他们说着，一边把婚礼篷房的一些现场图点开给他们看，“这些是跟我们合作的商家之前做过的几个现场，你们看看效果，因为定欧大酒店草坪那边的风景还是很好的，所以我想把篷房做成这种全透明的，宾客在里面用餐，还可以全方位地欣赏周围的风景。”

谭萍点点头道：“这个篷房效果还不错，布置下来很好看。”

李锐道：“好看是好看，不过安全吗？”

余晚道：“跟我们合作的商家都是业界最有经验和资质的，我们签合同的时候，他们会提供资质证明，并且会对这次项目进行投保。”

“那行。”李锐问，“那举行仪式的地方，也要搭篷房吗？”

余晚道：“如果你们想搭的话也可以搭，搭建篷房要费一些时间，而且费用也不低，我还有一个方案是，在仪式现场摆放油纸伞。”

“油纸伞？”

“嗯。”余晚在电脑上点了几下，跟他们道，“婚礼现场的主背景，我们最后确定的就是油纸伞。在现场摆放油纸伞，一来可以和主题辉映，起到装饰作用，二来如果仪式进行途中下雨了，宾客可以直接用这些油纸伞遮雨，不仅方便，还可以成为一道独特的风景。”

谭萍的眸子亮了亮，看向余晚：“余小姐，你的点子总是让我十分惊喜。”

余晚笑着道：“你们喜欢就好。我原来做过一场欧式户外婚礼，就在现场布置了类似的欧式雨伞，虽然最后没有下雨，但你们可以看看装饰的效果。”

谭萍一边看她点开的大图，一边点头：“现场看起来很不错。”

余晚道：“改成户外后，地面的机位还是保持三个，原定的臂摇可以改成航拍机位，从更高的空中拍下来，应该会更好看。”

谭萍点点头，问她：“那油纸伞的话，用哪样的？”

“油纸伞得和婚礼的风格统一，做成刺绣盘这种白底红花的，你们觉得可以吗？”

“行。”

“那我把所有东西改好以后，再联系你们。”

余晚忙着处理婚礼的事时，厉深正在排练演唱会。

厉深一贯的曲风都是温柔抒情的，在这次的新专辑中，公司特地给他制作了一首快歌，让他可以在演唱会上边唱边跳，带动气氛。厉深还没有跳过舞，这次这支舞的排练也费了最多的时间。在舞蹈室出了一身的汗，厉深走回休息室，准备换身衣服冲个澡。他刚把汗湿的T恤脱下来，小董和迟璐就过来找他了。厉深捏着T恤的手一顿，侧过头看向她们。

“深哥你在换衣服吗？怎么不锁门！”小董没想到一开门就看见这么劲爆的画面，飞快地捂住了眼睛，然后从指缝里偷看。

“我没想到有人会进来，下次会记得锁的。”厉深把手上的衣服扔在地上，拿起旁边的T恤往身上套。

迟璐站在门口愣了一下，从包里拿出一张纸巾，走到厉深旁边：“你出了好多汗，要不要先擦一下？”

她抬起手，作势帮他擦汗，厉深往旁边侧了侧身，躲开她的手，把上衣穿好：“不用了，我等会儿直接冲个澡，你和小董先出去吧。”

迟璐的手有些尴尬地僵在半空，小董很有眼力见儿地走过去，顺势把她拉了出去：“哦，那我和璐璐姐在外面等你！”

门关上以后，厉深从里面上了锁，他抿了抿唇，拿着手机给余晚发消息。

阿深：“晚晚，你什么时候才回来？”

余晚这会儿正坐在沙发上，一边吸溜刚泡好的面，一边修改方案。看见厉深的消息，她笑一声，回复道："忘记跟你说了，我已经回家了！"

厉深微微一愣。

阿深："出什么事了吗？"

晚晚："客户的婚礼要提前一个月，都忙疯了，我今天就吃了一碗泡面，还在改方案。"

阿深："那我等会儿回家给你带好吃的。"

晚晚："好。"

晚晚："不过你突然撒娇，是有什么事吗？"

阿深："没有，就是想你了。"

晚晚："我才走了两天！"

阿深："一日不见如隔三秋，两天不见就是六秋。"

晚晚："不和你说了，我继续改方案去了。"

阿深："不要太累了，我这边再过一会儿就结束了，等我给你带吃的。"

厉深结束排练以后，没有让小董送，自己开车回去了，路上还给余晚买了一大堆吃的。他和余晚重新在一起后，就在余晚家的指纹锁上录了指纹，打开门走进去，余晚还抱着电脑，坐在沙发上工作。

"晚晚，还没做完吗？"厉深换上拖鞋，提着一大包吃的走了进来。他帮余晚买了冒菜，几乎是他进门的那一瞬间，香味就被余晚灵敏地捕捉到了："快了，你是不是买了冒菜？"

余晚放下电脑，走过去帮他提手上的东西。把袋子放在桌上，余晚正想看看里面都有些什么，就被厉深一把抱住了。

余晚被他圈得紧紧的，连抬抬手都困难，她无奈地笑了笑，问他："怎么了？"

“余晚能量供应不足，需要被抱一会儿。”厉深把头埋在她的肩上，声音闷闷地传进她的耳朵。

两个人就这样抱了好一阵，厉深才稍稍地松开了她：“回来了也不联系我？”

余晚解释道：“真的是太忙了，我还想等我把事情都做完再和你说。”

厉深非常顺手地在余晚的腰上捏了一下，他知道那里是她的敏感部位：“下次不许这样了。”

“知道啦，现在可以吃东西了吗？”余晚一闻到冒菜的味道就馋了。

厉深笑了笑，把口袋都打开了：“有冒菜，有鸭脖，还有卤鸡翅，怕都是味道大的，还给你买了粥。”

“哇，阿深你太棒了！”余晚忍不住抱了厉深一下，然后提着大包小包的东西坐回沙发上，继续调整方案了，“我一边做事，一边吃吧。”

厉深跟着她走过去，挨着她坐下：“要不要这么急？吃完再做吧。”

余晚摇摇头道：“时间太赶了，只有两个月了，得快点儿把最终方案定下来，才好跟酒店和搭篷房的商家沟通。”她说着，递了一个鸭脖给厉深，“你也还没吃晚饭吧？一起吃呀。”

“嗯。”厉深买的时候就买了两人份的粥，他自己也端起一份，坐在余晚身边吃了起来。

吃完以后，他把多余的盒子、袋子收拾了，只把余晚还没啃完的鸭脖留在桌上。弄好以后，他又走回沙发，从后面抱住了余晚：“晚晚，我今晚就在这边睡了。”

“好。”余晚啃完最后一个鸭脖，把手上的塑料手套摘下来，用纸巾擦了擦手，“我这边还要再做一会儿，你要是困了可以先去睡。”

“不用，我就在这儿陪着你。”厉深把下巴枕在她的肩上，看着她做的婚礼效果图，“这个是中式婚礼吗？”

“新中式，现在挺流行这种风格的。”

厉深笑了一声：“新中式？不就是不伦不类？”

“也不能这样说吧，还是挺漂亮的不是吗？”

“嗯，看着是还不错。”厉深看着她设计的方案，“这束新娘手捧花很漂亮。”

“对吧？这是我和许总修改了好多次才确定的。”

“不过莲蓬看上去有点儿像蜂窝煤。”

“要不你还是去睡觉吧？”余晚偏头看着他道。

厉深顺势在她的唇上亲了一下，笑着道：“我还不想睡。”

余晚撇了撇嘴角，继续在电脑上删删改改。厉深看了一阵，对她道：“以后我们的婚礼也用航拍吧，用比他们更多的机位。”

余晚笑着道：“你真的很幼稚啊，连这个都要比一下吗？”

“不行吗？新娘子在婚礼上换了三套礼服？那我们换四套吧。”

她像捏丽丽那样捏了捏厉深的脸：“你别妨碍我工作了。”

厉深看着她，眨了眨眼，故意压低声音，暧昧地道：“那我去床上等你？”

余晚把手上的工作做完，合上电脑回了自己的卧室。房间里没有开灯，静悄悄的，厉深闭着眼睛躺在床上，呼吸均匀绵长，像是已经睡着了。

余晚没有打扰他，轻手轻脚地找出睡衣去了浴室。今天一早便一直在赶路，余晚想泡个澡放松一下，她打开热水慢慢地放着，自己走到一边把妆卸了。洗完脸，热水正好放满，她又撕了一张面膜贴在脸上，舒服地坐进浴缸泡起了澡。今天忙了一整天，是真的有些疲惫，泡着澡，敷着面膜，让浑身的肌肉放松下来，格外解压。余晚就这么舒服着，不知不觉地睡着了。

第二天早上，是轻微的水流声让她从睡梦中醒过来的。周围是软乎乎的床，清晨的阳光透过窗帘渗出一些亮光，朦胧得恰到好处。小区里偶尔远远地传来一两声狗叫，也让人听得不真切。厉深洗漱完，从浴室里走出来，见她睁着眼睛躺在那里，勾了勾嘴角走上去："吵醒你了吗？"

余晚扭过头看向他，朝他摇了摇头："我昨晚是在浴缸里睡着了吗？"

"是啊。"说到这个，厉深的语气就严肃了几分，"幸好我昨天也在这里，否则你在浴缸里泡一夜，会很危险的。"

"呃……"她想说肯定泡不到一夜的，水凉了之后就会被冷醒，可话到嘴边，她又想到一个更严重的问题，"是你抱我出来的？"

"是啊，不然还有谁？"

"我都没穿衣服啊。"

厉深忍不住笑了一声："泡澡穿着衣服才奇怪吧。"

那你不是把我都看光了吗？余晚这话虽然没有说出口，但厉深已经从她的表情中准确地读出了这一行信息。他弯下腰，笑着看余晚："你不是早就被我看光了吗？"

余晚觉得这根本就是两回事，但跟现在的厉深显然说不通："你可以叫醒我的。"

"你睡得那么香，我不忍心吵醒你。"厉深摸了摸她的头，弯着唇角道，"我不仅把你看光了，还帮你擦干了水，换了睡衣。"

她竟然这样都没有醒！她到底睡得是有多死！

"你昨天太累了，今天再多睡一会儿吧。"厉深站起身，走到衣帽间开始换衣服。厉深脱下衣服，肌肤很快裸露，漂亮的肌肉线条毫不遮掩地展示在余晚面前。

大早上的就这样，太刺激，余晚默默地收回视线，拿起手机看了一下时间。现在才七点半，今天上午她还有半天假，可以再多睡一会儿。

"你要去工作了吗？"她问。

“嗯，这次演唱会虽然比较小型，但因为是我第一场演唱会，所以公司和我都比较重视。”厉深换好衣服，走回床边亲了亲她，“你再睡会儿吧，我晚上回来联系你。”

“好。”余晚看着他走出去，又闭上眼睛睡回笼觉。

厉深从余晚家出来，刚走到楼下，就遇到开车来接他的小董。小董透过车窗看着他从隔壁走过来，微微一愣，她停下车，降下车窗问他：“深哥，你怎么从外面回来？”

厉深故作镇定地咳嗽一声，道：“我刚刚在小区里跑了会儿步。”

小董奇怪地道：“咦，你不都是晚上跑步的吗？”

“现在白天排练演唱会太耗费体力，我改到早上起来跑步了。”

“你跑步还带着包？”

“负重跑步。”

“好的……”小董把车开到他的车库里，走下来朝刚才厉深过来的方向看了看。厉深进屋给丽丽准备好吃的，又逗了它一会儿，便背着包出来了：“走吧。”

“哦，好。”小董还在看那栋楼，她坐上车，一边发动车子，一边状若无意地问，“深哥，我记得余小姐和你是住在一个小区里的，对吧？”

厉深抬眸瞄了她一眼，没有作声。小董把车开出去，又朝挨着厉深别墅的那栋小洋楼瞧了瞧：“我之前带丽丽遛弯的时候遇到过她，她住在哪一栋呀？”

厉深道：“你问这个做什么？”

感受到厉深射来的眼刀，小董赶紧赔笑道：“没什么，就是好奇。”

厉深道：“很多不好的事，都是从好奇开始的。”

小董乖乖地闭了嘴。继在深哥的包里发现安全套后，她是不是一不小心又撞破深哥跟人同居了？小董心里苦。好在厉深还算有分寸，知道接下来工作任务重，没有节外生枝，在迟璐面前也一直维持着努力工作的“人设”，暂时没有被她看出端倪来。

7月4日，厉深的首张数字音乐专辑正式发行。余晚早在专辑发行的前一周就看到厉深的粉丝训练有素地在各个社交平台上发布购买专辑的相关流程，阅读完这些流程以后，她自愧不如，这年头没两把刷子都不敢追星。

4日凌晨，专辑准时上线，粉丝仿佛都不用睡觉一般，在这一刻点击了支持，各大平台的销售量每一秒都在肉眼可见地上涨。余晚也是等到零点准时买的，买好后，伴着厉深的歌声进入睡眠。而厉深对她这个操作表示十分无语，因为他本人就睡在她旁边。

第二天白天，厉深的专辑销量又迎来了一个小高峰，一直关注着他专辑销量的余晚猜测，这可能是因为普通歌迷都睡醒了。

PARK这首歌就是以丽泽公园为原型创作的，A市的居民几乎一听就能判断出歌词写的是丽泽公园。于是这两天，丽泽公园疯狂地播放这首歌，余晚每次经过，都听见公园里回荡着这首歌的旋律。

在大家的热情支持下，厉深的首张专辑销量喜人，不仅发行第一天就登上各大销量榜第一，不到四十八小时，总销量成功突破百万，销售额达到两千多万。公司很快出来发通稿庆祝，顺便承诺不久之后将会发行实体专辑。

在粉丝欢天喜地的时候，“黑子”当然也不会闲着，微博上立马有了不和谐的声音。

“公司的通稿还可以再吹吗？四十八小时两千多万，呵呵。”

“深深真的很爱蹭热度呢，上次蹭电视剧的热度，这次连公园的热度都蹭，哈哈哈哈哈哈哈。”

“不是天天吹嘘自己是实力派歌手吗，怎么粉丝还要炒销量呢？真是又当又立。”

“柠檬精们，今天也是酸酸的一天呢，实时销售量都是各大音乐平台自己统计的，所有人都可以看见，你们是不是想说所有平台都串通好来作假啊！”

“哈哈哈哈哈，我要笑死了，说蹭公园热度的脑子糊涂了，不然你家巨巨去写一首《星光公园》吧，看看人家公园理不理你们，哈哈哈哈哈。”

“我为深哥冲销量跟他是实力派冲突吗？有钱乐意。”

“*PARK*这首歌让很多外地人知道了丽泽公园，已经有外地粉丝说要组团游丽泽公园了，在酸之前先看看自家有没有能力带动旅游业吧。”

“说带动旅游业的莫不是要笑死我，谁不知道丽泽公园是免费的。”

“楼上怕不是才要笑死我，你以为大家来了A市，只逛个丽泽公园就走了是吧，再不济也要买两根冰棍啊。”

“歪个楼，丽泽公园的冰棍是真的好吃，哈哈哈哈哈哈哈。”

“丽泽公园或成最大赢家。”

“星光公园：丽泽公园给了你多少钱，我星光公园给十倍。”

不管网上的黑粉怎么说，厉深的*PARK*这张专辑是真的红了，在华语乐坛歌谣榜周榜上，*PARK*也顺利地登顶冠军。厉深上一首单曲《心尖刺》，发行七个多月还没有掉下过前三。这周*PARK*登顶，《心尖刺》第二，可以说他一时风头无两。公司给厉深交代，要发条微博感谢粉丝的支持，厉深思考了半天，最后决定让丽丽给大家比个心。

余晚把米煮进电饭煲里，从厨房走出来，看见厉深抱着丽丽，不知道在捣鼓什么。

“汪汪！”丽丽似乎是被折腾得不耐烦了，不满地冲他叫两声。

余晚走过去，丽丽便从厉深的手下挣脱出来，一头扎进了她的怀里。余晚摸着丽丽的毛，给它顺气，疑惑地看了厉深一眼：“你把它怎么了？”

厉深摊摊手，表示自己很无辜：“我能把它怎么，谁不知道丽丽小公主现在脾气大。”

“汪！”

“你还蹬鼻子上脸了。”厉深捏了它一把，“公司让我发条微博感谢粉丝支持，我想让丽丽比个心，它就是不配合。”

“哈哈哈哈哈哈。”余晚一听他的要求，就笑了起来，“你让它当表情包可以，要它比心不是为难它吗？哈哈哈哈。”

“汪汪！”

余晚道：“要不你先给它示范下，它说不定就跟着你做了。”

“有道理。”厉深把两手举过头顶，比了一个心，“丽丽，比心。”

“汪！”丽丽把脸扭到余晚那边，没去看他。

厉深放下手，又用拇指和食指比了个心：“这个心比刚才那个简单多了吧。”

余晚看了一下丽丽的狗爪，觉得还是有些难。

“要不你和它各比一半吧，你那半心比像一点儿，就可以了。”余晚提议道。

厉深也不想再折腾了，他把丽丽抱过来，左手抬起它的左前爪，右手凑过去比了个心：“这样可以吗？”

“可以可以。”

“那你帮我们拍一下。”厉深说着，又调整了一下心的位置，“这样是不是更像？”

“哈哈哈哈，只要你够帅，粉丝并不关心心像不像。”

那他折腾这么久做什么，直接发一张自拍得了。

“好了，看镜头。”余晚拿出手机，对准了丽丽和厉深，“丽丽，比个心。”

“汪！”丽丽十分配合地看向镜头，叫了一声。

余晚照完，把照片简单地修了一下，传给了厉深：“这样可以吗？我觉得还挺帅的。”

“你觉得帅就可以。”厉深把照片保存下来，传上了微博。

厉深V：感谢大家对我首张专辑PARK的支持，携我家的皮皮犬给大家比心了。

“深哥！好帅啊！”

“恭喜深哥首专销量喜人，期待接下来的演唱会！”

“深哥这个深V领，是在诱惑我们吗？”

“想到深哥上次的回应微博，皮的明明是你，狗随主人。”

“只有我一个人好奇照片是谁拍的吗？”

“照片肯定是助理拍的啊，还能是谁。”

助理小董表示：“我没有啊！”

厉深不止小董一个助理，小董也知道，但她是跟在厉深身边最久的，也是最受厉深宠爱的一个，不接受反驳！她看着厉深微博上发的照片，旁敲侧击地问了一下厉深的另一个助理小苏，得知照片也不是小苏照的，便放心了。但问题又来了，照片到底是谁拍的？也不可能是璐璐姐，她今天陪手下的一个男团去外地做节目了。那还有谁可以随便出入厉深的家？算了，不能深想。小董如此告诫自己。她没有再想，但迟璐似乎也很关心这个问题。迟璐特地打了电话给小董，问照片是不是她帮厉深拍的。

小董大义凛然地扛下了这口锅：“是我，璐璐姐。”

“下次别用手机照，你的相机呢？”

“呃……我当时没带在身上，下次会记住的。”

“嗯，我晚上就回来了，明天公司见，你记得去接厉深。”

“好的，璐璐姐。”

小董跟迟璐聊完，飞快地发了一条消息给厉深。

助理小董：“深哥，刚才璐璐姐打电话问我，你微博的照片是不是我拍的。”

深哥：“你怎么说的？”

助理小董：“我说是我。”

小董见一个红包发来，这是深哥给她的封口费吗？小董收下封口费，给厉深回了一个“感谢老板”的表情。

厉深觉得小董给自己发这条消息，就是想告诉他，她已经知道他和余晚的事了。之前被她撞见过几次，被发现了也不奇怪。好在小董不是迟璐，现在看上去也是帮着自己隐瞒迟璐的。两个人就这样心照不宣，谁都没有先捅破这层纸。

专辑发行两周后，还霸占着各大平台的销量榜没有下来，厉深的首场演唱会门票又要开始预售了。厉深出道才一年，总共发行了两首单曲和一张专辑，已经算得上高产了，但对一场两小时以上的演唱会来说，歌曲还是有点儿少，因此这次举办的演唱会只是小型的，算上邀请的嘉宾的表演时间，每场时长大约九十分钟。

厉深提前一天在微博上发了门票的预售链接，粉丝全都摩拳擦掌，要抢到这个见“爱豆”的机会。余晚上次没抢到厉深的特别版杂志，这次想借着演唱会门票一雪前耻。她想，演唱会门票肯定比限量版杂志多吧，怎么着也能抢到。

预售票在下午两点四十分正式开卖，余晚当时正在开会。她现在当了策划总监，除了负责一些高端婚礼，还得组织开展市场调研，制定公司接下来的一些发展方案。

为了能赶上买票，她特地把会议定在两点，但会议还是超出了她预估的时间，离开会议室的时候已经四十五分了。她电脑都没放下，就拿出手机点进App买票，页面告诉她所有种类的票已经全部售罄。

什么，演唱会门票可以五分钟卖光的吗？！她是不是对厉深的人气一无所知？！

她登上微博，想看看大家都是个什么战斗力，厉深的微博下，已经炸成了一片。

“什么啊啊啊啊！我没抢到！几分钟就没了吗？”

“我统计了一下，只有四万张票！星耀在逗我吗？”

“哈哈哈哈哈哈，深哥微博三千多万的粉丝，星耀只放四万张票，当我们都是僵尸粉吗？”

“@星耀娱乐，进来挨打！”

“四万张票还不够我们塞牙缝！”

“深哥的第一场演唱会啊，虽然之前就说了是小型，但也不用这么小型吧！”

看到大家都没有抢到票，余晚就放心了。她坐回办公椅，给厉深发了一条消息。

晚晚：“你的演唱会门票，我没有抢到。”

阿深：“你为什么要抢？”

阿深：“你的票我到时候会拿给你。”

晚晚：“哦！好的！”

阿深：“麻烦你有点儿身为女朋友的自觉吧。”

晚晚：“我这个人向来比较正直。”

余晚跟厉深聊天的时候，星耀已经被厉深的粉丝骂上热搜了。厉深的这次演唱会，一开始就定的是小型的，场次不多，时间不长，门票也相对便宜，粉丝这么激动的情绪，也是官方始料未及的。

官博马上发了微博跟粉丝道歉，说公司对演唱会定位失误，经过高层紧急商议，决定在原有的两场演唱会的基础上，再加开一场，然而这个结果粉丝也并不满意。

“你们是有什么毛病，把演唱会场地定在大一点的体育馆会死吗？”

“一场两万人，三场还赶不上别人办一场，别人一场能解决的事，你非要我们深哥唱三场。”

“深深之前的专辑卖得那么好，还不够你们租个大点的场地吗？”

“为什么要办小型的，你们是对我深哥的人气多没有自信？”

“我只想说，姐妹们，一人只去听一场好吗？把机会留给更多需要的人，比如我。”

“哈哈哈哈，深哥是不是又要出来发自拍了？每次官方出什么错，最后都是深哥收场。”

粉丝猜得没错，厉深又被公司推出来安抚粉丝的情绪了，只不过这次他没有发自拍，而是把加场票链接放了出来，并且承诺明年一定会办一场大型演唱会。厉深出面以后，粉丝终于不再骂公司，而是开始劝他换公司了。

“深深，星耀格局太小，我们跳槽去光辰吧。”

“帮你@乔以辰。”

“想把深深送到乔以辰手下去的，你们是跟深深有多大仇？”

“哈哈哈哈，深哥不怕，乔以辰要是敢骂你，你就打他。”

“此处应该@司马潇潇。”

余晚在厉深微博下频繁看到乔以辰的名字，终于忍不住好奇，去搜了一下这位金牌音乐制作人——从业以来打造过无数巨星，制作了无数封神的专辑，也……骂哭了数不胜数的歌手，包括歌后司马潇潇，以及他自己的老婆丁檬。

“哈哈哈哈。”余晚拿着手机坐在床上，对刚洗完澡出来的厉深道，“这个乔大制作人是个狠人，连自己老婆都骂。”

厉深诧异地看她一眼：“你竟然不知道吗？他们当年在微博上可是很红的。”

余晚道：“我只认识在台前唱歌的，对他那种幕后音乐人不太了解。话说回来，你的粉丝都在让你跳槽去光辰。”

厉深笑了一下，道：“她们故意的，当年丁檬就是从星耀跳槽过去的。”

丁檬跳槽的时候，还是一个乐坛新人，现在已经成为跟司马潇潇比肩的乐坛一姐，这件事一直让星耀如鲠在喉，如果厉深再跳槽过去，那星耀和光辰真要成死敌了，粉丝也就是看热闹不嫌事大。

“不过，你真的可以给我票吗？”厉深的演唱会现在是一票难求，余晚还真有些不放心。厉深带着一身沐浴乳的香气，走过去爬上床：“我自己的演唱会，还能拿不到一张票吗？”

余晚吸了吸鼻子，往被子里缩了缩：“哦。”

厉深凑近她，笑得不怀好意：“要睡了吗？”

“嗯，有些困了。”

“没关系，我马上就可以让你毫无睡意。”

第二天，厉深排舞的时候，小董眼尖地看见他的后背上有一道红色的抓痕。这次又是什么东西！深哥该不会说是丽丽抓的吧？！她捂着受伤的心脏，去厉深的专用休息室找了一件短袖T恤递给他，让他把身上的背心换下来。

厉深很快会意，什么也没问地把短袖T恤穿上了。

小董以前以为人生最惨的是看着自己的男神和别的女人谈恋爱，现在她发现，这还不是最惨的，最惨的应该是，看着自己的男神和别的女人谈恋爱，还得给他打掩护。

厉深演唱会的门票正式发货以后，厉深也从迟璐那里拿到了内部票。票是到手了，但具体要怎么给余晚，又让厉深有些头疼。如果余晚和他的关系是公开的，现在倒是可以直接给她，但他们的关系只有小董知道。他手上的票都是迟璐给的，要是演唱会的时候余晚坐在了那几个位置，岂不是不打自招？他思考了一下午，最后联系了胡娇。

胡娇虽然是星耀高层的千金，但厉深平时和她的接触也不多，不过上次他在游戏里和余晚结婚的事她知道。他思来想去，这件事拜托胡娇是最稳妥的。

胡娇早就怀疑厉深和余晚的关系了，但余晚在她面前向来都不多说，这次厉深主动找上她，让她帮忙把演唱会的票给余晚，胡大小姐怎会放过这次八卦的机会。

胡娇：“你怎么不自己给她？”

厉深：“不太方便，怕经纪人会误会。”

胡娇：“你就不怕我误会吗？”

厉深：“你既不是我的女朋友，又不是我的经纪人，我为什么要怕你误会？”

胡娇：“我觉得这可能不是误会。”

厉深：“随便你怎么想吧，反正你也不会傻到去爆料。”

胡娇：“我觉得你这个求人的态度很不对。”

胡娇：“不过算了，我不跟你一般见识，你把票放在公司前台，我下午去的时候顺便拿。”

厉深：“行。”

下午，胡娇和俞世敏一起去了星耀，前台见他们进来，就叫住了她：“胡小姐，这里有厉深演唱会的门票，是给您的。”

“哦，对。”胡娇走上去，打开信封看了看，里面放着一张特等VIP席的票。她挑了挑眉梢，把门票装回去，问前台要了一张快递单。

“魏邵？”俞世敏看她在收件人一栏上写“魏邵”，奇怪地道，“不是要送给余小姐吗？”

胡娇笑着道：“让魏总给她。”

“为什么？”俞世敏不懂她这样多此一举的意义。

胡娇道：“因为，看热闹不嫌事大啊。”

厉深演唱会的门票第二天一大早就送到了魏邵的办公桌上。魏邵开完例行晨会，就把余晚叫到了自己的办公室里。余晚以为他要给自己安排什么工作，没想到他递过来一份快件，跟她说：“胡娇送给你的。”

余晚有些惊讶，胡娇的婚礼已经过去好几个月了，而且胡娇之前已经送过她一个名牌包了：“这是什么？”

魏邵道：“厉深的演唱会门票。”

余晚心里很疑惑，为什么厉深的演唱会门票会送到魏总那里去？

“她说你之前跟她提过，你很喜欢厉深，她手上刚好有厉深演唱会的票，就给你了。”

“哦。”但是余晚还是想不通，胡娇为什么不直接寄给自己，“谢谢魏总了。”

“门票不是我送你的，要谢就谢胡小姐吧。”魏邵单手撑着下巴，抬头看她，“你现在还是喜欢厉深？”

之前她给魏邵坦白了自己和厉深在一起过，是想这个话题就此打住，没想到这个话题还能被他从其他角度切入：“我挺喜欢他的歌。”

“那首Lily？”

她把门票收下，朝魏邵笑笑道：“魏总，没别的事的话，我就先出去工作了。”

“等一下。”魏邵叫住她，看着她道，“你下周三有空吗？我请你吃饭。”

“周三？”

“嗯，7号。”

余晚想了想，道：“吃饭应该是可以的，不过魏总怎么突然想到请我吃饭？”

“谭萍和李锐那场婚礼，你忙了这么久，下周三我刚好有空，便想犒劳一下你。”魏邵道，“那天你就别加班了，下班后我们一起走。”

余晚很想捂脸，为什么魏邵说得她跟工作狂似的：“加班这个事，也不是我说了算。”

魏邵笑了一声，道：“总之我们先定在那天吧。”

“行。”老板请吃饭，她还是要给面子的，“那魏总，我先出去了。”

“嗯。”

余晚拿着快件从魏邵的办公室里离开，赵欣一看见她出来，就八卦地凑了上去：“魏总又瞒着我们偷偷地给你送什么了！”

余晚翻了个白眼：“什么啊，是胡小姐送我的厉深演唱会的门票，寄到老板那里的。”

赵欣一听是厉深演唱会的门票，就激动了：“胡小姐送你的？那肯定是好位置啊！你快打开看看！”

余晚在她热切的注视下把快件拆了，从信封里拿出门票，“VIP特等席”几个大字，瞬间就吸引了人的眼球。

“是内部门票啊！”赵欣叫了起来，“怎么就没个客户给我送厉深演唱会的门票呢？！”

余晚看了一下票上印的时间和场次，把它装了回去：“你不是抢到票了吗？”

“我只抢到了看台的票啊！内场票卖得最贵，竟然还是最先被秒杀完的！”说到这个，赵欣又想骂星耀了。

“能有票就不错了，上微博看看那些没买到票的妹子，你会开心很多。”

她觉得余晚说得有道理，她决定待会儿就这么干。

“行了，票也拆了，我回办公室了。”余晚走回自己的办公室，顺便带上了门。

这张厉深演唱会的门票，到底是胡小姐给她的，还是厉深给她的？

晚晚：“胡娇给了我一张你的演唱会的门票。”

阿深：“嗯，是我让她帮我把票给你的，掩人耳目。”

晚晚：“哦……不过她为什么寄到魏总那里去？也是你交代的吗？”

阿深：“她寄给魏邵了？”

晚晚：“对。”

晚晚：“他知道我们以前在一起过，上次我出车祸，他看见我上了你的车。”

阿深：“上次他也在现场？”

晚晚：“我也是后来才知道的。”

他早就觉得这个魏邵对待余晚不是对待普通员工那么简单，计较起来，他们分手那次，也有他的一份功劳。

阿深：“我先排练了，晚上回家再说。”

晚晚：“好。”

厉深排练结束，直接去了余晚家，还把丽丽牵过去了。这段时间星耀又搞了男团选秀，人气挺高，迟璐的精力基本放在那边，厉深现在的工作只有演唱会排练，她只隔三岔五过去看看进度。这无疑是给厉深的地下恋创造了机会，他这段时间进出余晚家也放心了很多。

余晚家饭厅的壁挂上摆着一个相框，相框里不是谁的照片，也不是风景画，而是几年前厉深写的满满一页的“余晚”。她之前说要买个相框框起来，没想到真的框起来了。厉深捧着碗，看了相框一眼，又淡定地收回了目光：“你这个月7号有空吗？”

余晚拿着筷子的手微微一顿，抬眸看向他：“又是7号？魏总约了我7号吃饭。”

厉深微微蹙眉，问她：“你答应了吗？”

“是啊……如果那天不加班的话。”

厉深看着她没说话，余晚被他看得头皮发麻，主动开口："怎么了吗？"

厉深道："你知道那天是什么日子吗？"

"普通的工作日？"

"那天是七夕。"

"哦……"余晚缓缓地点头，"对我来说，就是普通的工作日。"

厉深觉得她真的很没有谈恋爱的自觉："是不是因为我们都太忙了，所以总是让你忘记你是有男朋友的人？"

面对厉深的质问，余晚十分惊讶："难道你还有空过七夕节？你那天要放假？"

厉深道："晚上可以一起过。"

"我们每天晚上都是一起过的啊。"

"你刚刚不是已经答应和别的男人一起过了吗？"厉深似笑非笑地看着她，"魏邵是不是喜欢你啊？"

"喀喀。"余晚被饭呛得咳了两声，她拿起杯子喝了一口水，对厉深道，"我明天就去跟他说没时间吧，我之前真不知道那天是七夕节。"

厉深的嘴角动了动，似乎想说什么，但最后忍住了。他也喝了一口水，他喝的水是特意泡来润喉的胖大海："要好好地拒绝他。"

"嗯，知道了。"

过了一会儿，厉深又问了句："他真的喜欢你，是吧？"

余晚不知如何回答，只好选择沉默。

晚上洗澡的时候，余晚一直在思考要怎么处理和魏邵的关系。她和魏邵认识好几年，他们在工作上早就有了默契，在私下里也算得上关系不错的朋友，现在这么一闹，她面对魏邵就有一些尴尬，而且厉深也明显很在意这件事。最好的办法是和魏邵拉开距离，但只要她还在韶华上班，就不可能跟魏邵真正地拉开距离。

她寻思着今后该怎么办的时候，厉深已经从微信好友里翻出了沉底的魏邵——魏邵的微信还是他在郭经理的婚礼上顺手加上的。厉深当初加魏邵的时候，真的没有想过有一天会主动给他发消息。

厉深：“魏总你好，我是厉深。”

收到厉深突然发过来的消息，魏邵十分意外，但他心里又好似隐隐地知道厉深找自己是为了什么事。

魏邵：“你好。”

厉深：“不好意思，这么晚打扰你，我是想和你说，七夕节那天我已经约了余晚，她应该不能和你一起吃饭了。”

魏邵的眸色沉了沉，他七夕那天约余晚出去，是想和她谈谈他们两人之间的事。厉深既然知道了这件事，那肯定是余晚告诉他的。他的手指放在输入框上，还没想好怎样回复厉深比较合适，厉深的新消息又发送了过来。

厉深：“我和余晚已经复合了。”

魏邵一愣，盯着这句话看了好一阵，最后自嘲地笑了笑。

魏邵：“我知道了。”

厉深关掉微信，没有再回复魏邵，魏邵也没有再给他发消息。余晚洗完澡出来，见厉深靠在床头发呆，便走上去瞧了瞧他：“你怎么了？”

厉深抬起头，看着面前的余晚，没有说话，而是伸手一把抱住了她。

突然被抱住的余晚有些无奈，厉深以前就很喜欢抱她。

厉深把头埋在余晚的颈窝，轻轻地嗅着她发梢的香气。他好想告诉所有人，余晚是他的，可是他不能。

“行啦，我还要看方案呢。”

厉深终于抬起头来看她：“这么晚了还要看方案？”

“嗯，白天没来得及看，这份方案是我之前带过的一个小学徒第一次正式做的，我要看看。”

厉深不满地蹙眉：“我竟然还没有方案好看？”

“哈哈哈哈哈哈。”余晚被他给逗笑了，“那我把电脑桌面设置成你，这样就又可以看你，又可以看方案了。”

为什么他真人在这里，她还要看他的壁纸？

余晚坐在他旁边看方案的时候，他发了一张动图给她，图上写着：我爱工作，工作使我快乐，工作使我致富，同事喊我吃饭，我充耳不闻，对象喊我睡觉，我百般推辞，我只爱工作。

她默默地存了这张图。

第二天，依然是热爱工作的一天，早上开完会，余晚去找了魏邵，想给他说说七夕的事，哪知她刚开了个头，魏邵就道：“对了，7号那天我临时有事，不能请你吃饭了，改天吧。”

余晚愣了一下，点点头道：“好。”

“你刚刚想跟我说什么？”

“没什么了。”余晚走出魏邵的办公室，觉得这件事似乎有蹊跷，她想问问厉深，但犹豫之后，还是把手机放下了。

没过几天，就到了七夕。厉深提前让小董帮他订了一束红玫瑰，想在晚上送给余晚。小董取花回来，在心里忍不住想，就算她没有拆穿厉深，但他这样明目张胆地让她去买玫瑰，也太过分了吧！走到电梯口时，小董正好看见电梯门要关上，便叫了一句“等一下”，飞快地冲了进去。

“谢谢啊。”

电梯门再度打开，里面站着四五个年轻帅气的男子，他们是这次选秀出来的新人，而带领他们的正是迟璐。

没想到在这里碰到迟璐，小董觉得自己真倒霉。

厉深要的这束玫瑰是精挑细选的，不管是花型还是颜色都十分漂亮，再加上精致的包装，几乎小董一进电梯，大家先看见的就都是被她护在胸前的玫瑰。

有个活泼点儿的男子当场吹了一声口哨，笑着看小董：“男朋友送的？真漂亮。”

小董看着迟璐投来的目光，想起了公司不仅反对艺人谈恋爱，连助理谈恋爱都要反对。她吞了吞唾沫，努力露出一个笑：“这个是深哥要的。”

迟璐皱了皱眉，问她：“厉深要这个做什么？”

小董道：“深哥说今天是七夕节，想在微博跟歌迷表白。”

天哪，她怎么会这么机智！

迟璐笑了一声：“他还有心思搞这些。”

小董道：“深哥今年的专辑和演唱会的门票都卖得很好，便说是要趁着节日感谢粉丝。”

“嗯。”迟璐应了一声，没有怀疑小董的说辞，“他平时的微博发得是有些少，他多跟粉丝互动一下也是好的。”

“对对，深哥也是这个意思。”小董笑着连连点头，她觉得奥斯卡欠她一个小金人。

刚才那个跟小董说话的男子又忍不住跟她搭话：“你是深哥的助理啊？”

小董笑着道：“是啊。”尽管自己是厉深的超级粉丝，在偷偷地帮助他谈恋爱的过程中，若是再这样遇上璐璐姐和一群人的盘问，她也快吃不消了。

男子的眼睛亮了几分，看上去很是兴奋：“我超喜欢深哥的。”

小董也有些兴奋："原来我们深哥还有男粉丝啊！"

"有很多男粉丝好不好！之前我们比赛，很多选手都唱过他的歌，我也唱过！"

迟璐道："唱毁了的选手也有很多。"

电梯叮的一声，到了小董要去的楼层，她抱着玫瑰花，笑着退出了电梯："璐璐姐，我到了，先走了。"

"嗯，我等会儿过去看看厉深。"

"好的好的。"

电梯门缓缓地关上，小董看着迟璐的脸消失在眼前，才长长地呼出一口气——当深哥的助理，真是倍儿刺激。

她把玫瑰花放到了厉深的休息室，然后去排练厅找他。小董见厉深穿着白色的背心，对着镜子跟舞团一起跳舞，他的节奏踩得很准，动作也十分有力度，最重要的是，他的肌肉真是太诱人了。刚才的惊吓和满腹的抱怨顿时被小董抛诸脑后，她觉得能当厉深的助理真好。

厉深跳完一遍，走到角落拿起水杯喝了一口水，然后看向了小董："东西取到了吗？"

"取到了，放在你的休息室里了。"小董说到这里，又顿了顿，"不过我上来的时候遇到了璐璐姐。"

厉深差点儿被嘴里的水呛到，他咳了一声，看着她道："她看见了？你干吗把花拿上来，放在车里不就行了？"

"我怕放在车里会闷坏啊！"现在天气这么热，要是花蔫了，到时候被骂的还不是她！

厉深沉默了一下，问她："那你是怎么跟璐璐姐说的？"

"我说那花是你准备用来在微博跟粉丝表白的！"

厉深想了想，觉得她这么说没什么问题，最多就是待会儿要多发条微博而已，便点了点头："行，晚上给你加鸡腿。"

"谢谢深哥，不过璐璐姐说了，她等会儿要上来看你排练。"

"知道了。"

短暂的休息时间结束，舞蹈老师又把厉深叫过去练舞了，这次是要边唱边跳。当兵的经历对厉深来说大概真的受益终身，他的体力足够支撑他开一场大型演唱会，就算是边唱边跳，他的气息也非常稳，连喘都没怎么喘过。对此，老师表示他其实是可以喘一下的，这样对现场歌迷的刺激应该会更大。

厉深很了解自己的声音，也知道女性喜欢听哪样的声音，喘息，也是一种声音的运用，他知道效果很好——他经常在余晚的身上实践。每次他在余晚的耳边微喘，她就会表现得比平时更加热情。

排练节目的老师特别给他在舞蹈中途空出两秒的间隙，让他在这个地方加入喘息。小董光是在旁边听老师给厉深讲解，就害臊得脸颊绯红了，她已经能想象演唱会当天现场的歌迷会疯成什么样。

迟璐在练习结束前来了一次，厉深当时正在和乐队老师排歌，这次参加演唱会的乐队和厉深是首次合作，还需要更多的时间磨合，以确保在演唱会上能够应对突发状况。

迟璐在旁边听了一会儿，也没有上去打断："厉深最近的状态还不错。"

"嗯，是的。"小董想，深哥情场得意，过得如此滋润，状态当然不错。

"你这段时间要注意他的饮食，不要让他吃刺激性的东西，一定要让他保护好嗓子。"

"好的璐璐姐，其实深哥自己也很小心的，从来不乱吃东西。"

"嗯，我还是比较放心厉深的。"

小董的心很虚。

迟璐看了一会儿就被叫走了，她这段时间很忙，男团的选拔还没结束，不过厉深演唱会的正式彩排开始后，她还是要到现场的。

厉深的余光瞥见迟璐离开，看不出什么情绪地继续唱歌。

晚上他约了余晚在自己的家见面，他抱着一束花回去的时候，余晚已经到了。丽丽看见厉深回来，便冲了过来，还对着他手里的花一个劲儿地叫。厉深把手里的花举过头顶，威胁似的对丽丽道："这束花你要是敢给我吃了，我就把你扔到外面去。"

"汪！"丽丽毫不畏惧，这束花看上去比院子里的花好吃多了！

余晚一听见丽丽的叫声，就猜是厉深回来了，她出去看了一眼，果然看见厉深和丽丽在院子里。他手上抱着很大一束红玫瑰，即使远远地看着都很漂亮。厉深见余晚出来，绕过丽丽，走到她身边，把手上的玫瑰递给了她："送给你的。"

余晚弯着唇角接了过来："谢谢，很漂亮。"

"没有你漂亮。"厉深说着，弯腰在余晚翘着的嘴角吻了一下，"节日快乐，宝贝。"

酥酥麻麻的感觉顺着嘴角一直蹿上余晚的头皮，她的耳朵也跟着微微地发烫。厉深满意地看着她泛起浅红的耳朵，在她身边低声笑了起来。

余晚嗔怪地看了他一眼，把他拉进了屋："进来再说吧。"

丽丽也跟进了屋，对着放在茶几上的玫瑰花叫个不停，余晚在旁边看得好笑："丽丽好像很喜欢玫瑰啊。"

"嗯。"厉深蹲下身，在丽丽的身上揉了几下，"下次在花园里给它种一盆玫瑰好了。"

"汪！"

余晚也摸了丽丽一把，随后站直身道："我去煎牛排，你先陪丽丽玩一会儿。"

厉深抬头看她："要我帮忙吗？"

"不用啦，你排练了一天很累吧，我很快就煎好了。"

"那好，玫瑰花要插在花瓶里吗？"

"插吧，电视柜上面不是有一个大花瓶？"

"嗯。"厉深把一直盯着玫瑰花看的丽丽拴好，然后拿着花瓶去接了一些水。把玫瑰花插进去之前，他没忘还有一条微博要发。

他对着桌上的玫瑰拍了一张照，选了一个好看的滤镜，传上了微博。

厉深V：七夕快乐。祝愿大家都能收获爱情。

这条微博下很快就是一片土拨鼠尖叫。

“啊啊啊啊啊，深深你就是我的爱情啊！”

“啊啊啊啊，深深送我玫瑰了！我可以！”

“深哥七夕快乐！”

“热评的单身狗们，过什么七夕呢？”

“说谁是单身狗呢？！看来我和深深的事情是时候公布了！”

“姐妹醒醒，深哥在我床上呢。”

小董看着粉丝的留言，觉得大家确实该醒醒了。你们的深深，已经被别人睡了。

余晚煎好牛排出来后，发现厉深躺在沙发上，似乎是睡着了。桌上的花瓶里放着插好的玫瑰花，她勾了勾嘴角，走过去把花瓶放到了电视柜上，然后蹲在厉深身边，看着他的睡脸。

演唱会马上就要开始了，他这段时间排练很辛苦吧。余晚单手撑着下巴，看着他棱角分明的线条，手指隔空顺着他卷翘的长睫毛抚摸到高挺的鼻梁，最后是微微抿着的嘴唇。厉深的唇很性感，会让人忍不住凑上去亲一口的那种性感。在丽泽公园的那一次，余晚也是被他的睡颜诱惑，凑上去亲了他。这么多年过去，她发现自己似乎没有任何长进，光是这样看着他，就让她心跳加快，控制不住地想吻他。

她低下头，将一个吻轻轻地印在了他的唇上。身下的人的睫毛轻轻地动了动，然后搂住她的腰，一个翻身将她压在了身下。余晚下意识地抱住了他，厉深贴得她很近，用那双总是饱含柔情的眸子注视着她。余晚看着他，笑着开口道：“你总是喜欢装睡骗我。”

厉深也跟着扬起嘴角，又贴近了她几分：“你也总是喜欢趁我睡着的时候偷亲我。”

两人的呼吸缠绕在一起，眼神也变得滚烫起来，厉深沉沉地唤了她一声“晚晚”，余晚低声问他：“你不累吗？”

厉深轻轻地咬了咬她的耳垂，在她的耳边微喘地道：“本来有些累，抱着你突然就不累了，甚至还有些精神。”

他充满暗示地用某精神的部位蹭了蹭余晚，余晚红着脸，声音比刚才更低了：“不先吃饭吗？”

“我想……先吃点儿别的。”

余晚煎好的心形牛排，就这样在桌上慢慢地放凉。

厉深这阵子准备演唱会，是真的有些累，他只做了一次便停了下来，却趴在余晚的身上迟迟不肯起来。

余晚看着时间都快九点了，只好推了推黏在自己身上的膏药：“你好沉呀，起来了。”

厉深意义不明地哼哼两声，又抱着余晚翻了个身，让她趴在自己的身上：“这样可以了吧？”

余晚沉默了一下，道：“我饿了，我想吃晚饭。”

“汪汪汪！”

丽丽的声音远远地从院子里传来，余晚扭过头，拉上的窗帘阻挡了她的视线：“丽丽又在叫了。”

厉深在余晚的唇上亲了一下，终于从沙发上爬了起来。

第九章　我不会和他分手

七夕节过去，距离厉深演唱会的日子也更近了。

谭萍和李锐的婚礼跟厉深的演唱会的日期挨得很近，余晚这阵子也正是忙的时候，但这是厉深第一次开演唱会，她再怎么也要腾出时间去看。厉深给余晚的票是第一场，晚上七点开始，余晚下午忙到五点半，饭也来不及吃一口，就匆匆忙忙赶去音乐中心。

内部门票是走专门的通道，有专门的工作人员负责接待，余晚跟着工作人员走到座位，发现离舞台很近。离开场还有半个小时，场馆内已经坐满了人，荧光棒和灯牌也随处可见，余晚一个人空着手来，觉得自己仿佛是个异类。也不知道赵欣到了没有，余晚下意识地朝远处的看台望去，赵欣买的门票也是第一场，只不过位置比较远。她看了一圈，赵欣是肯定没有找到，倒是看见了厉深的经纪人。她在胡娇的婚礼上见过迟璐一面，想到自己和厉深的关系，她下意识地有些紧张。她朝迟璐笑了笑，算是打了招呼，迟璐似乎有些意外地看了她几秒，然后也朝她笑了一下，什么也没说，便返回了后台。

余晚拿出手机，想给厉深发消息，刚点开厉深的微信，厉深就心有灵犀般，给她发来了一条消息。

阿深："你到了吗？"
晚晚："到啦！"

余晚把周围的环境拍下来，发给了厉深。

晚晚："人好多啊，大家都很兴奋的样子！你这会儿在做什么？"
阿深："在热身。"
阿深："我在后台都听到尖叫了。"
晚晚："哈哈哈哈哈，你是不是紧张了！人真的比我想象中多！加油哦！"
晚晚："对了，我刚才还看见你的经纪人了。"

余晚刚把这句发过去，迟璐就走到厉深的临时休息室里了。厉深看见她，收起手机，继续压腿。

迟璐走过去，问他："我刚才看见余晚在VIP席，你给她的票？"

厉深镇定地道："我的票给胡娇了，她之前找我要票，说想用来送朋友，应该是胡娇送出去的吧。"

迟璐略微沉吟，似是在思考。她听说婚礼后，胡娇送了一个名牌包给余晚，现在送一张厉深演唱会的门票给她，也不是不可能，这件事她只要找胡娇一问就能清楚。

"马上开场了，你调整一下状态，别紧张，像彩排那样表现就可以。"迟璐没有再追问余晚的事，现在演唱会的事才是最重要的。彩排的那几天她都在现场，厉深整场表现都很好，今天只要能正常发挥，就没什么问题。

“嗯。”厉深应了一句，便没有再说话。迟璐也没有再打扰他，又去跟现场负责人沟通了。

厉深见她出去，拿出手机给小董发了一条消息，让她把余晚接到休息室来。

小董：“深哥，马上开场了，你要干什么？！”

深哥：“不干什么，就和她说两句话，很快。”

深哥：“你不去，我就自己过去找她了。”

威胁谁啊！她气呼呼地把手机揣进兜里，去找余晚了。余晚认得小董，她来找自己的时候也没有怀疑，直接跟着她去了厉深的休息室。

“我在外面等你们，马上开场了，你们别说太久。”关键是，千万别被璐璐姐发现。小董觉得厉深的胆子越来越大了，在演唱会开场前，在璐璐姐的眼皮底下，竟然还敢玩私会！

余晚不清楚小董对她和厉深的事知道多少，只能有点儿尴尬地跟她道了声谢，就走了进去。

厉深正在练习等会儿的开场舞，见余晚进来，动作便停了下来。余晚走上去，问他：“怎么了？”

厉深看着她，也没有说话，直接就伸手将她抱住了。他的心跳得很快，不知道是因为刚才的运动，还是因为即将开场的演唱会。

余晚眸子动了动，问他：“你很紧张吗？”

“有点儿。”厉深的声音有点儿闷闷地传进余晚的耳朵里。演唱会门票发售的时候，公司虽然被粉丝大骂了一次，说演唱会规模太小，但厉深刚才偷偷地往外看时，还是有些惊讶。上万人的场次，他一眼看去，尽是密密麻麻的人头。他之前参加的跨年晚会的现场观众虽然比这个多，但今天是他的个人演唱会，他不可避免地感到紧张。只有抱着余晚时，他才感觉心脏跳得没那么快了。

“放心吧，你练习了这么久，肯定没问题的！”余晚轻轻地拍了拍他的后背，安抚着他。

“嗯。”厉深极低地应了一声，终于放开了余晚，“你先回座位吧，我比刚才好多了。”

余晚笑了笑，对他比了一个加油的手势：“加油！”

她前脚刚跟着小董离开，迟璐就回来了，厉深看了一眼走进来的迟璐，淡定地收回了目光。

临近七点，现场观众的情绪越来越激动，场馆内的尖叫声也比刚才更大，余晚也被现场的气氛感染，莫名紧张了起来。现场的灯光忽然黑了下去，观众的尖叫顿时响彻整个场馆，舞台的灯光亮起来时，厉深和伴舞已经登场。

演唱会开场选的是专辑中的快歌《无处可逃》，也是厉深练习得最久的一首。前奏一响起，穿着黑色连帽开衫和黑色裤子的厉深就和伴舞一起跳了起来。这首歌的节奏感很强，拍子也很快，而厉深不仅能清晰准确地唱歌，还能完美地踩点跳舞，这几乎让现场的小迷妹疯狂。她们跟着厉深的节奏不停地挥舞手里的荧光棒，现场的尖叫也一秒都没有中断过。

余晚觉得一场演唱会下来，歌迷的嗓子肯定比厉深更费。不过厉深的舞蹈真的很令人惊喜，她第一次知道厉深跳舞竟然也这么好看。

歌曲接近后半段时，到了老师特意设计过的喘息环节，厉深解开自己的开衫，脱下外套，低喘了两声。现场最亮的光束打在他的身上，大屏幕上甚至能清楚地看见他的背心下的锁骨和胸肌。

粉丝的尖叫在这一刻真的差点儿掀翻房顶，现场的安保人员用自己的血肉之躯立起一道人墙，以防情绪失控的粉丝做出什么过激行为。

短暂的喘息后，曲子再次响了起来，厉深脱下外套，在台上继续唱跳。这下，大屏幕上能将他手臂上的肌肉看得更清楚了。

余晚听着周围刺痛耳膜的叫声，心想：他就不能给粉丝留条活路吗？厉深的开场舞燃爆全场，也刷爆了整个微博和朋友圈。演唱会开场不到十分钟，厉深就上了三个热搜，分别是厉深跳舞、厉深喘息、厉深肌肉。黑子们也完全没反应过来这速度，他们以为演唱会至少要进行到一半才开始上热搜的！

很多现场观众用手机录了厉深跳舞的小视频，没买到票的和吃瓜路人也好奇搜来看了，然后厉深的热搜名次越来越高，整个微博首页好像都在尖叫。

“啊啊啊啊啊啊啊啊，深深跳舞了！还跳得这么好看！我给大家表演个原地去世！”

“深哥！还有什么是你不会的，你说！”

“深哥喘得一点儿都不好听，我就听了两亿遍。”

“逛微博感觉被厉深包围了，真的是无处可逃，不过真的帅，他肌肉很漂亮，想摸。”

“说想摸的，你真的很含蓄，我想……你们懂的。”

“那段喘息我准备截下来，每天晚上睡前听！”

“羡慕去现场的，我要烧了星耀！”

微博的热度在持续上升，而现场终于不再这么热烈了。大概是怕粉丝的心脏承受不住，在过于刺激的开场舞之后，厉深换了一套端庄的礼服，坐在钢琴前弹唱了一首PARK，好给观众一个喘息的机会。

现场的光效做得很好，让人仿佛一下子就置身于鸟语花香、风和日丽的公园，现场还有丽泽公园为了这次演唱会特意提供的官方照片和视频，观众的情绪终于缓和下来，慢慢地挥舞着荧光棒，跟厉深一起合唱。

厉深的歌大多都是舒缓温柔的，直到特邀嘉宾上场，气氛才再次燃了起来。谁都没想到，厉深的演唱会请到的第一个特邀嘉宾竟然是顾信！于是毫无意外地，厉深、顾信又上了一次热搜。

厉深和顾信合唱了一首摇滚，是顾信的成名曲《狂响》，难度很高，厉深完成得很好，粉丝又疯了一次。

“深深竟然连摇滚都会！你是什么神仙歌手！”

“可能除了生孩子，没有深哥不会的！”

“深深一个人生不了，我可以帮他啊！”

“姐妹请排队好吗？”

余晚后来刷到微博时，很担心“厉深生孩子”也上热搜。

九十分钟的演唱会很快就结束了，时长甚至不及一部电影，但看完演唱会的观众反馈都非常好，说厉深这次演唱会绝对超值。这也让买了后两场票的观众更加期待，余晚要忙谭萍的婚礼，后两场也没有去看，但看微博和朋友圈的反馈，应该还是很成功的。

三场演唱会全部落下帷幕后，厉深终于有了一个小假期，但是他没有出门，就天天在家里缠着余晚。

天黑下来以后，余晚还坐在沙发上确定婚礼的事宜，身上穿着厉深的衬衫——她的睡衣之前被厉深撕烂了，也没有找到时间去买，就干脆拿了一件厉深的衬衫出来当睡衣穿。厉深洗完澡出来，就看她抱着电脑盘腿坐在沙发上，他的衬衫刚好盖过她的臀部，她修长白皙的双腿毫无遮拦地暴露在他面前。

他走上去抱住她，手顺着她的腿往上滑：“宝贝，我想……”

余晚按住他的手，正色道：“不，你不想。”

厉深的动作顿了一下，然后抱着她笑出了声：“你手上的婚礼什么时候才完啊？”

“快了，3号就办了。”余晚说着，侧头看他，笑了笑，“这场婚礼完了，就可以准备下一场了。”

余晚绝对是个比他还厉害的工作狂。

“晚晚，你已经冷落我好久了。”厉深不满地跟她抱怨。余晚学着丽丽经常干的那样，无辜地看着他：“有吗？”

“有，我好不容易放几天假，你却天天都在工作。”

“乖啦，3号就结束了。”余晚拍了拍他的脑袋，又继续盯着电脑了。厉深正准备趁她不备亲她一口，余晚放在桌上的手机便响了起来。

厉深顺势看过去，屏幕上亮着“魏总”两个字。一看到这两个字，厉深的眉梢就不经意地蹙了蹙。

余晚拿过手机，把电话接了起来：“魏总，有什么事吗？”

魏邵道：“你还在忙吗？”

“嗯，谭萍的婚礼在做最后的确定，后天就要开始布场了。”

“这样。”魏邵想了想，道，“那你先忙吧，我本来想和你谈一场新的婚礼，还是等明天你到公司……”

魏邵刚说到这里，厉深就突然在余晚的侧颈上舔了一下，然后轻轻地咬了上去。

余晚下意识地轻哼出声，魏邵的声音一滞，过了一会儿才道：“厉深在你旁边吗？”

余晚尴尬得要死，她不知道为啥魏邵会问到厉深，但现在这个都不重要了。她扯开黏在身上的厉深，狠狠地瞪了他一眼，对电话那头的魏邵道：“没有，是狗在我身边。”

趴在沙发边上的丽丽适时地叫了两声，魏邵不知信了没有，只说让她明天到公司再谈，便挂断了电话。

余晚放下手机，厉深又抱了上去，余晚无奈地瞅着他：“你幼不幼稚？”

“你说我是狗，你就不幼稚？”厉深反问。

余晚偏过头去，笑了一声。她知道厉深的心里还是介意魏邵的，虽然他没有要求过她什么。

“我问你，你是不是和魏邵说了什么？”

厉深也没有否认：“我告诉过他我和你复合了。”

她没有问他为什么特意通知魏邵，只是道：“你不怕他去曝光你吗？”

“他不是那种人吧。”

他在这方面倒是很信任人家，余晚无语了一下，坐直身体，看着身旁的厉深道："阿深，我想离开韶华。"

厉深一愣，他心里虽是巴不得余晚离魏邵远一点儿，可是她在韶华发展得很好，他不想影响她的事业。他沉默了一下，问她："离开韶华之后呢，去更大的公司吗？"

余晚摇了摇头："在婚庆公司做，做到顶就是策划总监了，我想自己单干，做独立策划人。"

"独立策划人？就相当于个人工作室吗？"厉深问。

余晚道："差不多吧，公司经营的是品牌，独立策划经营的是自己，或者说自己就是品牌吧。"

成为独立策划人后赚的所有钱都是自己的，不用跟公司分成，但同时风险也全部由自己承担，利弊都很明显。

厉深想了一会儿，对她笑笑道："你做什么决定我都支持你。"

余晚看着他，也跟着笑了起来："不过这件事要等谭萍的婚礼结束以后，我再和魏总谈。"

"好。"

一进入9月，A市就和往年一样下起了绵绵细雨，好在余晚提前了几天开始布置场地，现在只收个尾，没有太多工作。虽然每天都有雨，但雨势不大，新人的彩排在雨中也顺利地完成了。余晚每天都会关注天气预报，就希望3号当天能出个太阳，哪怕是举行仪式的那一小会儿能不下雨也成。但好事大概总是多磨，迎亲的时候倒是没有下雨，李锐的亲朋好友家的私家车组成的车队也在马路上狠狠地刷了一波存在感，临近十二点，雨水还是落了下来。

"今天这里有四场婚礼，一定要做好宾客的指引工作，避免宾客跑错场。"

余晚正和现场的工作人员说着，助手就小跑过来喊她："余总监，下雨了。"

余晚走到外面看了一眼，还真下起了小雨，她以为撑了这么久，今天这雨落不下来了。

“主持人知道流程，他会引导到场宾客用我们放在现场的雨伞的。”余晚说着，又交代道，“你也去看看，主持人有什么要帮忙的，你就搭把手。”

“好嘞。”

余晚走到新娘准备室，看了看在补妆的谭萍：“谭小姐，外面下小雨了，我们彩排时也在下雨，流程和那天是一样的，主持人也会引导现场的宾客。”

“好的。”谭萍看着她，朝她笑了笑，“说实话，我还挺紧张的，但看见你在这儿，心里就踏实多了。”

余晚也朝她笑了笑：“不用紧张，今天你非常漂亮，新郎刚刚还想跑过来偷看，他的样子可比你紧张多了。”

谭萍被她说得一笑，少了一分紧张，多了一分甜蜜，余晚安抚好新娘的情绪，又到外面去查看了。

十二点，仪式准时开始，虽然天空下着小雨，但一点儿都没浇灭宾客的热情。在主持人的引导下，大家都举着油纸伞，对新人翘首以盼。油纸伞是为了这次婚礼定做的，图案和现场悬挂的刺绣盘一样，都是白底红花，但每一把的花纹又各不相同。在大家的期待中，新人终于在霏霏细雨中走了出来。谭萍穿的婚纱是有红色刺绣元素的白婚纱，正好也和这次的主题辉映，有像现场的玫瑰一样的火热，也有像白雪一样的纯净圣洁。

谭萍很追求婚礼现场的拍摄效果，因此这场婚礼用了四台摄影机，还包括一架用于航拍的无人机。这些机位捕捉到了许多婚礼仪式上美好的瞬间，特别是航拍的视频，将霏霏细雨拍摄得格外有意境，而宾客举起的油纸伞，像是在草地上盛开的一朵朵花，新人站在雨中、花中，互相起誓，从此以后将相伴一生。

这些照片当天就被谭萍传到了朋友圈，以感谢亲友的祝福，而只用了一个晚上，她的婚礼现场照片就在朋友圈里引起了巨大的反响，就连厉深都在自己的朋友圈里刷到了。

胡娇：看了谭萍的婚礼，我都想在雨天再办一次婚礼了。

她发的图片是从谭萍那里偷来的现场图，厉深点开大图看了一下，确实每一张都非常好看，不愧是他家晚晚策划的婚礼。

胡娇的朋友圈下还有几个他们的共同好友在问婚礼是哪家公司做的，胡娇发了一个统一回复，说跟她的婚礼是同一个策划，韶华的余晚。

厉深默默地给她点了个赞，点完赞，他给余晚拨了通电话。余晚这会儿还没起床，昨天的婚礼基本上让她忙了一个通宵，回到家都四点过了，今天魏邵给她放了半天假，让她在家补个眠。被厉深的电话吵醒后，她眼睛都没睁地拿起电话，喂了一声。

厉深在那头轻笑："我是不是吵醒你了？"

听见厉深的声音，余晚稍稍清醒了些，她睁开眼睛，看向微微透光的窗帘："现在几点了？"

"都十一点过了。"厉深道，"本来是问你中午想吃什么，看来你更想睡觉？"

"没有，我起来了。"余晚嘴上虽这么说着，身体还是躺在被窝里一动不动。

"昨天你策划的那场婚礼办得很成功，都刷到我的朋友圈来了。"

"是吗？"余晚惊讶了一秒，又恢复了淡定，"本来你们这些有钱人就是一个圈子的。"

厉深笑着在电话那头说了什么，余晚听着他的声音，慢慢地又睡着了。再醒过来时，她手里还拿着电话，而且电话还没挂断。通话时长显示21分钟，余晚愣了愣，试着叫了一声："阿深？"

"嗯？醒了？"厉深的声音从听筒里传了过来。

余晚沉默了一下，终于消化了眼下的情况：“我刚刚听你说话，听着听着又睡着了。”

“嗯，只睡了十多分钟，我还在想你会不会直接睡到晚上。”

余晚问：“你怎么不挂断？”

“不舍得挂断。而且你还说梦话了。”厉深道。

余晚一怔，问他：“我说什么了？”

“你说阿深最帅了，我好喜欢他啊。还跟我要亲亲来着。”

余晚坐起身，翻身下了床：“我起来了，你也快醒醒吧。”

厉深在电话那头低低地笑了起来。

余晚中午跟厉深一起吃了午饭，下午又赶去公司。正处理着谭萍婚礼的收尾工作，魏邵就打了一通内线电话，把她叫去了办公室。

“魏总，什么事？”

“坐。”魏邵示意她坐下，才对她道，“昨天谭萍和李锐的那场婚礼，在朋友圈里引起了轰动，做得不错。”

余晚笑了笑，道：“谢谢魏总。”

“《美丽新娘》杂志联系我们公司，说想给你做一个专访，可以的话，还想跟你约一篇稿。”

“约稿？”余晚有点儿惊讶，“写什么呢？”

魏邵笑着道：“比如做婚礼策划的心得，只要跟婚礼有关，想写什么就写什么。”

“哦……”

“要是没问题的话，我待会儿把他们编辑的联系方式发给你，你们直接沟通。”

“好的。”

《美丽新娘》杂志在婚礼圈子算是权威杂志之一，能在上面做专访写稿子，对她个人知名度的提升也有帮助。一想到这里，余晚就寻思着，要不要跟魏邵提一下自己打算离职的事。她还没来得及开口，又听魏邵道：“还有件事，上次就想跟你说，压到了现在。”

余晚想起厉深恶作剧那次，魏邵确实在电话里提了一句“新的婚礼”：“是有新的单子吗？”

“嗯，不过这个客户比较难搞。”魏邵说这话时，罕见地有些为难。

余晚道：“比胡小姐还难搞吗？”

“这不一样。”魏邵道，“这个客户叫黄满富，前些年做生意发的迹。我跟他打过一次交道，他整个人就是暴发户气质，可没有胡娇那么好的修养和品位。”

余晚了然地点了点头，这种土大款客户，她也不是没有接触过，他们在婚礼上各方面都要向豪门贵族看齐，往往比真正的豪门还难伺候。

“虽然我本人对他的印象不是很好，但我们打开门做生意，也不能挑剔客户，他既然找上来了，我们还是要接待。”魏邵道，“我本来想自己接他的单子，但我有个亲戚正好也在准备婚礼，那边我推不掉。”

“我明白了，我会跟进的。”

余晚虽然答应了下来，但魏邵还是微蹙着眉头：“你先接触一下他，如果实在不行，还是我来。”

余晚笑了笑道：“放心吧魏总，我什么客户没见过？”

魏邵也勾了勾唇：“那要是有什么问题，你直接联系我。”

“好的。”余晚回到自己的办公室，在接收魏邵传过来的资料时才反应过来，她想辞职的事好像忘记跟魏邵说了，不过刚才那个气氛，好像不太适合开口说辞职啊。余晚的手指在桌上敲了两下，她心想：算了，下次找个好点儿的时机再说，先看看这个黄满富先生吧。

如魏邵所说，黄满富就是一个暴发户，本身文化水平不高，但找老婆的眼光还挺高。新娘比他小了十岁，读书的时候还是学校的校花，不过余晚倒是没有见过她本人，跟余晚联系的几乎都是黄满富。因为之前拖了几天，所以她接手以后，黄满富当天下午就约她出去面谈，地点是在一家有名的茶馆。余晚看着黄满富附庸风雅地品茶，维持着脸上专业的笑容。

“我们这场婚礼，就一个词，盛大，一定要盛大！”黄满富喝了一口沏好的茶，装模作样地点了点头，“我看过你之前给胡娇和俞世敏做的婚礼，放了很多孔明灯，我也要那种场面，得比那个还要壮观。”

“好的，明白了。”余晚在电脑上记录好黄满富的要求。

“钱不是问题，关键是得要有排场，排场懂吧？”

“懂。”余晚微笑。

黄满富满意地点了点头：“哦，对了，还有那个什么歌手，叫什么名字来着？”

跟在他身边的助手弯下腰，在他的耳边低声道：“厉深，黄总。”

“哦，对，就是厉深。”黄满富道，“我们欢欢指名道姓，要这个歌手来婚礼上唱歌、表演节目，你得帮我把他找来。”

余晚觉得自己脸上的笑快要挂不住了：“那个，黄总，厉深是很红的明星，要请他来您的婚礼上表演，可能有点儿难。”

“有什么难的？我的婚礼，连个唱歌的都请不来？”

“黄总，是这样的，厉深是签了经纪公司的，他的所有表演和行程都得通过经纪公司安排。”

“那你就联系他们公司嘛，哦，我想起来，他就是胡娇的爸爸的公司的，星耀，是不是叫这个名字？”

“是的，黄总。”黄满富的助手朝他躬了躬身。

余晚吐出一口气，对黄满富笑着道：“黄总，我会尽快联系厉深的经纪公司，但是他们公司不一定会答应。”

“哼，这有什么不会答应的？我黄满富做生意这么多年，早就看明白了一件事，没有什么问题是钱解决不了的。欢欢要听他唱歌，你就把他给我请过来，我说了，钱不是问题。”

和黄满富沟通完，余晚身心俱疲地回了公司。赵欣看见，赶紧叫住她，八卦地凑了上去："见到那个什么黄总了？"

"嗯……"

"看你的脸色，好像他的杀伤力比我想象的还要大。"

余晚笑了笑："他说要让厉深到他的婚礼上去唱歌。"

赵欣沉默了良久，最后十分有原则地道："不行！虽然我也很想听深哥在现场唱歌，但是去黄满富的婚礼上唱，也太掉价了吧！我们粉丝是不会答应的！"

余晚点点头："我也觉得，如果厉深去了，星耀估计得被粉丝的唾沫星子淹死。"

这年头，明星接个不那么有排场的代言，粉丝都能骂公司三天三夜，要是厉深真去黄满富的婚礼上唱歌……不，那个画面太美了，她还是不要想了。

回到办公室，她开始找星耀的联系方式。这次这件事，她不打算跟厉深说，打算走官方通道，让星耀去决定。之前由于胡娇的婚礼，她加了几个星耀的高层，没想到这个时候还派上用场了。她在微信里翻到吴冕的联系方式，给他发了一条消息过去。

余晚："吴经理您好，我是韶华婚庆公司的余晚，我们之前在郭经理和胡小姐的婚礼上见过面，不知道您还记得我吗？"

吴冕收到余晚发来的消息很是意外，他和余晚几乎没什么交集，除了那次他把她的联系方式发给了厉深。一想到厉深，他便有些八卦，于是积极地回复了余晚："你好余小姐，我当然记得。"

余晚见他回复得这么快，便也没再说客套话，直接切入了正题："这次冒昧联系您，是想问一下星耀艺人的活动是您在负责安排吗？这边有客户想请星耀的艺人到婚礼上演出节目。"

吴冕："哦，这个是可以和我联系。他们想请谁？"

余晚："厉深。"

余晚看吴冕发了一排省略号过来，便问他："厉深是不是不好约？"

吴冕："他肯定是要比其他艺人难约的，你那边的客户是只要厉深吗？"

余晚："是的。"

吴冕："那这样吧，你先把婚礼的资料包括新人的基本信息发过来，公司这边要先做个评估。"

余晚："好的，我稍后整理好就发您，麻烦吴经理了。"

吴冕："不麻烦，都是工作嘛，不过你为什么不直接找厉深？"

吴冕最终还是没忍住八卦，把自己最想问的问题问了出来。

余晚："您也说了，这是工作，自然是直接联系公司比较合适。"

吴冕觉得这姑娘还挺会四两拨千斤。

余晚下班前就把吴冕要的资料整理好发送过去。第二天，她接受了《美丽新娘》杂志的专访，给杂志写的稿子主题也确定了下来，就叫"写给新人的婚礼Tips"。余晚当策划这么多年，参加过的婚礼大大小小有几百场，遇到的意外、突发情况和容易被新人忽略的细节，基本都会总结到这篇稿件里，可谓是全篇干货。

晚饭后，余晚还在忙着写稿，厉深收拾完厨房，看她在键盘上敲敲打打了一阵，终于忍不住开口："晚晚，你还要写多久啊？说好的一起睡觉呢？"

“才八点过，你就要睡了吗？你今天是不是还没夜跑，你先去跑步吧，你跑完我就写完了。”

厉深道：“我跑十公里不用半小时，你确定你半小时内能搞定？”

“能……吧。”她明天还约了黄满富聊婚礼，今天必须得把初稿写完。

桌上的手机发出叮的一声，收到一条新消息，余晚看了一眼，赶紧拿了起来，是吴冕发来的消息。

吴冕：“不好意思余小姐，厉深的事恐怕不行，他的经纪人拒绝了。”

余晚微微抿唇，问道：“还有转圜的余地吗？客户这边说演出费可以商量。”

吴冕：“不是演出费的问题，他的经纪人态度很坚决，还把我说了一顿。”

吴冕：“他的经纪人迟璐，你之前应该在婚礼上也见过，是个挺强势的人，她手下的艺人都很红，是我们公司的王牌经纪人之一，她要是不同意，我这边也没办法。”

余晚：“我明白了，谢谢吴经理。”

吴冕：“你的这个客户黄满富，我知道……你要是不好跟他交代，就直接问厉深吧，凭你们的关系，他肯定愿意帮你这个忙。”

余晚还在想吴冕认为的她和厉深是什么关系，正准备出门跑步的厉深就凑了过来。

“怎么了，脸色这么不好？”

余晚见他凑过来，脸色顿时更不好了，她飞快地锁上手机，朝他笑笑道："没什么，就是客户约我明天见面，一想到这个就头疼。"

厉深问她："这次的客户很难缠吗？"

"有点儿，主要是要求有点儿多，哈哈。"余晚说着，把手机塞进裤子兜里，推了推已经换好衣服的厉深，"你快去跑步吧，我马上就写完了。"

"嗯。"厉深换上跑鞋，推开门走了出去。

他夜跑完，余晚果然还没写完稿子。他洗了澡，又坐到余晚旁边："今天是我休假的最后一天了，说好的一起睡觉。"

余晚敲击键盘的手终于顿了顿，她心想：算了，明天早上早点儿去公司写吧。她保存好稿子，关掉电脑站了起来："我去洗澡了。"

厉深跟着她站了起来："我和你一起去。"

"你不是才洗完吗？"

"我不介意再洗一次。"

晚上愉快地睡了觉，第二天余晚一大早爬起来，去公司继续写稿子。今天上午，她本来约了黄满富聊婚礼，但他说突然来了一个客户要接待，就把时间改成了晚上。余晚他们这一行经常是得去迁就客户的时间，但约在一大早和约在晚上的客户都不那么讨人喜欢，不过没有办法，余晚只能笑嘻嘻地答应下来。

晚上见面的具体地点是黄满富的助手在余晚快下班时才发给她的。

"清南巷？"余晚蹙了蹙眉，她很少去酒吧，就连曾经厉深在酒吧唱歌的时候她也只是偶尔去去。酒吧的环境比较吵闹，不太适合谈事情，她估计黄满富是带了客户去清南巷玩，顺便把她叫过去的。说来也巧，黄满富约的这个酒吧，正好就是以前厉深唱歌的酒吧。厉深红了以后，这个酒吧自然也被挖了出来，不仅厉深的粉丝喜欢往那里跑，很多怀揣音乐梦想的歌手也喜欢去那里应聘，现在在酒吧唱歌的歌手就是一个从打扮到唱腔都跟厉深很相似的人，他唱得虽然还不错，但只是模仿厉深的话，余晚觉得是不行的。

她在驻唱歌手的歌声中找到黄满富时，厉深还在迟璐的办公室。

“今年就剩三个多月了，你接下来有一个代言，还有一首合唱。”

厉深抬头看了看她：“合唱？”

“嗯。”迟璐心里也不是特别愿意答应这个合唱，但歌曲确实不错，几经权衡，她还是答应了下来，“李澄澄马上就要从团里毕业了，她是团里人气最高的，粉丝也很多，公司打算强推她。她接下来有一部大IP女主，公司打算让你和她一起唱里面的插曲。我已经看了，那是由段志明作词作曲的歌，质量有保证。”

厉深蹙了蹙眉，他相信段志明的歌不会差，公司特意请到段志明，看来也是真的要强推李澄澄，只不过他觉得李澄澄的唱功还不到家。

“璐璐姐，李澄澄的歌我听过，她是团里的主唱，声音有辨识度，唱功也不能说没有，但只有CD版的能听，她唱现场很容易车祸。”

迟璐道：“这个我也听说过，她唱现场容易车祸主要还是由于经验太少，她本身唱功问题不大。”

厉深笑了笑没说话，李澄澄出道的时间比他还久，之所以唱现场没有经验，是因为她们在现场基本不会真唱，更注重的是舞台表演。

似乎是知道他这个笑是什么意思，迟璐咳了一声道：“李澄澄Solo（单飞）之后，肯定不会再和以前一样，公司会加强她的训练，让她多唱唱就好了。”

厉深道：“那在她唱好以前，我是不会和她同台合唱的。”

迟璐心想：他虽然不答应与李澄澄同台合唱，但至少是答应进录音棚了。

厉深一从迟璐办公室离开，就准备直接回家了。小董见他的脸色不怎么好，便主动关怀道：“深哥，怎么了？公司不会真让你去婚礼上唱歌了吧？”

厉深的眉头微动，转头看向她："什么婚礼？"

"哦对，你不知道，璐璐姐特意交代了不能告诉你……"咦，等等，她刚才是不是不知不觉地告诉他了？

"你刚才说什么婚礼？"厉深又问了一遍。

小董苦着脸，看着他道："深哥，你就当刚才什么都没听到吧。"

厉深道："那我上去问迟璐吧。"

小董拉住他的衣角，朝他笑了笑："是这样的，有个叫黄满富的老板请你去他的婚礼上唱歌，不过已经被璐璐姐拒绝了。"

"黄满富？"厉深的眸子动了动，怎么这个名字听上去有些耳熟？他是在哪里看过？电梯门打开的一瞬间，厉深也终于记起了在哪里看过这个名字——在余晚的策划案上，黄满富好像就是她现在的客户。可是如果那真是余晚正在负责的婚礼，她怎么没有直接跟他说？公司拒绝了，客户会不会为难她？一想到这里，厉深就忍不住拿出手机给余晚拨了通电话过去。

余晚刚找到黄满富，跟他说没几句就被拉着喝酒，手机响起来后，她正好找到机会跑开了："不好意思黄总，我先接通电话。"她拿着手机走到一旁，见是厉深打来的，"阿深，你到家了吗？"

"还在公司。"厉深听到她那头闹哄哄的声音，下意识地皱了皱眉，"你在哪里？"

"哦，我在你原来唱歌的那家酒吧，客户约我在这里见面。"

"客户，是叫黄满富吗？"

"嗯。"余晚工作的时候，厉深经常黏在她身边，知道她客户的名字并不奇怪。

"他是不是让我去他的婚礼上唱歌？"

余晚愣了愣，问他："你的公司跟你说了吗？"

厉深抿了抿唇，问道："这种事你怎么不直接跟我说？"

"呃，这是公事，我这个人一向公私分明。"

即使她不说，厉深也知道，她是不想他为难。他正打算开口，就听电话那头有人在喊余晚过去喝酒。

“我不和你说了，客户还在等我。”

余晚说着就挂断了电话，厉深眉头紧皱地坐上车，对开车的小董说：“先去清南巷。”

“啊？”

“我说去清南巷。”

“知道了。”小董把车开出去，又小声道，“深哥，你要去喝酒吗？”

“找人。”

“哦。”只要不是喝酒，她就放心了。要是他在酒吧喝醉，明天的头条可能就是《当红歌星厉深酒吧深夜买醉，貌似情场失意》。

“余小姐，什么电话接这么久？”黄满富的手里拿着一扎啤酒，啤酒里面还加了冰块，“来，干一个。”

“我真的不能喝，黄总。”余晚笑着挡开他的酒杯，试图用婚礼的事情转移他的注意力，“星耀那边我已经联系了，但是厉深的经纪人不同意。”

“经纪人为什么不同意，是嫌我钱没给够吗？”黄满富满脸写着不高兴，“你再给我联系他的经纪人，我还偏要把厉深请来。不就是一个卖唱的吗，这么大的架子？”

余晚的脸色变了变，把心里的话压下去，又朝他挤出一个笑：“厉深的经纪人那边，我之后再尝试联系一下，但是婚礼的场地，您一定要定在圣比斯利德大教堂吗？”

黄满富睨了她一眼，问：“怎么着，厉深请不来，教堂也不让办吗？”

余晚笑着道：“是这样的，圣比斯利德大教堂确实可以举办婚礼，但是近来已经没有档期了，如果要在那里举行，婚礼需要延迟很久。”

黄满富的脸色又沉了沉："哪里来的这么多事情？"

余晚硬着头皮将笑容维持到底："A市的其他几个教堂都有档期，包括星光公园和丽泽公园特地为婚礼修建的教堂。您要是嫌麻烦，可以考虑换到星光公园，那里的教堂也很大。"

"大？有圣比斯利德教堂大吗？你们这些婚庆公司，不要以为我什么都不懂，可以随便忽悠。我之前已经让人查过了，A市最大的教堂就是圣比斯利德，我就要最大的，第二大的都不行！"

余晚耐着性子企图跟黄满富说通道理时，厉深已经到了酒吧门口。小董一看见他来这里，就有些紧张："深哥，你要找谁，我进去帮你找吧。你在这里驻唱过，有不少歌迷来朝圣，要是你被歌迷认出来就惨了。"

厉深想了想，从后座拿了一顶金色假发戴在了头上。她看他戴上假发，又戴上鸭舌帽和口罩，最后竟然还套上了她的外套。那是她特意为空调房准备的宽松版、中长款的外套，它穿在厉深身上后，就变成了时尚的紧身小外套。

厉深打扮完，抬起头来问她："现在认不出来了吧？"

"嗯。"小董觉得是认不出来了，还别说，深哥这身材配上这打扮，还真有些潮。

"那我过去了，你就在这里等我，我很快出来。"

"好。"小董见他走出去，又不放心地道，"深哥你要小心啊，有什么事马上联系我。"

"嗯。"厉深把手揣进兜里，走进了酒吧。

厉深对酒吧比余晚熟，转了小半圈就看见了余晚。一个胖乎乎的中年男人手里端着一大杯啤酒，似乎想让余晚喝，余晚没接，他便想伸手去抓她的手腕。厉深一个箭步冲过去，拍开了男人的手，把余晚挡在了身后。余晚愣了愣，看着眼前高大的金毛……是金毛吧？酒吧五颜六色的灯光让她有些不确定。

"你做什么？！"被阻挡的黄满富拍桌而起，刚才厉深拍开他的手时，不小心也把酒杯打翻了，啤酒洒了黄满富一手。

厉深居高临下地看着他，冷冷地道："我来接我朋友回家。"

他一说话，余晚就听出来了，虽然他可以压低声音，但厉深的声线她太熟悉了。

"你是来接朋友还是来找碴的，啊？"

黄满富的声音比刚才更高，余晚听出来他是真的生气了，连忙绕开身前的厉深，跟他赔不是："不好意思黄总，我朋友不是故意的。"

她说着，从包里拿出纸巾，想帮黄满富把身上的啤酒擦掉。黄满富躲开她，怒气冲冲地道："别给我来这一套，这是你朋友？我看你们就是故意的！"

"黄总，真是误会。"

"误会？你一句误会就完了？"黄满富一副得理不饶人的样子，"道歉，马上给我道歉！不然这单生意就别做了，你们公司我也要拉进黑名单！"

余晚挡了挡身后想说话的厉深，笑着给黄满富道了个歉："对不起黄总，真的不好意思，这事是我们不对，您消消气。"

"哼！"黄满富冷哼了一声，又看向厉深，"还有你，你也得给我道歉！"

余晚抿了抿唇，对他道："黄总，我朋友真是无心的，这样，我喝酒给您赔罪吧。"

"不用你，我就要他道歉！不道歉我就投诉你！把你们公司拉黑！"

厉深捏了捏拳，余晚也没有说话了，周围好多人都看向了这边，最后厉深弯了弯腰，正准备给黄满富道歉，就被旁边的余晚一把拉住了："你还真准备给他道歉啊？凭什么给他道歉啊？"

厉深有些愣神地看着她，黄满富见她拦着厉深道歉，又大吼了起来："如果不道歉，这事就没完！"

余晚也朝他吼道："你去投诉吧，拉黑吧！你这单生意我不做了！"

余晚拉着厉深，一路头也不回地从酒吧里走了出去。余晚的车就停在酒吧外面，不过和厉深的车不在同一边。小董看着她把厉深拉上了车，心里只剩下一排省略号。那她呢？她直接把车开走吗？她趁着余晚的车子还没开走，赶紧给厉深打了通电话过去："深哥，你怎么上了别的女人的车！"

厉深沉默了一下，把口罩摘下来，开口道："我自己回去，你把车开走吧。"

"好的。"小董说完，又不放心地问，"你们还要去哪儿吗？"

"不了，直接回家，明天你开车来接我。"

"好的。"

余晚看厉深放下电话，便道："把安全带系上。"

厉深听话地把安全带系好，又把帽子和假发摘了下来。余晚一边发动车子，一边问他："怎么打扮成这个样子？"

"这里我的粉丝多，怕被粉丝认出来。"厉深整理着自己的头发，侧头朝余晚笑了笑，"幸好他们没你这么厉害，一下子就认出我，否则我们今天就别想走了。"

余晚看了一眼他手上的假发："没想到你金发也挺好看。"

"是吗？那我去染一个？"

"别，还是黑发更好看，你穿的衣服是谁的？"

"哦，助理的，明天再还她。"厉深把东西一起扔到后座，看着旁边开车的余晚，"我们就这样走了，不管那个客户没关系吗？"

余晚蹙了蹙眉，道："反正我也打算辞职了，就借这个机会给魏总说了吧。"

刚说到魏邵，魏邵就打电话来了，余晚看了一眼，心道，肯定是黄满富跑到魏邵那里去告状了，还挺有效率。

她戴上耳机，把电话接了起来："魏总。"

厉深听她叫“魏总”，便侧过头看向了她。

电话那头的魏邵应了一声，问余晚：“黄满富那边是怎么回事？”

余晚抿了抿唇，道：“这件事是我不对，不该冲客户发脾气，不过他这个单子我实在是跟不下去了。我这会儿在开车，等到家了再联系你可以吗？”

“不急，明天到公司给我说一样的。我听黄满富说你们在酒吧，你没喝酒吧？”

“没有。”

“那你注意安全，这件事我会接手，你不用管了。”

“好的，不好意思魏总。”

魏邵笑了一声，今年是他跟余晚合作的第四个年头了，他了解她的为人，这还是这么久以来她第一次冲客户发脾气，肯定也是黄满富过分了：“也是我不好，一开始我就不该把这个单子给你，行了，你先开车吧。”

“好的。”

余晚挂断了电话，厉深看着她问：“魏邵怎么说？”

“他说黄满富的事他接手了，我不用管了。”

“他骂你了吗？”

“那倒没有。”不过黄满富很可能骂她了……

厉深想了想，问她：“明天需要我陪你一起去公司吗？”

余晚看了他一眼：“那你可能就出不来了，我们公司可是有很多你的迷妹的。”

厉深扬了扬眉梢，神情有几分得意：“我可以伪装。”

余晚笑着道：“不用了，我又不是小孩子了，闯了祸自己能承担。”

“那也不是你闯的，是我闯的。”

“那你也是为了帮我啊。”

厉深沉默了一下，道："其实给黄满富道个歉也没什么，大丈夫能屈能伸。"

"你又没有做错什么，为什么要给他道歉？算了，别提他了，引起不适了。"

厉深笑了一声，以盈着笑意的眸子看着余晚："不过我还挺高兴的。"

"高兴什么？"

"你为了我连客户都得罪了。"厉深说着，嘴角跟着翘了起来，"还是个大客户吧？"

余晚看了他一眼："黄满富现在肯定还没走，要不我把车开回去，你给他道个歉？"

厉深的笑容更深了："你舍得吗？你舍得的话我可以啊。"

余晚觉得他真臭美。

害怕黄满富气不过，再打电话过来骂自己，余晚到家后，就先他一步把他拉黑了。第二天她一早去了公司，打了一封辞职信出来，然后才去魏邵办公室见他。

"魏总？"

余晚站在外面敲了敲门，正靠在椅子上假寐的魏邵听见声音，直起身朝门口道："进来吧。"

余晚打开门走进去，见他精神不是特别好，便有些自责："魏总，你昨晚熬夜了？"

魏邵笑了一声道："黄满富比我想的还难搞，不过没事，我已经处理好了。"

余晚抿了抿唇，朝他鞠了个躬："对不起魏总，都是我工作失职。"

"行了，昨天的事我已经了解清楚了，不怪你。"魏邵看了看她，"你坐下说吧。"

余晚把手里的辞职信递过去，对他道："魏总，我打算辞职。"

魏邵愣了一下，似乎没想到她会忽然这么说。他没去接她的辞职信，抬眸看向她问："为什么要辞职？如果是由于昨天的事，我已经说了，责任不在你。我了解清楚了，黄满富昨天喝了点儿酒，又有朋友在场，因此脾气比较大，今天他的女朋友又联系了我，说以后婚礼的事可以直接跟她沟通。"

余晚道："不管怎么说，这件事确实是我失职，是我没有控制好情绪。再一个，也不全是因为这件事。"

"那是因为什么？因为我对你的态度吗？"

余晚没想到他说得这样直接，一下子有些局促："不是，是出于我对自己职业生涯的规划。"

魏邵沉默了一下，道："那我想听听你有什么规划。"

"这个，魏总你也知道，在婚庆公司做，做到策划总监就是天花板了，我也不想一直给人打工，因此想出去自己干。"

"自己开公司吗？"

"这个暂时还在规划中。"

魏邵看了她好一会儿，才开口道："如果是这样的话，我可以让你当我的合伙人，我们两个都是老板，你也省去了其他麻烦。"

余晚怔住，她做梦也没想到魏邵会让她当合伙人。这个提议无疑有着很大的诱惑力，余晚考虑了一下，还是拒绝了："魏总，谢谢你的好意，不过我还是更想自己出去试试看。"

魏邵抿了抿唇没说话，余晚主动开口道："不过你放心，我不会说走就走，我离开前肯定会把交接工作做好。"

合同规定了离职必须提前一个月提出，也就是说她交了辞职信，还得在公司工作一个月才能走。

魏邵呼出一口气，道："行吧，你也不用这么快拒绝我，这段时间你正好可以再考虑一下我的提议。"

余晚朝他笑了笑，道："那我先出去了，魏总。"

见她从魏邵的办公室里出来，一直关注着这边的赵欣和涂佳佳就立刻围了上来。

“怎么样了？黄满富的事我早上一来就听说了，今天魏总看上去很不好啊，他没有说你吧？”

余晚朝她们笑了笑，道：“我辞职了。”

赵欣愣了两秒，才反应过来：“你辞什么职啊，有没有这么严重啊？这事也不能全怪你吧？他们要是一点儿都不觉得理亏，今早会又打电话过来？”

余晚道：“我辞职信都交了，不过你放心，我不会马上走，我手上的工作还要交给你。”

赵欣一听她这么说，脸色马上就苦了起来：“别了吧，你手上的客户，都是最难搞的，我可搞不定。”

“搞不定也得上，我走了之后，就靠你顶着了。”余晚拍了拍她的肩，鼓励道，“加油，我会好好帮助你的。”

余晚一回到办公室，就开始着手处理工作交接的事。她打包发了一大堆文件给赵欣，收到赵欣发来的一张流着眼泪下跪的表情包。余晚笑了一声，打算把赵欣叫到办公室来，当面跟她说一下，消息还没发出去，厉深的电话就打了过来。

她接起电话，问他：“阿深，什么事？”

“你在公司怎么样了？魏邵骂你没有？”

“没有，他还说想让我当合伙人。”

厉深顿了一下，问道：“你答应了吗？”

“当然没有啦，不过我还有很多工作需要和同事交接，也不能说走就走。”

“嗯，这个我知道。”厉深刚说到这儿，小董就过来敲他的门，跟他说该走了。他站起身，一边朝外走，一边跟余晚道：“我要工作了，晚上回家再说吧。”

“好。”

厉深挂断电话，就跟小董去了迟璐的办公室。迟璐找他主要是跟他说合唱的事，歌曲的Demo他之前已经听了，歌曲保持了段志明一向的水准，是首好歌。

“李澄澄已经学会这首歌了，随时可以进录音棚。”

厉深知道迟璐的意思，她是在让自己也赶紧学会：“我知道了，录音棚约的什么时候？”

“下周。”

“嗯。”

“20号还有电视艺术节，《心尖刺》被提名了最佳电视剧主题曲，你到时候也要去颁奖典礼现场。”

厉深的眉峰动了动，总算是听到了一个好消息。现在媒体很多，各个媒体自己办的颁奖典礼也很多，厉深这一年来没少领这种奖，但这些奖项不管从知名度还是权威性来看，都不怎么够。电视艺术节是ABA每年都会举办一次的颁奖典礼，已经举办了二十多届，虽然不是专门为音乐设置的颁奖典礼，但每年那么多影视音乐，只评选一首最佳主题曲，这个奖项还是有一定分量的。多拿一项奖，就离他和余晚公开更近了一步。

他始终没什么表情的脸上终于露出了一丝笑意，他朝迟璐点点头，道：“知道了。”

在电视艺术节开幕前，厉深先进了棚录制新歌。厉深的歌大多都是自己作词作曲编曲，这还是他第一次唱段志明写的歌。段志明的歌多是优美抒情的，这跟厉深一贯的风格还比较接近，这次这首《花色》，副歌部分会稍微轻快一点儿，整体还是偏向抒情。

不知道是跟厉深一起录歌比较紧张，还是不适应这种抒情的曲风，李澄澄的状态不是很好，而且没了调音师的修饰，她唱功上的不足暴露得很彻底。

“气息不足，音准也不够。”厉深听她唱了一次，便要求分开录制自己的部分。在外面听他评价李澄澄的小董，这一刻以为他是被乔以辰附体了，不过，“乔以辰”这三个字在星耀不能说。

厉深从录音棚出来，跟迟璐道：“公司真要强推她，她的唱功还得下工夫，要不就让她专攻演戏吧。”

迟璐没说话，小董倒是小声地道：“你要是看了她演戏，就会觉得她唱歌已经很好了。”

迟璐瞪了她一眼，小董哈哈笑着道：“我是在夸她啊！她好歹也是团里的主唱，声音条件还是不错的嘛！”但是演戏的话，大概和司马潇潇有一拼。

迟璐见厉深对李澄澄有意见，便道：“录音棚可以重新再联系一个，你们可以分开录，李澄澄不是专业歌手，和你比起来肯定有差距，你对她不要太严格了。”

厉深道：“不跟我合唱的话，她唱成什么样我都不在意。”

小董心疼厉深，这首歌出来以后，粉丝可能又要骂一次星耀。不过李澄澄的歌不听现场的话，其实还挺惊艳的，她的声音条件确实不错，而且粉丝也很多，真要骂的话，说不定会是双方粉丝骂起来。这么一看，星耀还挺小心机的。

《花色》录制完以后，也迎来了今年的电视艺术节。这是ABA一年一度的大型颁奖礼，微博上提前几天就开始预热了。今年的国产电视剧出了不少精品，但最引人关注的当然还是温可和俞凯泽主演的《最后的旅程》，这部电视剧一共被提名了最佳导演、最佳剧本、最佳男女主角和最佳电视剧主题曲五项重量级奖项。

厉深跟着剧组一起出席了本届电视节，红毯上各路明星的照片很快就刷遍了微博。

余晚现在已经交了辞职信，工作比以前少了很多，这种时候也能坐在电脑前，边喝蜂蜜牛奶，边刷微博了。

厉深今晚的造型又引得无数小迷妹尖叫，尽管只是最简单的白衬衫和黑西装，但穿在他的身上就是有魅力加成。厉深的几张动图也在微博上传播很广，余晚保存下来发给了厉深。

“这是谁家的小伙啊，可真俊。”

她的微信备注前阵子被厉深改成了Lily，厉深坐在观众席上，对着手机笑了一下。

温可就坐在他的左边，而她的右边是《最后的旅程》的男主角俞凯泽，她的这个座位今晚也被刷爆了，无数追星女孩儿流下了羡慕嫉妒的眼泪。

看见厉深盯着手机笑，温可好奇地朝他手上瞄了一眼，厉深很快收起手机，脸上的笑容也收了收。

温可挑挑眉，问他："女朋友？"

厉深轻咳一声，岔开话题："马上就要颁发最佳女主角这一项奖了吧？"

温可道："还早，最佳电视剧主题曲在最佳男女主角前。"

"哦，那我再背一下获奖感言。"

温可觉得他倒是非常有自信，不过也不怪他自信，《心尖刺》这首歌火了快一年，其他歌还真没有这个热度。

"接下来我们要颁发的，是最佳电视剧主题曲奖。"颁奖嘉宾看了看手里的小信封，对台下的观众道，"这首歌是今年有名的催泪神曲，上线第一天就打破了音乐平台销售纪录，发行九个多月，在榜三十七周，从未跌下过前三，即将创造歌谣榜新的在榜纪录。"

他说到这里，大家已经全猜到是《心尖刺》了，今年只有这一首歌取得了这样的成绩。

"这是乐坛一首新的神曲，也是电视剧音乐的神曲，有人说是电视剧成就了这首歌，也有人说是这首歌成就了电视剧。它就是——厉深、《心尖刺》，恭喜！"

现场观众响起热烈的掌声，有幸在场的粉丝也激动地尖叫起来，这首歌拿下这一届的最佳电视剧主题曲，可谓是实至名归。

厉深得奖的瞬间和上台领奖的动图，也飞快地在微博上开始传播。他发表完获奖感言，在台上现场演唱了《心尖刺》这首歌。现场的歌迷有些是上次没有抢到演唱会门票的，能在这里听到厉深唱歌，也算是填补了一些遗憾。

《最后的旅程》已经顺利地拿下了三项奖，之后俞凯泽和温可又顺利地拿下了最佳男主角和最佳女主角，这部电视剧的剧组将提名的五个奖项全部收入囊中，成为今晚最大的赢家。

网络上铺天盖地的电视节盛况的稿子，厉深没有一一去看，只发了一条微博感谢制作组以及粉丝的支持。发完微博，他又点开了微信，微信虽然没有微博热闹，但今天他得了奖，还是有很多亲朋好友发来祝贺的。消息已经显示99+，厉深没有一一回复，而是截了张图发到朋友圈里。

厉深：感谢各位亲朋好友的祝福，消息实在太多，就不一一回复了，在这里统一给大家说声谢谢。

厉深虽发了这条消息，但也不是说不回复就都不回复的，关系好一点儿的，还是要专门回复的，女朋友也是得特别回复的。他正在给余晚编辑消息，就收到小董一个视频通话请求，然后又很快挂断了。厉深皱了皱眉，切换到她那边："点错了？"

小董："深哥！你刚才的截图里有个叫Lily的！"

他翻到朋友圈看了一下，原来是自己发的截图里不小心把余晚给截下来了，但是一般人都注意不到吧，就算注意到了，也没什么吧，不是说现在全国有一半的女生的英文名都叫Lily吗？厉深把自己的想法发给了小董，换来了她的一个巨大白眼。

小董："但是璐璐姐不会这么想啊！她就坐在你的旁边啊！你赶紧趁她发现之前删了吧！"

今晚的颁奖典礼，迟璐和她还有助理小苏都是陪厉深一起来的，现在小苏在旁边开车，她在副驾座玩手机，厉深和迟璐坐在后排。小董心想：当着璐璐姐的面，深哥都敢这么嚣张，是不是得奖让他飘了！

深哥："现在删除的话，会不会显得欲盖弥彰？"

小董："你希望等璐璐姐抓到，铁证如山？"

深哥："我去删。"

他把朋友圈删除了，又重新发了一遍，只是这次没带截图。有人问他怎么重发，他也只说是不小心给删除了，重新发一次。

小董见他删除了，又给他发了一条消息过去："深哥，你是不是今晚得了奖，有些飘了？"

迟璐见厉深和小董都在玩手机，便也低头拿出了手机，厉深朋友圈的"罪证"已经删除了，她没有看见。但第二天，厉深秒删朋友圈这件事还是上了热搜。

朋友圈里的人加多了，总有几个心怀鬼胎的，不知道是谁把厉深昨晚的第一条朋友圈截图下来投稿给了营销号，还把上面那个叫Lily的女生圈了出来。如果只是这样，话题度还不够，但厉深还秒删了，营销号就抓住秒删这一点，大肆做文章。

粉丝本来还沉浸在昨晚厉深得奖的喜悦之中，没想到早上一醒来，整个就变天了。

"黑粉还有完没完？我深哥昨天刚拿奖，今天就开始带节奏了，你们咋这么出息呢？"

"哈哈哈哈，都是酸的呗，见不得别人好。"

"我列表里有三个女生都叫Lily我会说？"

"你们粉丝也真会给自己催眠，如果没什么，他干吗心虚秒删？"

“现在只要说厉深不好，就都是柠檬精酸的。”

“不是，列表上有个叫Lily的怎么了？怎么还就成了不好的了？你们是找不到地方黑了吗？”

“朋友们，注意看，都不是情侣头像！带啥节奏呢！”

秒删朋友圈上了一阵热搜后，又开始有营销号带节奏刷“厉深的Lily浮出水面”了。这一看就是有人在幕后运作，粉丝一边生气地骂回去，一边疯狂“艾特”星耀，让他们出来上班了。

余晚在微博上刷到这件事的时候，吓得差点儿冒出冷汗。她的微信名字虽然不叫Lily，但头像是没法改的，她用的头像是年初换的Q版漫画女主角，谈不上多特别，但从年初用到现在的，在她的朋友圈里只有她一个。她飞快地登上朋友圈，想把自己扎眼的头像换了，但一打开朋友圈就傻眼了——她的微信朋友们，有好几十个都把头像改成和她一样的了，就差名字没改成Lily了。不，他们说不定改了，但她有备注，便看不出来。余晚这个本尊混迹在他们中间，忽然就变得格外不起眼了，似乎不用换头像了呢。

她看了一下朋友圈，几乎每个改头像的朋友，今天都新发了一条状态。

“好吧，我承认了，我就是厉深朋友圈里的那个Lily。”

余晚琢磨着没自己什么事了，便给厉深发了一条消息，问他现在怎么样。厉深的手机刚一响，迟璐就冷笑了一声：“怎么，你的Lily给你发消息了？”

厉深没有回话，只是低下头给余晚回消息，小董站在一边，瑟瑟发抖地看着他。深哥可真是沉得住气啊！璐璐姐的脸色都黑成那样了，他还能稳如泰山！

“厉深，我问你，你是不是跟你的前女友复合了？”迟璐冷着脸问。

小董默默地竖起了耳朵，前女友？那余小姐又是谁？余小姐就是前女友？小董一时语塞，心想：这么刺激的吗？

厉深回完消息，便把手机放回包里，抬起头来毫不避讳地看着迟璐：“是。”

小董觉得深哥真汉子。

“行。”迟璐怒极反笑，她看向一旁的小董，问她，“这件事你是不是知道？”

她这阵子忙着选秀的事情，没怎么和厉深在一起，但小董天天跟着他，他不可能瞒得住小董。

小董见迟璐的刀子一下子就刺到了自己这边来，梗了梗脖子，道：“璐璐姐，我只是有隐隐约约的感觉……”

“隐隐约约的感觉？”迟璐勾了勾唇，“我看你们两个就是串通起来瞒着我的！”

她的音量一下子提高了许多，小董吓得一抖，赶紧道：“璐璐姐你消消气，是我不对，是我不对。”

“你哪里有错？我现在想起上次那束玫瑰，怕不是厉深送给他的女朋友的吧？”

女人吵架的绝招之一来了——翻旧账。

“哦，还有。”迟璐侧头看向厉深，“我是没想到，你竟然连胡娇都买通了。”

厉深演唱会那次，余晚出现在VIP席，厉深说票是胡娇给的，她在那之后也特地跟胡娇求证了，确实是胡娇给的。小董分不清轻重，连胡娇都帮着他们说谎！

“我看你们是成心想气死我！”

迟璐刚喊完这句，办公室的门就被敲开，秘书站在外面，小心翼翼地道：“璐璐姐，总经理找您。”

“知道了，我马上过去。”迟璐缓了一口气，又看了厉深跟小董一眼，才走了出去。

她一走，小董便瘫坐在沙发上，魂都掉了大半：“璐璐姐太可怕了，她现在肯定被抓上去开会了，估计要挨批。”这么一想，小董更觉得自己要完蛋了，璐璐姐挨完批，心情肯定会更不好，她心情不好，肯定也不会让自己好。

营销号只拿着一张朋友圈截图做文章，也掀不起多大水花，只要官方和厉深都否认，这件事自然就过去了。但现在迟璐担心的，就是厉深不打算否认。他都能背着自己谈恋爱了，还有什么做不出来？她跟星耀的高层开完会，上面的态度很明了，就是不能承认，网络上的风向，也有专门的团队去处理了。同时，厉深的微博也暂时由公司接管。

为了尽快把大家的注意力从这件事上转移，公司还决定把《花色》这首歌的发行时间提前。原本这首歌是想让厉深带带李澄澄的，没想到现在倒是可以借李澄澄的话题度把厉深的事件给盖过去，也算是意外收获。

星耀在经营偶像上很有经验，处理这种负面消息也很有一套，余晚看着热搜被撤，网上的风向也开始变，便知道这事儿再翻不起什么水花。她这边刚放下心，却忽然接到了厉深的经纪人的电话。她的开场白非常官方客套，语气也格外冰凉。余晚只在刚听到她说她是厉深的经纪人时，惊讶了一秒，紧跟着便冷静了下来。厉深的公司会联系她，好像也是意料之中的事。

“迟小姐您好，请问您找我有什么事呢？”

迟璐道：“我想跟你见个面，不知道你今天有没有时间？”

余晚看了看手表，距离下班还有两个小时，不过她现在也没多少事，可以请假：“我现在就能走，您想约在哪里？”

迟璐似乎没想到她这么痛快，停顿了一下才道：“最近媒体盯得有些紧，郁氏的私人会所可以吗？”

“可以，我有那里的会员卡。”

余晚挂断电话后，没有立刻去郁氏的会所，而是先回家换了一身衣服。临走，她又看了一眼自己的抽屉，从里面把常抽的那种女士烟拿出来装进了包里。

她到会所时，迟璐已经等在里面了，她还记得迟璐的样子，找到迟璐，便径直走了过去："迟小姐，您好。"

迟璐抬起头来，看了她一眼。迟璐见过余晚两次，第一次，她穿着职业装在胡娇的婚礼上游刃有余，看上去干练可靠；第二次是在厉深的演唱会上，她穿了一条普通的连衣裙，给人的感觉亲切可爱了许多。今天，她穿着充满设计感的礼服裙，搭配脚上的高跟鞋和肩上的名牌包，又多了一份名媛的优雅和漂亮。迟璐在心里笑了一声，厉深会两次栽在她手里，也不意外。

"坐下说吧。"

余晚笑了笑，拉开椅子在她对面坐了下来。

迟璐的眼光从她的包上扫过，状若无意地问她："这个包是胡娇送给你的？"

"是。"余晚笑着道，"胡小姐是一位很大方的客户。"

迟璐也笑："看来胡娇很喜欢你啊，又送你包，又送你厉深的演唱会门票。"

余晚的嘴角抿着点儿笑，没有说话。迟璐喝了一口咖啡，开口道："我也不拐弯抹角了，余小姐这么聪明能干，相信也知道我今天是因为什么事来找你。"

余晚问她："是跟厉深的事有关？"

"嗯，你也知道厉深现在正是事业上升期，他的朋友圈一张截图传出来，都引起了这么大的反响，如果真的爆出恋情，就会对他造成很大的负面影响。"迟璐还真就单刀直入地提出条件，"公司这边的意思，是希望你们两个能够分手。"

余晚听完她的话，脸上没有多大的情绪变化，似乎是早就猜到她会说些什么。余晚沉默了一阵，从包里拿出烟盒，抽了一支出来。

"不介意吧？"她把烟夹在手里，朝迟璐询问般地笑了笑。迟璐一看见她放在桌上的烟盒，脸色就变了变。迟璐看到过好几次厉深叼着这个牌子的烟，早就认得这个烟盒了。

余晚拿起打火机把烟点燃，轻轻地吐出一口白烟。迟璐这才看向她，勉强地笑了笑："余小姐抽烟？"

"嗯，不过抽得不多，偶尔抽一支。"余晚夹着烟，朝她笑了笑，"厉深不喜欢我抽烟，你可不要跟他说。"

迟璐的脸色又变了一下，她抿了抿唇，看向余晚的眼神又冷淡了几分："余小姐，关于我刚才说的，你有什么看法？"

余晚把烟灰轻轻地抖在桌上的烟灰缸里，抬眸看向了迟璐："迟小姐，你说的我都理解，我比你还不想影响厉深的发展，不过你既然是他的经纪人，应该也听他说过吧，我们上一次分手，是我提出来的。"

厉深从来不喜欢跟别人聊自己的感情问题，因此迟璐并不知道他以前和余晚发生了什么，不过这个也不重要，重要的是现在。

她看着余晚，等着下文，余晚又吸了一口手里的烟，才道："我们分手那一次，我伤他很深，我不想再伤害他第二次了。如果你要我们分手，就请你去做厉深的工作，让他来跟我分手，我保证配合，不会有一句怨言。"

迟璐轻轻地捏紧手里的咖啡杯："余小姐这样说，就是没有商量的余地了？"

余晚笑着道："我可不是这个意思，我只是想把选择权交给厉深，我们两个在这里就把这事决定了，对他来说不公平，不是吗？这种事，我一辈子做一次就够了。"

迟璐看了她一阵，见她没有松口的意思，便站起身，拿着包走了出去。

余晚看她走远，把手上的烟头摁灭，靠在了椅背上。她不知道这么做对不对，但她上次跟厉深说了，再分手，一定是他提出来。

迟璐离开后，直接开车去了厉深的家。因为这阵子媒体盯他也盯得紧，所以公司干脆让他在家休息几天，等《花色》发售了再开始活动。在树下趴着的丽丽见她过来，便叫了起来，迟璐看也没看它，直接拿出钥匙打开了厉深家的门。

“汪汪！”大约是看迟璐来者不善，丽丽跟在她身后，冲她叫了起来。厉深从客厅里走出来，抱着丽丽安抚地摸了摸它身上的毛：“你怎么来了？”

迟璐嗤笑了一声，看着他道：“你别忘了，我还是你的经纪人。”

厉深给丽丽擦了擦爪子，牵着它进了屋：“是有什么工作了吗？”

迟璐看他一副没事人的样子，就更来气了：“我刚刚去见了余晚。”

厉深抚着丽丽的那只手猛地一顿，他抬起头，眼神比刚才锐利了很多：“你找她什么事？”

迟璐嗤笑，每次一提到余晚，他的态度马上就会起变化，她竟然一直没发现他和余晚复合了。

“我向她转达公司的意思，希望你们能够分手。”

厉深的眼神更锐利了，他的脸色也整个沉了下来。他站起身，问迟璐：“是公司的意思，还是你的意思？”

迟璐眯了眯眼：“你什么意思？”

“你自己心里清楚。”

“我清楚？”迟璐再一次被气到发笑，她看着眼前的厉深，嘴唇都有点儿颤抖，“总之你们两个必须分手。”

厉深声音低沉地问：“如果我不呢？”

“你不？”迟璐笑了笑，“厉深，你是不是真的觉得自己翅膀硬了？你信不信，我让你在星耀混不下去？”

厉深冷冷地道：“随你。”

在门外偷听到他们全程对话的小董，此时内心一片惊涛骇浪。为什么每次这种事，都让她遇到？

第十章　万人请辞

迟璐和厉深的谈判不欢而散，小董一颗心七上八下。迟璐走后，小董站在门口不知道是该追上去让她消消气，还是进屋去劝劝厉深。

高跟鞋的声音由远及近，小董一扭头，看见余晚穿过花园走了过来。余晚还穿着去见迟璐的那身衣服，小董愣了一下，才反应过来是她。

“余小姐。”小董朝她打了一个招呼，觉得这里好像没自己什么事了。

余晚看向她，眨了眨眼：“啊，你是厉深的表妹。”

“哈哈哈哈哈。”小董尴尬地笑了起来，“其实我是深哥的助理，你来找深哥吧？他在里面，刚和璐璐姐……”

“晚晚。”小董的话被厉深的声音打断了，厉深从屋里走出来，身后跟着向来黏他的丽丽。

小董一听见他叫“晚晚”，就暗暗地抖了一下身上的鸡皮疙瘩，她朝厉深和余晚笑笑，道：“我先走了，你们慢慢聊。”

余晚看着她飞快地蹿上车，把车开走，回过头来对厉深笑了笑：

“你这个助理还挺可爱的。”

“汪汪！”丽丽从厉深的身后挤出来，似乎想跑出去跟余晚打招呼。厉深一把抱住它，把它拦了下来：“才给你擦了爪子，进屋去。”

“汪！”

厉深没有理它的反抗，侧头对余晚道：“先进来吧，拖鞋在鞋柜里。”

余晚愣了愣，嗯了一声。她打开鞋柜，果然在厉深的拖鞋旁边看见了自己的拖鞋。之前为了不让经纪人发现，她的拖鞋都是被厉深藏在柜子更里面的。她看着摆放在一起的两双拖鞋，勾了勾唇，换上鞋子走了进去。

厉深给她倒了一杯水，放在桌上，看着正在逗丽丽的余晚问：“迟璐去找你了？”

“嗯。”余晚轻轻地点头。

“她和你说了些什么？”

余晚让丽丽在地板上坐好，抬起头来看了看厉深：“她说公司要求我们分手。”

她话音一落，厉深的眉头便向眉心聚拢：“你答应了？”

“没有。”余晚站起身，看着他道，“我说过，下一次分手，得由你提出来。”

厉深的眉头动了动，然后渐渐地舒展开：“没有下一次。”

余晚的嘴角弯起一个浅浅的笑，心里还是有些担心：“不过这样的话，这件事你们打算怎么处理？”

厉深道：“公司是想等新单曲发行，让新单曲的热度把这件事情盖过去，反正大家吃瓜的热情，几天也就过去了。”

“你在微博上不需要回应吗？”

“公司肯定不会承认，但我现在否认，今后岂不是要打脸。”厉深道，“就不承认不否认吧。”

余晚想了想，跟他说："其实我觉得明星天天都在打脸啊，今天说没有恋爱，明天就直接公布婚讯了，今天说没怀孕，明天就直接三个月了。"

厉深低笑了一声，双目含笑地看她："你这是在暗示我跟你结婚？"厉深把她拉进怀里抱了一会儿，用鼻尖轻轻地嗅了一下，"你又抽烟了？"

她叹了一口气道："看来我真的需要一瓶香水了。"

厉深无声地勾了勾唇，对怀里的余晚道："我会监督你戒掉的。"

"我本来就没怎么抽。"

但显然这个解释对厉深来讲没什么用，第二天，余晚就发现自己收在包里的烟盒不见了，桌上多了一个香水瓶。香水是Bunny最新款，延续了它们一贯的公主风，余晚试着喷了一点儿，很清甜。以前余晚不怎么喜欢用香水，现在用了香水之后，却觉得好像生活都跟着变甜了一些。

那天余晚见过迟璐以后，迟璐就没有再联系过她，厉深和迟璐的关系也跌入了冰点，好在《花色》这首歌紧跟着就发售了，李澄澄本就是团里热度最高的，再加上首次Solo就是跟厉深合唱，自然引来了更多的关注。

段志明的歌向来很抓人，这次的《花色》也是发行首日就冲上了单曲销量第一，在歌谣榜上的排名也是上榜当周就空降第一。

李澄澄的声音和唱腔都很有特点，她一直担任团里的主唱，如果遇到好的歌，她的声音听起来就会很惊艳——当然前提是录音棚版的。《花色》刚好符合了这些要求，再加上还有厉深合唱，一时间，这首歌好评如潮。

看着最近网友的注意力都被这首新晋神曲给转移了，小董松了一口气。这阵子由于厉深跟迟璐闹僵，厉深手上的工作都暂停了，就连本来说好的一个代言都被迟璐压了下来。今天迟璐又叫了厉深去公司，看样子准备再跟他谈谈，小董觉得今天应该就是个打破僵局的好机会。

迟璐的办公室里，只有她和厉深两个人，小董和其他几个工作人员都趴在门口偷听里面的动静。

“这件事现在虽然暂时过去了，但只要有一点儿风吹草动，肯定就会再被人翻出来，到时候，浪只会比这次更大。”迟璐看着对面的厉深，板着一张脸，“只有你们分手才能杜绝。”

“杜绝？”厉深像是觉得她说的话十分好笑，不由得嗤笑了一声，“要真想黑你，谁不能给你炒点儿绯闻出来？”

“这是两回事。”迟璐抿了抿唇，试图缓和语气，“我也不是说你就一直不能谈恋爱，只是现在这个时间点不合适。”

“那你觉得什么时间点合适？”

“你不要这么任性，也要顾及一下粉丝的感受。”

厉深又笑了笑：“我不是不顾及，只不过对你顾及的那一批来说，无论什么时候都不合适。”

“你要这么说，我觉得也没必要聊了。你不服从公司安排，就不要怪公司不给你资源，还有两个月就是音乐盛典了，你还想参加吗？”

厉深眯了眯眼：“你这是拿音乐盛典威胁我？”

“我只是给你列出你一意孤行很可能出现的后果。”

厉深慢慢地捏紧拳头，又一点一点地松开，他呼出一口气，站起身道：“我还是那句话，随你。”

他转过身，头也不回地走到门口，打开了门，围在门外偷听的人立刻散开。厉深看见他们，也一个字没说，直接走了，小董拿起自己的东西，飞快地追了上去。

“深哥！你们刚才说的话我都听见了，这件事确实是璐璐姐过分了！”小董现在的气愤不亚于厉深，迟璐虽然在公司有一定的话语权，但公司也没说一定要深哥分手啊，她怀疑迟璐这是在以权谋私！

厉深没有说话，一路飞快地走到车前，打开车门就想坐上去。小董拦住他，自己坐上了驾驶座："深哥，你现在情绪不好，还是我来开吧！"

厉深看了她一眼，自己坐到后座去了。路上，小董一边开车，一边还在想迟璐刚才说的话："深哥，你现在打算怎么办啊？"

迟璐是他的经纪人，之前她压了他的代言，现在还想拿音乐盛典威胁人，音乐盛典可是对歌手来说每年最重要的颁奖典礼了，她不让深哥参加绝对不能忍！

厉深没回话，小董更加着急了："深哥，你别怕，星耀又不是她一个人说了算的，大不了咱跟她决裂！"明星和经纪人反目成仇的案例，网上又不是没有，她回家就去搜一个案例学习一下！

厉深抬眸看了她一眼，开口道："我觉得你的情绪现在比我还激动，你能开车吗？"

"我可以。"小董说着，做了个深呼吸，给自己缓口气。

厉深沉默了一会儿，又对她叮嘱道："这件事你不要告诉余晚。"

"啊？都这么严重了……"小董话还没说完，就被厉深的一个眼神瞪了回去，"好吧，我知道了，但这事还得解决啊。"

"我知道该怎么处理。"

小董抿着嘴角，没有再说话，深哥现在太被动了，他们得把主动权夺回自己的手上才行。他虽然不让她告诉余晚，但没让她不告诉网友，现在迟璐仗着职权想只手遮天，也只有网友可以和她一战了！作为厉深的超级粉丝，小董觉得，是自己该出手的时候了。她一回去就注册了一个小号，跑到一个最喜欢爆星耀料的营销号处私信了博主。

"是这样的，我是某著名娱乐公司的一个基层员工，我想控诉这个公司的某著名经纪人。这个经纪人手下有个歌手，这一两年很红，这个经纪人呢，一直喜欢这个歌手，男女之间的那种喜欢，她曾经在酒店只穿着浴袍就想进这个歌手的房间，还在这个歌手换衣服的时候，想上去摸他的肌肉。

“最近，这个经纪人好像是跟这个歌手求爱失败，因爱生恨，放出狠话说要这个歌手在公司混不下去。于是歌手的工作被停了，代言被压了，甚至连接下来的音乐盛典都可能参加不了。

“就是这样，说完以后舒服多了。”

这个爆料里没有提及任何人名，同时也没有任何证据能证明都是真的，但是这些对营销号来说无所谓，他们只要有热度就可以了。这么大一个八卦，发出去绝对可以马上引爆微博，而且根据上面提示的那些信息，很快就能对号入座。营销号“皮下”把私信截图下来，发微博的时候手都有些抖，他马上又要创造一个说不定会让微博瘫痪的大瓜了！

圈内吃瓜人V：一个投稿，过于震撼，大家自行对号入座吧。

“圈内吃瓜人”这个微博平时没少爆料艺人的八卦，有人信，也有人嘲，但有争议才更加有热度。这条微博发出来后，也很快引来了网友，由于内容过于劲爆，还有人给买了推广。

“我以为饭圈的缩写已经很难理解了，这个竟然连缩写都没有，还怎么愉快地吃瓜？”

“盲猜LS和CL。”

“需不需要连经纪人都缩写啊？”

“解码了，厉深和迟璐，不谢。”

因为出现了厉深的名字，这条微博被转得越来越多，没过多久，原微博下的评论几乎就被厉深的粉丝攻陷了。

“我就说深哥的代言怎么一直没动静，原来是给压了？”

“我想实名辱骂了，当我们粉丝都是死的是吗？@经纪人迟璐，请你立刻原地爆炸！”

“什么经纪人！”

“@经纪人迟璐，你也太恶心了吧？还穿浴袍，谁想看你这个老女人？”

“@星耀娱乐，请星耀给个交代好吗？你家公司是迟璐开的？为所欲为？”

“还不让深哥参加音乐盛典？要是深哥真的没去，我就给星耀寄花圈。”

“@星耀娱乐，立刻给我深哥换经纪人！”

“别换经纪人了，直接换公司好吗？”

“@音乐盛典，你们每年的评选都是和娱乐公司沟通好的是吗？你们也要沦为分蛋糕盛典了是吗？”

“@经纪人迟璐，你是有多饥渴啊？××会所了解一下？敢碰我们深哥我跟你拼命！”

“迟璐也是我萌萌弟弟的经纪人！她不会也对我萌萌弟弟下手了吧！”

“@星耀娱乐，这次选秀组的新团好像都在她手下，让这个变态老女人带我们的弟弟吗？”

“@经纪人迟璐，请问你是怎么考上经纪人执照的？还有没有一点儿职业操守？”

“我的妈呀，太可怕了，以后谁家‘爱豆’敢交给她带啊？”

粉丝在这边一下子就骂了几万条，星耀和迟璐的微博更是重灾区，就连音乐盛典都被牵连。厉深的官方后援会反应迅速，马上写了长微博提出诉求，并“艾特”出迟璐、星耀，还有音乐盛典，要他们给粉丝一个交代。热搜榜上，关于这件事的话题占据了半壁江山，迟璐被粉丝万人请辞，还有过激的粉丝给她P了遗照。

这次事件就像是投入湖水中的一颗惊雷，毫无防备地就炸了，瞬间激起了千层浪。最先反应过来的是微博程序员，他发了一个吃瓜的表情，说他们的扩容还是有成效的，这次系统都没有瘫痪——仿佛“立了一个Flag”，他发完这条没多久，微博就开始出故障了。路人网友纷纷实名心疼微博程序员，并告诫他以后安静地吃瓜就好了。

微博故障给了涉及事件的各方一个喘息的机会，故障排除后，第一个出来发公告的不是迟璐，也不是星耀，而是被吓傻的音乐盛典。

音乐盛典V：音乐盛典组委会每年严格地按照选拔要求评出各奖项提名并选出最终获奖的歌手，绝不存在内定任何奖项的情况。任何符合参选要求的歌手，都可以公平地参与评选，且歌手可不通过经纪公司自主报名。

“哈哈哈哈哈，求生欲好强！”

“划重点，歌手可以自己报名！”

“意思就是@经纪人迟璐根本没权用这个要挟深哥是吧？”

“拭目以待。”

“@经纪人迟璐，官方打脸，疼吗？”

“@星耀娱乐，音乐盛典的新闻灵敏度都比你司高，你司还要装死到何时？”

星耀高层最近开会的频率比往常高了许多，不知道是不是要年底了，所有人都在忙着提升KPI。

厉深和迟璐都在第一时间被传唤到了公司，经过多方商讨，最后公司决定给厉深更换经纪人，迟璐手上的其他艺人也暂时移交他人。星耀的声明出来以后，很快就上了热搜。

厉深去见了新的经纪人，问起了他助理的事：“我的助理还是不变吗？”

新经纪人付超也是星耀的王牌经纪人之一，他朝厉深笑了笑道：“小董还要等公司的处理结果，你暂时只有小苏一个助理，如果实在需要的话，我再帮你重新找一个。”

厉深道：“不用了，先这样吧。”

小董上微博爆料的事，虽然是披着皮干的，但并不能瞒过公司，现在她的工作都暂停了。厉深有些过意不去，给小董打了通电话，对方正在热情激昂地吃瓜："深哥，我看到星耀发的微博，这次迟璐真是被粉丝磨掉了一层皮！"

厉深听她精神这么好，有些好笑，又有些无奈："我都说了这件事我会处理，你何必这样出头，现在害得自己说不定会失业。"

小董当初去网上爆料，就想到可能会有这样的结果，这会儿倒也想得开："你自己一个人找公司，肯定没有这么多粉丝的力量大啊！再说你以后要是真的没工作了，那我也一样没工作啊！"

"你的心倒是大，那你以后有什么打算？"出了这样的事，估计也没有别的经纪公司敢要小董了，以后说不定一个不好，她就跑去网上爆料了。

小董道："实在不行就改行吧，反正当助理也特别累，干脆换个轻松点儿的。"

厉深问："你这是在埋怨我？"

"没有没有，能跟着深哥混，是我的荣幸！"

厉深笑了一声："放心吧，我会尽量保住你的，反正以后有我一口饭吃，就有你一口汤喝。"

"谢谢深哥！那你能先给我发个红包吗？"

厉深一挂断电话，就给她转了一笔钱过去，上面标注着"待业生活费"。

小董："你确定要给我这么多吗？我不敢收啊！"

深哥："收了吧，反正我也不差这点儿钱。"

小董："好的。"

她毫不心虚地收了下来。

星耀发了微博后，迟璐的微博还是没有动静，似乎是想把死装到底，于是粉丝时不时就过去鞭鞭尸。

厉深的经纪人换了，后援会提出的大部分要求也都实现了，但还是有粉丝并不满意，而且这件事以后，网上就一直有传言说厉深可能要跳槽到光辰唱片去。

从迟璐被爆料开始，余晚就一直关注着事件的进展。迟璐被爆出喜欢厉深，她好像不是那么意外，反倒是后来粉丝骂迟璐“老女人”，让余晚心虚了一阵。迟璐今年28岁，比厉深大三岁，她虽然比迟璐要小些，但也比厉深大一岁半……是不是之后她和厉深的恋情公开，她也会被骂老女人?

“在想什么呢？”厉深一回来，就看见余晚坐在沙发上抱着电脑发呆。余晚摇摇头，把电脑放下，站起身问他：“公司的事忙完了？”

“嗯，不过小董暂时回不来。”

余晚微微地皱了皱眉，道：“那她之后是怎么打算的？”

厉深抬起手，轻轻地揉了揉她蹙着的眉心，笑了笑道：“你还是先想想你之后的打算吧，你今天正式从公司离职了吧？”

“嗯……不过我的事不急，你有什么需要帮忙的，记得要跟我说哦。”一提到这个，余晚就有些生气，小董爆料的那些事情，厉深从来没有跟她提过，她这个女朋友竟然是和网友一起知道的，“我也知道你工作上的事，我不一定帮得上忙，但有个人可以听你说，你的心里也会好受一些吧？”

厉深揉了揉她的头发，将她抱进了怀里：“你当然能帮上忙，因为你是我战胜所有困难的勇气。”

只要有余晚在身边，他就不怕。

他的呼吸落在余晚的耳侧，染红了她的耳郭。余晚轻咳了一声，问他：“那会影响你接下来的工作吗？”

厉深还是抱着她，在她耳边道：“我今年本来就没什么工作了，现在手上在写一首新歌。”

“新歌？”

“嗯，不过要等到明年发表。”

余晚想起在网上看到的传言，问他：“我看到网传你之后会跳槽到光辰唱片？”

厉深低笑了一声：“网上真是什么传言都有。”

余晚眨眨眼：“是假的吗？”

“也不是吧，未来的事谁说得清楚呢？”

余晚侧头看着他，厉深看着她那副样子，又笑了一声：“光辰那边确实跟我接触过，具体会怎么样，还有待观望。”

“哦……总之不管你怎么决定，我都支持你！”

“这话是不是我之前才跟你说过？”

“哈哈哈哈哈哈，是！”

两个人腻歪了一阵，吃了晚饭就带着丽丽出去遛弯。回来以后，厉深洗了个澡，余晚看着只披着睡衣的他，朝他不怀好意地笑了笑：“过来让我摸摸你的肌肉。”

厉深知道她在暗示爆料里迟璐想摸他肌肉的事，那天微博炸了后，他第一时间就跟余晚申明了自己的肉体从来没有被玷污，但余晚好像还是有些在意。不过厉深也没立场说什么，毕竟他连魏邵都在意。

他也朝余晚笑了笑，然后走到她的身边，弯腰道：“只摸肌肉吗？要不要再摸一下其他地方？”

“不要。”余晚说着，在他的腹肌上摸了一把，“手感不错。”

“摸得这么快也能感觉到手感？”厉深拉起她的手，慢慢地在自己的腹肌上抚过，“现在，手感是不是更好了？”

余晚看着他拉着自己的手越来越往下，飞快地把自己的手抽了出来：“是不错，不过我现在要先去洗澡了！”

厉深勾起唇角，跟着她：“晚晚，还记得我们的第一次吗？想重温一下吗？”

余晚觉得人真的是越大越不要脸啊。

10月，厉深的风波过去之后，微博上平静了一阵子，唯一掀起了一点儿风浪的瓜，就是李澄澄女士在出席一个活动时，首次现场演唱了《花色》这首歌。演唱的视频被传播到了各个平台，引得无数网友争相“瞻仰”。

“这和我听的《花色》是一首歌？”

“哈哈哈哈哈哈，笑死我了，我终于相信百万调音师是真实存在的了，哈哈哈。”

“《花色》这首歌我循环好多遍了，不知道该咋说，只能说她终于开始真唱了。”

“李澄澄本来就是女团出身，大家宽容一些吧。”

“不是，唱成这样你让我怎么宽容？”

“段志明是被星耀绑架了才把这首给她唱的吧？厉深是被刀架在脖子上了才跟她合唱的吧？”

“听了一段，我决定回去听听CD版的洗洗耳朵。”

李澄澄的现场版《花色》被网友群嘲，因为唱得太过突出，连粉丝都洗不白，但李澄澄本人好似越战越勇，在之后的活动中，还是坚持现场演唱《花色》，当然，都是她的独唱版。

“虽然还是跑调了，但比我上次看的那个视频好一点儿。”

“永远活在伴唱里的深哥。”

“厉深：唱好之前别指望我跟你合唱。”

“哈哈哈哈哈，有生之年还能看到深哥跟她合唱吗？哈哈哈哈。”

“她这么好看你们还忍心嘲吗？段志明的歌本来就不好唱。”

“粉丝就别洗地了，谢谢。”

余晚这段时间经常刷微博，倒不是为了吃瓜，主要是在经营自己的微博号。成了独立策划师以后，主要就是靠微博和微信这些平台投放自己的作品，让更多的人知道自己。她之前做了两场定制婚礼，还在杂志上做了专访，写了稿子，在婚礼圈里还是有一些知名度的，不过暂时还没有人来找她定制婚礼。

余晚每天经营自己的微博，也会顺便吃个瓜放松神经，因此这段时间微博的所有热点她几乎都了如指掌。比如李澄澄《花色》的车祸现场，比如即将到来的音乐盛典，比如厉深的粉丝已经开始准备给他庆生了。

看到这个，余晚觉得自己这个女朋友还不如粉丝热心，可是厉深的生日是12月24日啊，还有一个多月，大家也太积极了吧。不过这是他们和好后，厉深过的第一个生日，还是应该好好准备一下的。于是她开始构思了，甜品台至少要一个吧，厉深是歌手，蛋糕就做成话筒的造型吧，现场还可以布置一些五线谱元素，吉他可以做成大型装饰摆在入口处，让人一进来就能感受到震撼和音乐元素……咦，不对，又不是要搞婚礼现场，她果然是没有工作太寂寞了吗?

厉深这段时间也比较闲，网上一直有关于他要跳槽去光辰的传闻，星耀的高层也看到了，还找他谈过一次话。他之前被迟璐压下来的代言，公司现在给他谈了更好的条件，但同时也要求他在合约期内不能离开星耀，否则要赔偿高额违约金。

厉深没有立刻答应，因此这个代言又暂时没了下文，他这段时间除了写新歌，就是零零散散地上了几个综艺。

从电视台离开的时候，他收到一条微信。看完内容，他难得地露出了一个笑容。

跟他一起的小苏见他笑得这么开心，便有些好奇："怎么了深哥，是不是代言终于定下来了？"

厉深收起手机，对她笑了笑："比这个值得开心多了。"

他这样说，小苏更加好奇了："是什么事啊？"

厉深却没有再透露，只是道："接下来没有行程了，直接送我回家吧。"

"好的。"厉深不愿意说，小苏也没有再追问，走到厉深的车前，她就老实地充当起了司机。

一把厉深送到家，小苏就功成身退，没再逗留。虽然厉深没有对外公开过，但她知道厉深有女朋友，公司现在没要他们分手，只是说不能公开。小苏早就忘记了那次在小区里偶遇余晚的事，她跟小董打听过深哥的女朋友是什么样的人，被对方回了一个神秘微笑的表情。小苏觉得事情肯定不简单，于是趁着有次送厉深回家，装模作样地跟着他进了屋，然后看见了正在屋里和丽丽玩耍的余晚，最后被喂了一嘴狗粮。从那以后，小苏送厉深回家，再也不多看一眼，发誓要好好地保护自己。

今天她立刻掉头走人，也是非常正确的选择，因为这会儿余晚就坐在厉深家的沙发上。厉深一看见她，就不经意地扬起嘴角，走到她身边坐了下来："在做什么？"

"哦，又有一本婚礼杂志找我写稿，我正在构思呢。"之前她给《美丽新娘》写的稿子在读者中反响很好，于是也有其他杂志开始请她写稿。杂志的稿费虽然不多，但是能借着这些平台顺便宣传一下自己，还是不错的。

余晚顺手把稿子保存下来，侧头看着厉深："对了，我看到网上你的粉丝都在准备给你庆生了，你的生日打算怎么过呀？"

厉深笑着道："我的生日还早呢，不急，倒是你，有客户了吗？"

"嗯……不知道是不是我之前策划的那两场婚礼预算太高，吓到大家了，有几个咨询我的新人，都问我是不是七位数以下的婚礼不接。"虽然预算越高越能做出效果，但她也不是不能做小型婚礼的啊，而且那些婚礼的钱，大部分都进了公司的荷包啊。

厉深朝她眨了眨眼，道："我这里倒是有一个客户，需要帮你介绍一下吗？"

"真的？"余晚一下子坐直身体，期待地看着他。

厉深点了点头，又露出一丝苦恼的表情："不过他的婚礼预算也高，可能你做了以后，普通人更不敢找你了。”

“谁呀？”余晚比较熟悉的厉深的朋友都是他大学的同学，他在娱乐圈交好的那些人她也没机会接触，预算高的话，应该是他圈里的朋友的婚礼吧？

“我说出来后，不管你最后接不接，都要保密。”

“放心吧，我懂的！”余晚更加兴奋了，看来真的是哪个名人啊。

“是顾信。”

余晚愣了好久，才反应过来：“顾信？顾信要结婚了？”

哪怕她不追星，也听过顾信的大名，在《天籁之音》火起来之前，司马潇潇去演电视剧的那几年，音乐盛典的每一届大奖得主都是顾信啊！他拿奖拿到大家都习以为常了！

“很惊讶吗？他年纪也不小了啊。”

“不是年纪的问题啊，他结婚……他的粉丝知道吗？”

厉深被她逗得一笑：“反正他的爸妈是知道了。”

余晚冷静了一下，又问：“新娘是谁啊？该不会是司马潇潇吧？”

“哈哈哈哈哈哈哈哈。”厉深这次直接大笑了起来，“晚晚，你还是少刷点儿微博吧。”

余晚不解，顾信和司马潇潇结婚有这么好笑吗？他们的CP超话还有不少粉丝呢！

“新娘是圈外人，也是顾信的粉丝。”

余晚觉得这是又一个成功地睡到“爱豆”的粉丝，太励志了。

“知道他打算结婚的消息后，我跟他介绍过你，刚才他发消息给我，说很喜欢你策划的婚礼风格，想请你帮他们做策划。”

“我可以我可以！他们想做什么样的？”

厉深笑了笑，道：“这个要你们谈，我已经把你的微信推荐给他了，他空了之后应该会联系你。”

“哦，好的！”由于太过激动，余晚一头扎进厉深的怀里，抱住了他的腰，“谢谢阿深！”

当了独立策划后，客户大多都靠熟人介绍，没想到厉深一介绍，就给她介绍了这么一个有分量的。

“说什么谢，多见外，我们两个直接做就可以了。”

当天晚上，余晚就收到了顾信的微信好友申请。时间太晚，顾信只简单地跟她约了个时间，说是直接面谈。

余晚上次见到顾信是在厉深的演唱会上，他是第一场的特别嘉宾，也是那时候她才知道，原来他们两人的关系这么好。余晚听说，光辰跟厉深接触，就是顾信在中间牵线搭桥。为了能更好地帮顾信定制婚礼，她特地上网了解了一下他。一搜才发现，顾信的恋爱绯闻其实已经预热挺久了，不时就有媒体报道，拍到了他与神秘女性的亲密照片，只不过这位神秘女性一直没在镜头上露过正脸。他的粉丝有相信的，也有破口大骂的，顾信方面一次也没有回应过。余晚不禁咋舌，他一来就直接爆出婚礼，会不会太狠了。

除了了解顾信的绯闻，余晚把他的歌也都听了一遍。说起歌，她当然是更喜欢厉深的风格，顾信的摇滚听一两首还好，连着听了几十首后就开始觉得耳朵痛。她调低了音量，赶在和顾信见面以前把他所有的专辑都听了一遍。

见面当天，余晚终于又背上了她的大挎包，装着电脑去了顾信的家。她这才知道，顾信也住在丽泽公园附近的别墅区，和厉深认识。

从公司辞职后，余晚的车也没有了，她没有立刻重新买车，而是想着等自己以独立策划人的身份完成第一场婚礼后再买辆车来奖励自己。厉深的车库里倒是有多余的车，但一辆是越野，一辆太招摇，她最后还是打车去的顾信家。

在顾信的家里，她终于见到了多次出现在报道里的“神秘女性”。

顾信跟她打过招呼后，介绍道：“这是我的女朋友沈诗诗。”

沈诗诗是个很可爱的女生，看上去年龄不大，像是大学毕业没多久。余晚跟她打过招呼，便把随身携带的电脑拿了出来，开始询问他们的婚礼事宜。

“我是想举行一场海上婚礼，但是诗诗想在游乐园里举办婚礼。”顾信跟余晚道，“我的朋友大多也是娱乐圈的人，如果在游乐园里举办婚礼，就得像胡娇当初举办婚礼那样包场。”

“但是包场太贵了啊，而且这样游乐园也没有意义了啊！”沈诗诗听顾信说到这里，自动把话接了下去，“还是去海外办海上婚礼吧。”

顾信微微皱了皱眉，这场婚礼对他来说很重要，对沈诗诗来说也同样重要，如果不能在游乐园里举行，她多多少少会有遗憾吧。实在不行的话，包场就包场吧。

余晚听得出来，沈诗诗这样说只是不想顾信为难，看顾信的表情，似乎也不想就这样将就。她考虑了一阵，问沈诗诗：“如果做一个小型游乐园出来，你可以接受吗？”

沈诗诗有些不解地看着她：“你的意思是我们自己做一个游乐园出来？”

“嗯，这样就可以在海上举行仪式，在游乐园里举行宴会。”余晚在电脑里找了几张图片，放大给顾信和沈诗诗看，“伊薇特别墅酒店，是在海外举行婚礼人气很高的选择，它最好的一栋别墅就在小岛边上，出门就能看到大海，别墅连带有一个几千平方米的花园，花园里可以放下小型的旋转木马、小火车、小城堡，还可以请人扮演公主和小丑之类的，下午可以在这里吃自助餐，晚宴就在别墅里办。你们觉得如何？”

沈诗诗听得眼睛都发光了：“听上去好棒的样子！不过是不是会很贵？”

余晚笑笑道：“放心吧，我是根据你们的预算提出的方案。如果你们喜欢的话，我们可以聊聊具体的细节。”

“嗯。”沈诗诗飞快地点点头，“小城堡、小火车、小旋转木马，真的可以做吗？”

“可以，我这儿能联系到做过类似场景的布景师，他那边有现场图片，到时候我发给你看看。晚上还可以办场小型烟花秀。”

“啊啊啊啊啊！想想就有些激动！那我可以打扮成公主的样子吗？”

“当然可以。”余晚忍不住笑了笑，她很少看到这么有少女心的新娘。

顾信也无奈地笑了笑，不过打造一个专属于他们的迷你游乐园，听上去确实很诱人：“仪式场地方面，我想做出水天一色的感觉。”顾信说着，像是怕自己描述不到位，还拿出手机点开备忘录，给余晚画了起来，“就像这样，这些都是一望无际的大海，人就站在海面上，头顶是蓝天白云，这是海面，这是倒影，营造出像镜子一样干净清晰的效果。”

余晚看着他的备忘录上乱七八糟的一团，眉梢轻轻地动了动，顾信画得虽然抽象，不过她还是理解他的意思了。她翻了几张水上婚礼的照片，点开给他看：“是类似于这样吗？”

顾信看了一阵，略微点头：“差不多吧，不过不需要这么复杂，可以做得简单一点，我觉得越简单，拍出来后才美得越震撼。”

“好的，我明白了。透明水台需要根据具体的宾客人数来确定大小，玻璃通道可以做得稍微长一些，这样拍照的时候，会更有线条感。”余晚在脑海里大致勾勒出了顾信想要的效果，“我先回去做一张初版设计图，到时你们有什么具体要求，我再修改。”

“行，我们邀请的宾客不会太多，大约一百五十人，他们的机票和住宿也由我们承担，还要提前帮他们预订机票和酒店。”

“好的，如果你们没有安排人做这个，我这边会找人负责。另外还有摄影团队和摄像团队，你们有特别中意的吗？如果有指定的团队，我可以帮忙联系。”

顾信想了想，道："我们没有指定的，当地的团队应该更有经验吧，不然直接联系当地的团队，这样也比较方便，神父的话，也在当地找。"

"行，那我筛选一些当地的团队，到时一起发给你们。"

沈诗诗听他们聊到这里，有些担心地问："那是不是到时候我得用英语和他们沟通？要是我听不懂怎么办？"

余晚笑着道："这个不用担心，中国人遍布世界各地，他们的团队里肯定有中国人的。"

"哦，那就好。"

顾信笑着看沈诗诗："你的英语不是还行吗？"

"但是结婚本来就紧张啊！他们再和我说英语，我就更紧张了！"

余晚和他们聊了一下午，心里大概有了数，他们的婚期是在4月初，只有五个月的时间了，任务还很重。

她一回到家，就马不停蹄地做起了设计图，将自己脑中的那些画面表现出来。厉深回来没看见余晚，就给她打了通电话。

余晚工作得太投入，电话都快自动挂断了，才反应过来，赶紧接了起来："阿深？"

"嗯，你还没回家吗？"

"我回了啊。"她说完，意识到什么，又补充道，"回我自己的家。"

厉深笑了一声，道："让我猜一猜，你肯定是在忙着工作吧？"

"嗯，这场婚礼太宏大了，我要给新娘子打造一个迷你游乐园呢！"

"迷你游乐园？这个还挺有想法的。"他走到窗口，抬头看了看余晚家亮着的灯，"你吃晚饭了吗？"

"还没有，你吃了吗？"

"我也没有，要不你点个外卖吧，我洗个澡过去找你，我们一起吃。”

“好。”

余晚应下来，厉深却仍是叹了一口气：“我现在有些后悔给你介绍客户了，要不……你干脆搬到我这里来住吧，我这里房间大，你工作起来更舒适。”

“丽丽在家，我怎么可能专心工作？”

厉深道：“我可以管着它啊。”

余晚翻了一个白眼：“你在家的时候，我就更不可能专心工作了。”

厉深像是想到了什么，低低地笑了起来：“可是即使你回自己家，我也会过去找你的。你先点外卖，记得点，别挂断电话又继续工作。”

“嗯，知道了，你去洗澡吧。”余晚挂断电话，点开了外卖App，给自己和厉深点了一顿丰盛的晚餐。

厉深最开始之所以支持余晚做独立策划师，是因为存着让她远离魏邵的私心，可他现在才顿悟，魏邵根本不算什么，横亘在他和余晚之间的障碍，根本就是工作本身啊！

余晚忙起来的时候是六亲不认的，厉深提了好多次让她搬到自己的别墅来，她也没有答应，就怕他和丽丽影响她工作。而就在音乐盛典举行的前一天，小洋楼和别墅之间的那条路突然被物业封了。

原本的道路被栽上了绿植，里面还立起了一排长长的铁栏杆，厉深回家的时候，物业已经把唯一的铁门锁上了，小洋楼和别墅被生生地隔离开来。厉深很生气，立刻致电物业，问他们是怎么回事。

物业无奈地表示：“厉先生，是这样的，有别墅的业主提出不愿意和小洋楼互通，对我们进行了投诉，要求我们把路封上。”

厉深道：“谁提出来的？我也是别墅业主，怎么没人问过我？”

“因为要求封路的别墅业主已经超过了半数，所以我们就直接执行了，没有及时通知到您，非常抱歉，但这条路的封锁不会对您的日常生活造成任何不便，您还是可以像原来一样正常出行。”

“谁说没有对我造成不便？”这条路封了，他以后还怎么去找余晚啊？想到这里，他恨恨地对物业说，“我每天晚上都要在小区夜跑的！”

“您现在同样可以在别墅区夜跑的，小洋楼那边的住户比别墅区复杂，您只在别墅区夜跑相对地会更安全。”

“别墅区景色单调，多跑几圈就腻了。”

“这个我们也非常遗憾呢……”

听着那些熟练的搪塞话术，厉深不禁觉得这位物业是从电商客服转行过来的。

跟物业沟通完，知道这条路无论如何都不会再重新开放，厉深换了一条思路，给余晚打去了电话。

余晚忙着做顾信的婚礼，根本没发现封路这件事，接到厉深的电话时，还以为他又要过来吃饭：“我今天已经点好外卖了，你可以直接过来！”

厉深沉默了一下，问她：“你没发现别墅和小洋楼之间的路被封了吗？”

“啊？”余晚愣了愣，终于从电脑前离开，走到窗边去看了看。她发现原来畅通的道路，现在真的被一排铁栏杆给堵住了：“怎么突然把路封了？”

“说是别墅这边有人要求的。”

“哦，这大概就是穷人和富人之间的三八线吧。”

厉深被她的说法逗得一笑：“我觉得更像是牢笼啊，以后我们在小区见面，都像是在探监。现在路封了，我们去对方的家都不方便了，要不挑个日子，你搬到我这里来住吧。”

别墅区和小洋楼虽然是互通的，但分别有大门入口，现在通道被封了，要去对方那里，必须先出自己的小区，再走到对方的小区，然后还得通过门口的保安联系业主，最后才能被放进去。这么想想，是真的很麻烦啊。

余晚沉默了一会儿，朝厉深的别墅的方向看去：“老实说，那个要求封路的人，不会是你吧？”

余晚这话让厉深一愣，然后他发自内心地感叹道：“我怎么没有早点儿想到呢？”

考虑到就算不住过去，厉深也会带着狗住到自己这边来，余晚最后还是决定住到厉深那边去，毕竟那边房子更大，丽丽的活动空间也更大。不过第二天就是音乐盛典了，余晚打算等音乐盛典结束以后再抽个空搬过去。

这次的音乐盛典，厉深被提名了三项奖，还都是比较有分量的，余晚没想到，竟然连她的妈妈都关注了，还打了电话过来问她，厉深得奖的概率有多大。

“这个我怎么会知道啊，我又不是评委。”

余晚的妈妈啧了一声，似乎对她很失望：“厉深没有给你透露过？我听说这些颁奖礼不都是内定的名额吗？”

“那也要看是什么颁奖典礼吧，音乐盛典前不久才出来辟谣了。”

“哦，这事我知道，好像起因是说厉深的经纪人喜欢他？”

有了一个当明星的未来女婿之后，竟然连妈妈都开始关注娱乐圈八卦了。

“厉深的经纪人已经换了，你还是少上点儿网吧，是麻将不好玩了吗？”

余晚的妈妈沉默了一下，又把问题绕了回去：“今晚厉深能拿奖吗？可是他让我们等他多拿几项奖的。”

余晚抿抿嘴，道：“在我心里，所有奖都是他的。”

“哦。”余晚的妈妈淡定地应了一声，“可是你刚才不是说，你又不是评委吗？”

挂断妈妈打来的电话，余晚犹豫了一阵，还是给厉深发了一条消息。

Lily：“我妈妈他们也在看今晚的音乐盛典，你要好好表现啊！”

厉深已经准备出发去音乐盛典现场了，他看见余晚发来的这条消息，笑着发了一张自拍过去。

阿深：“我已经做好造型了，今晚努力当全场最靓的仔。”

Lily：“哈哈哈哈哈哈，很帅。”

Lily：“到时候镜头给到你，记得要笑得帅点儿！我妈妈也喜欢小帅哥的！”

阿深：“收到。”

这虽然是厉深第二次参加音乐盛典了，但他明显比上次紧张了许多。不只是因为这次他被提名的奖项比上次有分量得多，更是因为余晚的家人现在就坐在电视前收看颁奖典礼。上次他跟余晚的妈妈夸下海口，说今年还会拿几项有分量的奖，他会这么说，是出于对今年表现的自信，但真到了这一刻，他还是忍不住紧张。

他的车在红毯前停下来后，他深吸了一口气，从车里走了下来。早就等在红毯两边的记者和粉丝见到他出来，立刻端着相机对着他一阵猛拍。

厉深不是一个喜欢在红毯上逗留太久的明星，换作以前，他会笔直地从红毯上走过去，不会太照顾周围的镜头。但是今天，余晚的家人在电视前看着，他谨记余晚的叮嘱，特地停下来对着不同方向的照相机和摄像机挥手微笑，步子也比以前任何一次迈得慢。

粉丝自然是疯了，尖叫着想把厉深的每一个表情、每一个动作都收进相机里，媒体也趁着这个机会拍了一大堆他的照片，反正现在新闻只要带上厉深就有热度，更何况他今晚还可能收获三个奖项。

现场的气氛在厉深出来后一直很热烈，闪光灯也将现场照得如同白昼。走到红毯尽头，厉深从工作人员那里接过笔，在背景板上签上了自己的名字。主持人等他签完，兴致勃勃地走过去采访他。

电视机前，余晚的外婆对着特写镜头里的厉深夸赞道：“晚晚的男朋友越来越俊了，找老公还是要找长得好看的。”

余晚的妈妈侧头看了她一眼，心想：您当初教育我的时候，不是说得找靠得住的吗？

厉深接受完简短的采访，进了会场找到自己的座位，整了整衣服，坐了下来。

他旁边就是顾信，这次他们两个都被提名了最佳专辑奖、最受欢迎男歌手奖，还有金曲奖。今年厉深的一首《心尖刺》实打实地从年初火到了年尾，大家都觉得金曲奖的得主会是厉深。比较有悬念的是年度最佳专辑，这项奖也是音乐盛典所有奖中最具分量的一项。

顾信看厉深坐下后，调整了好几次呼吸，忍不住问他：“你很紧张吗？看不出来你这么在意这项奖啊。”

厉深稍稍松了松自己的领口，对顾信说道：“今晚能不能拿奖，可能直接关系到我今后能不能结婚。”

顾信沉默了一下，开口道：“就算你这么说，我也不会把奖让给你。”

“你真幽默。”

顾信勾了一下唇，没说话，他知道厉深是想多拿几项奖傍身，这样的话，厉深以后跟余晚公开恋情的底气也会足一些：“如果你拿不到奖，还是有方法可以结婚的。”

厉深看着他，似乎是在等他继续说。

顾信笑了一下，道：“你还可以糊到没人关心你结没结婚。”

身边陆陆续续有其他明星进场，厉深和顾信也没有再继续这个话题，没过一会儿，音乐盛典就正式开始了。

这是余晚第一次在电脑前守着音乐盛典直播，甚至连顾信的婚礼都暂时放到了一边。今年厉深发行了人生中的第一张新专辑，也是第一次被提名最佳专辑奖，就算没有她的家里人的压力，她也很希望他能得奖。

最佳专辑奖是所有奖项中最后一个颁发的，厉深在中途因获得“年度最受欢迎男歌手”和“金曲奖”而上台发言了两次。在公布“年度最佳专辑”之前，顾信对身边的厉深道：“如果最佳专辑也是你拿了，那我出于报复心理，可能会考虑换个策划。”

顾信说的策划，当然是指他的婚礼策划。厉深沉吟了一下，对他道：“你已经给了订金吧？我们也不亏。”

厉深的注意力再次放回了舞台上，这次入围“年度最佳专辑”的，除了顾信，还有丁檬跟司马潇潇。他们三个代表了目前华语乐坛的最高水平，其他歌手想在他们中间杀出重围，还是相当困难的，但当初丁檬能打破顾信和司马潇潇平分乐坛的局势，如今厉深也一样可以打破他们三足鼎立的局面。

宣布最佳专辑奖得主的嘉宾走上舞台以后，余晚已经紧张得捏紧了自己的手。手机叮叮地响了两声，余晚动都没动一下，只扫了一个余光过去。

宁宁：“啊啊啊啊啊啊，你在看音乐盛典没有！马上要宣布最佳专辑了，莫名紧张！”

周晓宁什么时候也关注起乐坛来了？她现在没心思考虑这个了，她看见台上的颁奖嘉宾已经准备拆信封了。

“获得本届音乐盛典‘年度最佳专辑’的就是——”

这一刻现场格外安静，不管是歌手，还是到场的粉丝，都屏息凝神地等着他接下来的话。镜头从候选人身上一个一个地扫过，最终在嘉宾念出名字后，定格在了厉深身上。余晚有一瞬间的愣神，直到厉深从座位上站起身，现场的掌声和尖叫声塞满了她的耳朵，她才意识到厉深得奖了！

她拿起手机，回了周晓宁一条消息。

余晚：“啊啊啊啊啊啊啊啊啊！我在看！厉深得奖了！”

宁宁：“对！我也看见了！他今晚拿了三项奖了！简直太帅了！”

宁宁：“咦？余晚？我刚刚把消息发给你了？”

余晚：“不然你想发给谁？”

余晚和厉深的关系尴尬，周晓宁从来不会主动在余晚面前提起厉深的话题。但厉深今年真的是太红了，周晓宁周围的好多同事都喜欢他，因此她也不可幸免地跟了一次风。

宁宁：“你现在提到厉深都这么自然了？上次那个Lily果然就是你吧！”

余晚：“厉深上台发言了！”

她拙劣地转移话题。

宁宁：“好的，我懂了。”

她早就说了，这两个人迟早得复合！

厉深今晚上台发表了三次获奖感言，这种盛况只在歌坛萧条的那几年，在顾信的身上出现过。现如今乐坛的顶尖歌手一直发挥稳定，新人也因各种选秀节目的出现而不断涌入，想要再创顾信当年的神话，几乎是不可能的。就连顾信自己都不一定能复刻自己，但是今晚，厉深做到了，乐坛的格局可能会再一次洗牌。

厉深还在台上演唱专辑同名歌曲PARK，余晚妈妈的电话已经打到了余晚的手机上。余晚拿起电话，叫了一声“妈妈”，才发现那头的人不是她的妈妈，而是她的外婆。

“晚晚啊，这门婚事我同意了，你赶紧把这个小伙子带回家来给外婆看吧。”

厉深不得了啊，下至小学生，上至她的外婆，都是他的粉丝。

“不要等过年了，我听你妈妈说他马上就要过生日了？你问他生日有没有空吧，外婆亲自下厨。”

余晚没想到外婆竟然这么着急，但还是表示：“我问一下他，如果可以的话，就在他生日的时候带他过去见你。”

“好，那外婆要好好打扮一下。”

“行。”余晚觉得，少女心这种东西，真的是无论多大年纪，都存在于女人的心里。

余晚一挂断电话，就一边看着厉深在台上唱歌，一边默默地给他的手机发了一条消息。

Lily：“恭喜你得奖！上台发表三次获奖感言很令人头秃吧！不过我的外婆还是被你迷住了，她说在你的生日那天想亲手给你做饭吃，你有空吗？”

比在颁奖典礼上连拿三项奖更刺激的是什么？是拿完奖下来之后，发现丈母娘的妈妈要见自己！他拿着手机看了好一会儿，侧过头去问顾信：“你去过沈诗诗的家里了吗？”

“当然去过了。”

“紧张吗？”

顾信看了看他，说：“你要去见余晚的家长了？”虽然他在颁奖典礼开始前就说，拿不拿奖关乎着他能不能结婚，但这也太快了吧？

厉深咳了一声，点了点头。尽管他已经和余晚的妈妈见过面了，但这次是要去她的老家，还是不一样的。

“加油。”顾信拍了拍他的肩，只说了这两个字。

他呼出一口气，重新拿起手机，给余晚回复了一条消息过去。

阿深：“那必须有空。”

阿深：“等我回来。”

Lily：“好的。”

厉深的别墅里，有一个专门用来写歌的工作间，工作间里有一个大展示柜，是特意用来摆放奖杯的。厉深刚搬进来的时候，这个展示柜还很空，短短一年，大大小小的奖杯已经摆满两排了，按照这个速度，余晚估计他很快就会再需要一个新的展示柜。

看着新添加进去的三个奖杯，余晚就跟自己得奖了一样有成就感，她把给厉深准备好的香槟打开，笑着跟他碰了碰杯：“恭喜你，希望你以后再接再厉。”

“谢谢。”厉深的唇角也带着笑，他抿了一口杯里的香槟，看着余晚道，“不过顾信说，如果我拿了最佳专辑，他就要换一个婚礼策划。”

看着余晚顿时呆若木鸡的表情，厉深笑着揉了揉她的头发：“跟你开玩笑的。”

她也拿着酒杯喝了一口香槟，算是压压惊，正打算喝第二口，手里的酒杯就被厉深夺走了：“你少喝点儿。”

“我就喝一杯。”余晚把厉深拿走的酒杯又抢了回来，一口把杯子里的香槟喝了下去。厉深轻轻地皱了皱眉，香槟这么凉，她一口喝下去，过会儿又该胃疼了。

他把香槟收进了柜子里，拿过余晚手里的空酒杯：“好了，庆祝也庆祝完了，早点儿休息。”

“哦……”余晚应了一声，乖乖地回房间睡觉了。

厉深洗完澡，像以往无数次那样爬进被子里，从后面将她圈进了怀里。感到后背贴上一个温热的胸膛，余晚下意识地又往厉深的怀里缩了缩。

“晚晚。”厉深的唇贴着她的耳朵，在她耳边低声道，“睡着了吗？”

“还没。”余晚懒洋洋地应了一声。

厉深又将她抱紧了几分，声音里也染上了一丝慵懒：“外婆喜欢些什么？”

“嗯，喜欢你。”

厉深低低地笑了起来，在她的耳朵上轻轻地咬了一口：“我总要带些礼物过去吧？你爸爸妈妈的份也要准备。”

“嗯……”余晚想想觉得有道理，可她现在窝在厉深的怀里太舒服了，实在不想动脑子了，“等我明天给你列个清单吧。”

“好。”

“那晚安了。”

厉深睁开眼睛看了看她，在她的耳边吹了口气：“真的要睡了吗？”

“嗯，困……”

厉深见她是真的困了，便没有再闹她：“那晚安。”

他说着，在她肩上落下轻轻的一吻。

音乐盛典结束后，热度也没有马上过去，特别是厉深拿了三项奖，在网上被热议了好一阵子。与此同时，关于他要跳槽去光辰的传言，也传得有鼻子有眼，他的粉丝为此还在网上展开了激烈的讨论。

“说句实话，虽然我也对星耀不满，但星耀的造星实力是光辰比不上的，厉深能出道一年多就红到这个地步，除了他自身的条件，跟星耀的运营也分不开。”

“不赞同楼上，星耀做偶像是很厉害，但深哥不是一个偶像的框就能框住的，星耀把运营偶像的那一套用到他身上，只会限制他未来的发展。说到做音乐，国内还有哪里比得上光辰吗？”

“我也觉得光辰更好，深哥的音乐如果想走向国际，肯定选光辰啊，难不成还指望星耀啊？”

“哈哈哈哈哈，还走向国际，你们粉丝可真自信。”

“有黑粉混进来了，大家不要管她。”

“我倒是看好星耀，他们过去的眼光确实不长远，打造的偶像一时很红，但也就到此为止了，他们自己也察觉到这个了，才会和寰宇影业联姻吧。他们之后肯定会有更多的电影资源，艺人的发展空间也会更大。”

“别了吧，寰宇这几年的口碑好不容易起来了，让星耀的偶像去演寰宇的电影？怕不是又要翻车？”

“哇，那要是深哥真的跳槽了，以后是不是都没有机会给寰宇的电影唱歌了？”

“想什么呢，胡家是跟俞家结亲了，但寰宇影业现在可不是姓俞的一家的，还有很多其他股东的好不好。”

“每次看见这种帖，都觉得粉丝个个都是圈内大佬，比明星本人还懂今后该怎么发展。”

网上虽然讨论得激烈，但厉深从来没有回应过，现在对他来说，最大的事不是跳不跳槽，而是马上要见去余晚的老家见家长了。他和余晚刚在一起的时候，余晚是私自跑来A市的，所以很少跟他提起自己老家的事，那个时候厉深也不知道，她竟然还是个小富婆。余晚在C市有一套别墅，还有一辆豪车，都是她的爸爸买给她的，这些是厉深在上次见她的妈妈的时候得知的。好在他现在也买得起别墅和豪车，不会让余晚跟他在一起后就生活降级。

余晚自己倒是从来没介意过这些事，毕竟她是一个要自己买别墅和豪车的人。等她把顾信的婚礼做好，就算是为自己打开市场了。为了和厉深回老家，她也提前把工作安排好了。24日一大早，厉深开着自己的越野车，载着她返回C市。

车子后座堆的全是他为她的家人准备的礼物，要不是余晚阻止，他估计还会买更多。余晚说外婆喜欢他的歌，他还特地把今年出的实体唱片带了一张，准备一起送给外婆。

余晚见厉深的神情一路上都很严肃，主动提议道：“要不到下个服务区，换我来开吧。”

“不用，高速上比较危险，你又有一段时间没开车了，还是我来开吧。”

“那你放轻松点儿，不要太紧张了。”

厉深呼出一口气，看了看她：“我还是第一次跟女性回家。”

余晚笑着道：“我也是第一次带男性回家，你放心，我的家里人肯定也紧张。”

厉深一直抿着的唇终于浮现一丝弧度：“看你的妈妈的样子，不像啊。”

“呃，我家还有我爸爸跟我外婆呢，他们都是第一次见你，肯定紧张的。”

厉深对她笑了笑，侧过头去继续开车。

余晚坐在旁边，拿手机处理了一会儿工作，就顺便登上微博看了看。今天是厉深25岁的生日，从昨晚开始，就有粉丝给他庆生了。

“你看到你的粉丝给你买的投屏了吗？超级大的，很有排场。”

厉深在凌晨上过一次微博，感谢粉丝和亲朋好友的祝福，也看到了余晚说的投屏，毕竟上了热搜。

他点了点头，余晚又感叹道：“现在粉丝真的好有钱啊，不过话说回来，你今天生日，还给我的家里人送这么多礼物。”

余晚想到这里，有些哭笑不得。

厉深道：“我不是也去蹭饭了吗？还是外婆亲自下厨。”

“还有我！我特意跟糖糖学了一天的蛋糕，下午给你做生日蛋糕吃啊！”

厉深看着她，笑了起来：“可以说是非常期待了。”

三小时的行程结束，车子终于停在了余晚家的正门口。厉深和余晚走下车，刚把大包小包从车上提下来，家门就被打开了，余晚的妈妈搀着余晚的外婆走了出来。

余晚看见外婆过来，便迎了上去："外婆，你怎么出来了，在里面等我们就好了。"

外婆笑着拉了拉她的手，然后就把目光落在了厉深的身上。因为今天是正式拜访余晚的长辈，所以厉深特意穿了一身西装，西装外面套了一件藏青色的长款大衣，大衣显得他一米八五的身材更加修长了。

"这个就是厉深吧？本人比电视上还要帅啊。"外婆打量着面前的厉深，笑得合不拢嘴。

"外婆好，我是晚晚的男朋友，厉深。"

厉深一句"外婆"出口，让外婆脸上的笑更灿烂了："你好你好，快进屋吧，外面冷。"

余晚侧头看了看厉深，拉着他的手一起走了进去。

余晚的爸爸刚才一直站在客厅往外瞅，现在听见他们进来，飞快地坐到了沙发上，还装模作样地拿起了一份报纸来看。

"爸，我回来了。"余晚牵着厉深进屋，叫了他一声。余晚的爸爸这才放下报纸，站起身道："哦，回来啦，回来就好。"

"这是我的男朋友厉深，哦，这些，都是他送给你们的礼物。"余晚说着，把手上提着的包一股脑儿地放在了客厅的茶几上。

"回来就回来，带这么多礼物做什么。"余晚的爸爸往茶几上扫了一眼，目光又落回了厉深身上——还别说，这小伙子真人比镜头里还要好看。

"叔叔好，我是厉深，今天打扰了。"

"哪里哪里，今天是你的生日吧，你还给我们送这么多东西。"

厉深笑着道："应该的。"

"你们别站着，都坐下说吧。"外婆招呼他们坐下，又惦记起了厨房里炖着的汤，“我去厨房看看我的菜，我今天做了很多好吃的，你们有口福了。”

“外婆，我陪你一起去吧。”余晚站起身，怕外婆一个人不方便。

外婆忙摆摆手，道：“不用，你陪着厉深吧，别让人家一个人。”说着，她还暧昧地朝余晚使了使眼色。穿着连衣裙的外婆，心态仿佛也回到了十八岁。

这次厉深来到余晚家，一屋子人加起来不过五个人，外婆却做了十几道菜，桌子都差点儿摆不下。

“外婆的手艺很好，不过现在她的年龄大了，也就不怎么做了，我们平时想吃都吃不到呢。”余晚在上菜期间跟厉深讲，“这次都是沾你的光。”

厉深笑了一声，把桌上的菜拍下来，才收起了手机：“那今天你也要多吃一点儿。”

“我会的，对了，妈，我让你买的东西买了没啊？”为了给厉深做蛋糕，余晚提前通知了她妈妈买原料和工具。

家里的厨房有一个大烤箱，刚买的那段时间，她妈妈对烘焙还热衷了一下，没过多久，她妈妈就发现还是麻将好玩，烤箱便也闲置了。

“买了买了，我们都说直接买个蛋糕了，偏要自己做。”余晚的妈妈帮外婆把最后一道菜端上桌，看了余晚一眼，“做完了你自己把厨房收拾干净。”

余晚撇了撇嘴没有回话，拿起碗筷摆到了厉深跟前。厉深接过碗筷，朝她笑着道：“到时候我帮你一起收拾。”

“嗯。”余晚的嘴角也忍不住跟着翘起。

“菜齐了，吃饭吧。”外婆坐下，乐呵呵地宣布开饭。忙活了一上午，大家也都饿了，余晚尝了一块外婆烧的鸡，赞不绝口：“外婆果然是宝刀未老啊。”

余晚的赞美让外婆很受用，她见厉深还没动筷子，又责备余晚道：“你怎么就只顾着自己吃了？”说着，她夹了一个鸡腿到厉深碗里，对他道，“尝尝外婆的手艺。”

“谢谢外婆。”厉深赶紧接了过来。

“不谢不谢，你多吃点儿。”

“外婆，他们明星都要注意保持身材的，不能吃太多。”余晚见外婆一个劲儿地给厉深夹菜，忍不住开口。

外婆还是头一次听说这事，有些意外地道：“男明星也要节食吗？”

厉深道：“没关系，我平时都在运动，吃了也会消耗掉。”

他提到运动，余晚的爸爸顺口问道：“你平时喜欢什么运动？”

“跑步。”

“哦，我记得你当过两年兵，那你身体很好哦？”

“还可以。”

大家一边吃着，一边聊天，厉深也不像刚来时那么拘谨了。余晚没怎么说话，埋头吃了两大碗饭，外婆做的菜比妈妈做的好吃多了啊！

饭后，大家吃着水果，休息了一会儿，便准备回房睡个午觉。

“哦，厉深的房间在三楼，一会儿你带他上去吧。”余晚的妈妈道。

余晚一听到他们把厉深安排到三楼去，就有些不开心。这栋别墅的房间很多，因为余晚的爸妈不想爬楼梯，所以一直睡一楼的房间，外婆过来了，也睡一楼。余晚的房间在二楼，旁边还有一个空房间没人住，三楼的那间客房就更没人住，甚至为了节约暖气费，三楼的暖气平时都是关着的。

“二楼不是还有个房间吗？三楼那么冷，今天说不定会下雪呢！”

虽然余晚说得大义凛然，但她心里在想什么，根本逃不过她妈妈的眼睛："三楼的暖气已经打开了，床也铺好了，绝对不会把他冷到，放心。"

余晚张了张嘴，还想说什么，被身旁的厉深拦住了："阿姨怎么安排，我就怎么住。"

余晚看了看他，也没有再说什么，提着东西和他上去了。余晚的爸爸见他们走远，才对余晚的妈妈道："你看你，何必呢，人家在A市都住一起了，你现在把他们安排得远，又有什么用？"

余晚的妈妈睨他一眼："哦，那我现在就让他直接睡到余晚的房间里去吧。"

"哎，我就随便说说嘛，你又当真，三楼视野好啊。"

"呵。"

余晚带厉深上楼把东西放好，也没有回房睡午觉，而是打算下楼开始做蛋糕了："你睡一会儿吧，开了一上午的车，肯定累了。"

厉深还拉着她没有放手："你呢？"

"我要下去做蛋糕啦，不然晚上就没得吃了。"

厉深想了想，对她道："那我和你一起做吧。"

"不行，我还想给你一个惊喜啊！"

厉深勾起嘴角，一双漂亮的眼睛笑着看她："可是比起惊喜，我更想和你待在一起啊。"

试问哪个女人扛得住？反正她是没有扛住。

和厉深重新走下楼，余晚的爸妈和外婆都已经去睡午觉了，房间里很静。两人也下意识地放轻了脚步，走到了厨房。

"我要做草莓奶冻夹心蛋糕，你帮我打下手吧。"

"好。"

"那我们先打蛋！"余晚把围裙穿上，还把小抄贴在了冰箱门上，以免自己忘记步骤。

厉深见余晚的嘴角沾上了一些奶油，伸出手去帮她擦掉，然后极其自然地把手指放进了自己的嘴里，舔掉了手指上的奶油。

厉深见她呆愣地看着自己，扬起唇笑着问她：“怎么了，是也想尝尝奶油的味道吗？很甜哦。”厉深见她不回答，又上前一步，轻轻地搂住她的腰，他温热的呼吸落在她的面颊上，“要尝尝吗？”

说完，他不等余晚回答，就低头吻上了她的唇。厉深的舌尖还带着很淡的奶油香甜味，余晚像是想品尝清楚奶油的味道，主动缠上了他的舌。厉深的手情不自禁地扣住她的后脑勺，让她和自己贴得更近，也让她再没有任何逃走的机会。

余晚和厉深在一起后，虽然肺活量相较以前有了长足的进步，但仍是比不过厉深的。厉深在她快要支撑不下去的时候松开了她，看着她泛红的双颊勾起了嘴角：“虽进步了不少，但还是不够。”

余晚不想理他。听见烤箱的声音，她顺势推开了厉深，转身把烤箱里的东西拿了出来。

这个蛋糕不算复杂，但余晚还是做了一下午，才算是彻底完工，晚上厉深吃了蛋糕，许了愿，然后在余晚的妈妈的监视下，回了三楼的房间。

洗完澡，厉深拿起手机看了一下。从今天早上开始，他就不停地收到生日祝福的消息，他在朋友圈统一感谢了大家，然后登上微博，把今天照的照片传了上去。

厉深V：25岁的生日过得很开心，吃了外婆亲手做的一大桌菜，还有生日特制蛋糕，真希望每天都是生日。

“深深生日快乐！”

“看得出来深哥是真的很开心啦，哈哈哈哈！”

“外婆做的菜一定很好吃，生日快乐啊，深深！”

“今天在你的庆生会上中了限量签名海报，我也好开心！”

“和深哥过的第二个生日，第二个平安夜！爱你深哥！”

厉深翻看着粉丝的留言，房门忽然被敲响了。他放下手机，问了一句："晚晚吗？"

除了余晚，应该不会有人在这个时候还来敲他的门。

"嗯。"门外的人果然是余晚，她应了一声，问道，"你应该还没睡吧，我刚刚还看见你发微博了。"

厉深笑了一声，走过去给她开了门："你还偷看我的微博啊？"

"我是光明正大地关注了你的微博好吗？"余晚站在门口，也没有进去，只是把手上的礼盒递给了他，"这是送给你的生日礼物。"

厉深愣了愣，把包装精美的礼盒接了过来："你不是做了一个蛋糕给我吗？还有另外的礼物？"

余晚有些不自在地道："咯，我本来是想亲手给你织一条围巾的，但是织围巾太费时间，也太难了，我工作太忙，肯定来不及，便退而求其次，选择了做蛋糕。"

"哦……"厉深看了看手里的礼盒，问她，"于是买了一条围巾给我？"

"嗯……这条围巾是托朋友从国外带回来的，我觉得挺适合你的。"

厉深打开盒子，见里面果然放着一条深蓝色的格纹围巾，围巾看上去就很温暖。他笑了笑，弯腰在余晚的嘴角亲了一下："我很喜欢。"

"哦，喜欢就好。"余晚又咳了一声，"那我下去睡觉了，对了，你不认床吧？"

厉深道："我不认床，我认人。"

"不认床就好，晚安！"丢下这句话，余晚转身就跑走了。厉深拿着礼盒回到屋里，把围巾拿出来，才发现里面还有一张小卡片。卡片上的字无疑是余晚写的，她的字虽不是特别好看的那种，但写得很工整。

"生日快乐，希望这条围巾能温暖你整个冬季。"

厉深的嘴角情不自禁地就牵了起来，他忍不住登上微博，再次发了一条消息。

厉深V：双倍的快乐。

“深哥傻了吗？哈哈哈哈哈！”

“你今天发了这么多微博，我们也是双倍的快乐。”

“好奇深哥今天经历了什么，高兴成这样。”

“妈耶，得奖都没见你这么高兴，三倍的奖杯呢！”

“我有个大胆的想法……”

“行了，楼上闭嘴！我不听！”

“深哥说的肯定是生日和平安夜，双倍的快乐！你们不要乱猜！”

厉深指的到底是什么，他自然没有说。这一晚他睡得很好，第二天早晨还和余晚的爸爸一起在别墅区晨跑，两人回来的时候，余晚的妈妈刚把早饭做好。

“唉，年纪大了，比不过你们年轻人啊。”余晚的爸爸一边和厉深往里走，一边感叹道，“你的身体素质是真不错，跑这么久连喘都没喘一下。”

厉深道：“叔叔平时还是要注意锻炼，多跑跑就好了。”

余晚的爸爸点点头，道：“跑出了一身汗，我先去冲个澡。”

余晚见他上楼，对厉深道：“你也去冲个澡吧。”

“好。”

“我们先吃，不等他们了。”余晚的妈妈招呼外婆和余晚坐下，问道，“你们是今天就要走吗？”

“嗯，我手上……”

“知道了，别说了，你手上还有场几百万的婚礼。”

余晚咳了声：“不止几百万呢。”

第十一章　写给你的情书

早饭过后，厉深和余晚便开车返回A市。

余晚的妈妈又给她带了一大堆蔬菜水果，还有家里做的肉，两人来的时候提着大包小包，回去的时候依然提着大包小包。两人去C市没有带丽丽，虽说只有一天，但丽丽小公主还是给了他们脸色看，最后还是余晚的妈妈做的肉征服了它。

“我妈妈给我们装了好多菜，吃一个星期都够了。”余晚把东西清点出来，对换完衣服下来的厉深道，“我们中午就吃这些吧，热一下就能吃。”

“好。”厉深笑了笑，走到她身边，递给她一个精致的礼品盒，“送给你的，圣诞快乐。”

余晚愣了一下，这才想起今天是圣诞节：“认识你以后，圣诞节好像完全没有存在感了。我都没有给你准备圣诞礼物。”

厉深笑着道：“没关系，昨天的生日我过得很开心。这个，你打开看看。”

“嗯。”余晚把礼物盒接过来，满心期待地拆开。

看见盒子里的项链时，余晚的眸子就微微一亮：“好漂亮的项链啊。”

她小心翼翼地把项链拿出来，项链上镶嵌的小钻石在灯光下闪烁着耀眼的光：“这朵玫瑰花好可爱。”

项链的挂坠是一朵玫瑰花的造型，做得非常细致，连玫瑰茎上的刺都做了出来。虽然玫瑰花不大，但红得浓烈，即使小小的一朵挂在心口，也能分外抢眼。

“这个是定做的，后面还有你名字的缩写。”

余晚听厉深这么说，翻到玫瑰花后面一看，上面真的刻着“YW”两个字母。

“喜欢吗？”

“嗯，很漂亮，谢谢。”余晚对着厉深笑了起来。

厉深也露出笑容，专注地看着她道：“喜欢就要每天都戴上哦，这条项链，和我脖子上的项链是一对呢。”

厉深说着，还真从毛衣里抽出了一条项链，链子和余晚手上那条是一模一样的，但挂坠是一颗圆润的珠子。

“这个是地球？”余晚拿起戴在他脖子上的项链看了起来。

厉深没回答，只是道：“你手上的玫瑰花，刚好可以嵌进去。”

他那条挂坠上有一个小小的缺口，余晚试着把玫瑰花放进去，竟然分毫不差。她抬眸看了看厉深，忍不住笑了起来：“你是真的很喜欢《小王子》啊。”

她都快要忘记他的游戏名叫小王子了。

厉深道：“一颗星球和属于这颗星球的玫瑰，不是很浪漫吗？我的挂坠后面也刻了自己的名字，这颗不是地球，而是一颗叫厉深的星球，而你就是这颗星球上唯一的玫瑰。”

余晚不得不承认，自己的心被他这番话深深打动了。她看了他好久，才开口道：“你以后不唱歌了，要不要考虑来当婚礼策划？你的点子一定会非常浪漫。”

厉深笑着帮她戴上项链，亲了亲她的额头："我只对你的事浪漫得起来。"

余晚伸手抱住他的腰，把头埋在了他的心口处："谢谢你的礼物，我很喜欢这条项链，更喜欢你。"

厉深的嘴角情不自禁地扬了起来，他回抱住怀里的人，在她的耳边沉着声音道："我也好喜欢你。"

他的声音那么好听，只需要简单的几个音节甚至吐息，就能撩拨余晚的心。厉深看着余晚的耳朵在自己的气息下染上一层粉红，他的眸色也越发暗沉："晚晚，我们先做些别的再吃饭吧。"

"哦。"

生日的这两天，厉深的身心都得到了满足，而圣诞一结束，关于他要跳槽去光辰的事就在网络上愈演愈烈，甚至有知情人士透露他已经和光辰正式签约了。

余晚还是在跟沈诗诗见面时，从她那里听到这个消息的。

"你真的没有听厉深说吗？"沈诗诗满脸写着八卦，"我其实也觉得光辰比较好！"

余晚看着面前的电脑，发了一下呆，又回过神来道："他工作的事我都不过问的，我相信他知道自己要什么。"余晚笑了笑，跟沈诗诗继续聊起了婚礼，"顾信跟我说，婚礼还要请ABA的主播陈醉来主持是吗？"

"是的，神父只负责仪式部分，但我们不是还要在别墅和花园里用餐吗？流程上有表演节目的部分，我们想，还是需要一个人来主持和调动气氛比较好。"

"嗯，是这样的，不过陈醉是ABA很有名的主播……"

"啊，这个你不用担心，顾信经常去ABA录节目，和他关系不错，我们会把他请到现场的。"

余晚道："好的，那到时我还是要和他提前沟通。"

"嗯。"

和沈诗诗聊完，余晚就回家了，厉深还没有回来，她带丽丽出去遛了个弯，又自己吃了晚饭，等到天黑后，厉深才从外面回来。

余晚捧着杯子坐在沙发上，听见他进屋，便抬起头来："回来啦？吃饭了吗？"

"嗯，吃了点儿。"厉深走到她身边坐下，在她身旁嗅了嗅，"你在喝什么？我也要喝。"

余晚有些好笑地看着他："蜂蜜牛奶，我去帮你兑一杯？"

"不用，我就喝你的。"他说完，就着余晚的手低头喝了一口，"嗯，好喝。"

余晚抬手揉了揉他的脑袋，问他："我听说你已经和光辰签约了？"

"还没有正式签约，我和乔以辰聊过，我和他的音乐理念比较相近。"厉深道，"我明年年初应该就会离开星耀了。"

"哦……那会不会有什么违约金之类的？"

"嗯，都一起谈了，放心。"厉深朝她笑了笑，又微微蹙了蹙眉，"不过星耀和光辰的关系本来就不好，我去了光辰，他们说不定会打击报复。"

"啊？这么大一家公司，这么小气的吗？"

"当初丁檬走的时候，他们也黑了她好一阵。"厉深倒是不怕他们黑自己，就是担心他们会把余晚的事捅出来，"我这几天会尽量和他们的高层沟通的。"

"好，那跨年演唱会你还会参加吗？"

"会，和星耀正式解约前，我的工作还是会继续完成的。"说到这里，厉深便想起还有一件事忘了跟余晚说，"ABA的跨年演唱会，你想去现场看吗？"

每到年底，各大电视台都会搞跨年演唱会，但ABA每年的跨年演唱会都是舞台最华丽、嘉宾阵容最强大的。跨年演唱会的门票虽然没有厉深演唱会的门票难抢，但也一样不好买，余晚从没想过要去现场看。

“你有票吗？”

厉深笑着挑了一下眉梢：“主办方送了我一个VIP包间，你要去吗？”

余晚激动了：“这么好吗？！”

“嗯，VIP包间的视野很好，还有沙发、甜点和水果，你还能带你的朋友一起去看。”

“那我要去！”余晚在想，周晓宁和赵欣知道了，一定会激动死吧，“不过，我要怎么跟她们解释我的VIP包间？”

周晓宁还好，她都知道自己和厉深的事，但赵欣完全不知道啊！

“我们的事，你没有跟你的好朋友们说吗？”厉深问。

余晚摇头：“没有，你不是说要保密吗？周晓宁都是自己猜出来的。”

厉深没想到她把保密工作做得这么到位，低笑了一声道：“那你就说是你的客户送的吧。”

“哈哈哈，那赵欣一定又要羡慕嫉妒了。”

余晚拿到了跨年演唱会的包间票，而粉丝还在为跨年演唱会战斗。每年的跨年演唱会对粉丝来说都是一场硬仗，粉丝为了能先进场、占领座位前方的栏杆给自己的爱豆挂灯牌，都是从前一天的半夜就开始排队的。粉丝夜排，自然就会起摩擦，跨年演唱会还没开始，一些明星的粉丝已经在微博上骂起来了，互相指责对方没有素质。

余晚看见转到首页来的微博后，觉得现在当粉丝真的是太辛苦了，大过节的，她们又要熬夜，又要挨冻，还要吵架，真是不容易啊。

到了31号晚上，她领着周晓宁和赵欣去了VIP包间，前排的看台已经被各路粉丝挂了许多灯牌，而她们的包间隔壁被一群厉深的粉丝承包了。厉深的粉丝没有熬夜，没有挨冻，也没有吵架，她们租了三个挨着的VIP包间，然后把灯牌直接挂在了包间外面。余晚被她们深深折服了，真是大手笔。

“我的妈呀，旁边几个包间里都是厉深的粉丝吗？”赵欣也发现了VIP区的灯牌，瞬间也对厉深的粉丝肃然起敬，“我明年一定要更加努力地挣钱，这样才称得上深哥的真爱粉。”

周晓宁吃了一块蛋糕，含混不清地问余晚：“VIP包间多少钱一个？”

“几万块吧，她们这几个大概得要十几万。”

“咯咯。”周晓宁被蛋糕呛了一下，“不说啥了，祝我们大家来年暴富。”

“对了，我也带了厉深的灯牌，一起挂上吧。”赵欣把自己准备的灯牌拿出来，挂在包厢外空着的栏杆处。

很快，隔壁的厉深粉丝发现她们挂了厉深的灯牌，主动跑过来找她们：“你们也是深哥的粉丝吗？我看你们这边还有空位，能不能让我们再挂点儿灯牌？”

周晓宁和赵欣都看向余晚，余晚点点头，笑了笑道：“随便挂。”

“谢谢！”粉丝噔噔噔地跑走，没过一会儿，又扛着一个巨幅灯牌过来了，还给余晚她们又送了些吃的喝的。

“这些都是我们后援会自己准备的，祝你们今晚玩得开心呀！”粉丝挂好灯牌，就回自己的包厢了。周晓宁看着她们送过来的糕点比主办方提供的还要好，忍不住感叹道：“我看全场的观众，只有厉深的粉丝是真的来享受表演的。”

ABA今年的舞台比去年又华丽了许多，顾信载歌载舞的开场又燃又酷炫，引得现场观众尖叫不断。主持阵容上，ABA也特别小心机地加上了今年忽然人气暴涨的陈醉。

“哦哦哦，陈醉真人比电视上还要好看啊！”赵欣还是第一次见到陈醉真人，情绪有些激动。

余晚是因为顾信的婚礼，所以特地了解过陈醉，可赵欣竟会关注陈醉，她便觉得有些奇怪："陈醉是主持早间新闻的吧，你竟然看过他的节目？"

"当然，不要小看迷妹的力量！"赵欣特别骄傲地道，"为了他，我已经把最近半年的早间新闻补完了！"

余晚这才知道，赵欣要追这么多星，难怪每天都很忙。

厉深的节目被安排在比较后面，大概也是ABA的小心机。余晚耐着性子等，但没等到厉深，先等到了李澄澄。李澄澄今年和厉深合唱的《花色》也是红极一时的歌曲，即便李澄澄在活动现场的演唱频繁翻车，也阻挡不了这首歌的播放量和评论数持续上升。

李澄澄一出来，现场就响起了尖叫，她今晚演唱的依然是《花色》，依然是独唱。

"哈哈哈哈，我要笑死了，她这辈子还有可能跟厉深合唱吗？"赵欣吃着点心，听着歌，还不忘批评李澄澄一句。

通过网络看直播的观众也津津有味地"吃起了瓜"。

"今晚厉深也在ABA跨年吧？两个人都在，但厉深还是不愿意跟她合唱，哈哈哈哈哈，太惨了！"

"她刚刚又差点儿破音，唱好之前深哥都不会跟她合唱的吧。"

"你们这些人黑她有意思吗？车祸又怎么样，ABA照样请她上跨年演唱会。"

"说实话，她已经进步很多了，今晚这个现场是我听她唱的几个现场里最好的。"

"今晚确实还可以，看得出来下工夫练了。"

"厉深好严格啊！忽然期待他和乔以辰的魔鬼较量！"

到了大家都开始有倦意的十一点后，厉深终于登台了，在演唱会上大受好评的唱跳曲目《无处可逃》一亮相，就让所有人又清醒了。厉深在跨年演唱会上重演的这首《无处可逃》，一点儿不比他的个演差，也弥补了许多没能到现场的粉丝的遗憾。今天的伴舞比他的个演还要多，舞美效果也更震撼，现场的粉丝个个激动得不行，尖叫声快盖过伴奏了。

一首歌结束之后，伴舞退了下去，厉深还留在舞台上，整了整自己的服装："大家好，我是厉深，祝大家新年快乐。"

回应他的是满场的尖叫声，就连赵欣都跟着叫了起来。

厉深对着镜头笑了一下，走到从舞台下升起的钢琴前坐下，按响了琴键。《心尖刺》的前奏太过耳熟能详，几个音符一落下，就牵动了观众的情绪。厉深坐在钢琴前边弹边唱，几个小节之后，曲子又自然地一换，变成了PARK。琴身上也忽然绽开了大片大片的花，直至蔓延到整个舞台，像是将丽泽公园的景色搬到了台上，霎时满目都是春天的气息。

观众又尖叫了起来，为这绚烂的舞台效果，也为在台上弹唱的厉深。

PARK这首歌结束后，厉深的演出也结束了，主持人回到舞台，和厉深做了一个简单的互动。

余晚还沉浸在厉深刚才的表演中，有些没回过神来。她记得去年这个时候，自己也在看跨年演唱会，还差点儿在电视机前哭得稀里哗啦。那个时候她还没有和厉深复合，很可能就这样跟他形同陌路下去，幸好，他们又重新抓住了彼此。如果要写年终总结，这就是她今年干的最有成就的事吧。

周晓宁给三人的酒杯里都倒上了一点儿红酒，然后提议道："一会儿演唱会结束了，我们去喝酒吧！"

"好啊好啊！"赵欣第一个响应，"今晚不醉不归！"

"哦，也行。"余晚估计今晚厉深也要很晚才回家，便应了下来。

倒数前的最后一个节目，ABA请到了好久没唱歌的莫榛，看来今年的跨年演唱会，台里是下了血本的。莫榛的表演结束以后，跨年演唱会也接近了尾声。VIP包间的观众有特殊通道可以走，散场的时候，也不会人挤人。

余晚给厉深发了一条消息，便跟周晓宁和赵欣去喝酒了。

厉深回家的时候，余晚没回来，他冲了个澡出来，见余晚还是没回来，便给她拨了通电话。这会儿已经两点过了，几个女性在外面太不安全，下次不能让她们这样疯了。电话响了一阵没有被接通，厉深蹙起眉头，正准备换身衣服出去找人，就听见楼下的丽丽叫了两声。

他拿着电话走下楼，看见余晚靠在门边换鞋，包里的手机还在响个不停。他挂断电话，一走到她身边，就闻到一股酒味："喝酒了？"

余晚听到他的声音，便抬起头看他一眼，许是见他长得好看，对着他嘻嘻一笑："你长得真好看，好像厉深哦。"

厉深不知道余晚喝了多少，看她已经神志不清，只好带上门，把她抱上了楼。

余晚在他的怀里还是不安分："你是谁啊，为什么要抱我？"

厉深道："我是厉深。"

余晚看着他愣了愣，然后抬手拍了拍他的脸："我知道了，你是隔壁的狗蛋儿。"

"汪汪！"跟在后面的丽丽顺势叫了两声。

余晚听见狗叫声，笑得眼睛都眯了起来："果然是狗蛋儿，还想冒充厉深骗我，哼！"

厉深一言不发地把她放到床上，居高临下地看着她："余晚，你以后不要想一个人出去喝酒了。"

"嗝。"余晚打了一个酒嗝，挣扎着从床上坐起来，不服气地看着他，"你凭什么管我，厉深都没有管我。"

"我就是厉深。"厉深耐着性子道。

"你是厉深？"余晚爬起来，抱着他的头仔细地瞧了起来，"好像真是厉深啊。"她傻笑了两声，紧紧抱住了厉深，"我最喜欢厉深了。"

厉深心里的怒火在她无意识地说出这句话后，便消下去了一大半。他扶好她，不让她从自己的怀里滑下去："去洗个澡，满身都是酒气，以后不准喝这么多酒了。"

"嗯，我没有喝多，我要厉深陪我一起喝。来，干杯！"大约是看厉深没有回答自己，余晚一下子又哭了起来，"呜哇哇哇，你才不是厉深，你就是隔壁的狗蛋儿，厉深才不会不理我。"

这还是他头一次见余晚醉成这样，不免有些手忙脚乱。他放了一浴缸的热水，帮余晚把衣服脱了，然后抱她进去放好。余晚大概是觉得泡澡很舒服，终于不再哭了。不哭了以后，她又开始玩起了水，浴缸里的水被她泼起来，溅得厉深满身都是，她还一个劲儿地看着他笑。厉深给丽丽洗澡的时候都没这么狼狈。

泼高兴了，余晚还唱起了厉深的歌，唱得不着调不说，还把几首歌串着唱。唱完以后，她一脸求表扬地看着厉深："狗蛋儿，我唱得怎么样？"

厉深把她的胳膊按进水里，顺着她道："唱得很好。"

"真的吗？那厉深愿意跟我合唱吗？"

厉深这一沉默，余晚又要哭了。厉深连忙道："愿意愿意。"

余晚开心地道："阿深，抱。"

厉深看着她伸出来的两只手，干脆把她从浴缸里抱了出来。厉深帮她把水擦干，套上睡衣，还帮她把妆卸了。忙完以后，他看着睡得迷迷糊糊的余晚，又去洗了个澡。

余晚一个人横着睡在床上，把位置都占完了，厉深把她抱到她的那侧，然后自己在她的身边躺了下来。似乎是感觉到身边有人，余晚循着熟悉的气息靠了过去，抱住了厉深的腰。

"阿深……"她喃喃地道。

"嗯？"

听见厉深的声音，余晚又在他的怀里蹭了蹭："我最喜欢阿深了……"

厉深勾了勾嘴角，低头看着怀里的人："你以为你这样说，我就会放过你了吗？”

“嗯……”余晚迷迷糊糊地应了一声。

厉深低头在她的唇边亲了亲，低声道：“明天再跟你算账。”

余晚宿醉，第二天醒来后头疼。厉深没有在房间，余晚四下找了找自己的手机，在阳台的小躺椅上看见了。她走过去拿起手机，又顺势在躺椅上躺下。她按开手机，屏幕上显示已经十一点过了。

“这么晚了吗？”余晚想发一条消息给厉深，问他在不在家，刚点开他的微信，他的电话就直接打了过来。

余晚把电话接起来，叫了他一声：“阿深。”

“嗯，睡醒了吗？”厉深的声音透过听筒传来，带着一丝说不清道不明的笑意，“还记得昨晚自己干了些什么吗？”

“昨晚？”余晚按着自己的太阳穴，努力回忆。昨晚她跟周晓宁她们喝多了，最后还是周晓宁的男朋友送她们回家的。回家之后呢？一些模糊的片段闪过余晚的脑海，她好像把厉深喊为“狗蛋儿”？还打了他的脸？好像还把水泼到他的身上来着？

余晚沉默了好一会儿，才道：“我昨晚喝多了。”

“你确实喝多了，以后别想一个人出去喝酒了。”厉深的声音听起来难得严肃，“我马上就到家了，给你带了吃的。”

“哦……好。”

“昨晚的事，等我回来我们再慢慢说。”

余晚心情忐忑，试图装可怜：“阿深，我头疼。”

“喝了那么多不头疼才怪，我给你买了药。”

“呃，你是去哪里了啊？”

厉深道：“去了光辰唱片，今天正式和他们签约了。”

余晚没想到在自己睡觉的时候，厉深把这么大一件事都给办了。她挂断电话后，特意去微博上看了一下，微博果然炸了。

光辰的官V发了微博，说厉深已经正式和他们签约，并且即将发行新的单曲，厉深转了他们的微博，让大家期待新歌。紧跟着，星耀也发了声明，表示已经正式和厉深解约。

新年第一天就爆出这么大的新闻，网友连假期都没过好，就忙着吃瓜。而就在这个瓜还没被大家吃透彻的时候，沉寂许久的迟璐突然“诈尸”，发了一条长微博曝光厉深的恋情。自上次她被万人请辞已经快要过去两个月，这期间她一条微博都没有发过，即便时不时就有粉丝过去鞭尸，她也一句回应都没有。可是厉深前脚宣布和星耀解约，她后脚就发了上千字的长微博，回应之前所有质疑，并指责当初的爆料人用心险恶，她对厉深没有任何想法，只是不同意他谈恋爱，他们就把所有脏水泼到了她的身上。

这条微博显然比厉深签约光辰更劲爆，毕竟明星的感情生活更能吸引吃瓜群众。于是微博的热搜第一在“厉深解约”“厉深签约光辰唱片”之后，又变成了“前经纪人曝光厉深恋情”。新的一年，新的开始，新的吃瓜。

“深哥刚宣布解约，你就发长微博了，这么有效率吗？微博是提前多久准备好的？就等着今天了是吧？”

“之前骂你的时候屁都不放一个，现在倒是跳得快。”

“恋情方面持保留态度，但迟璐说她对厉深没有任何想法，我怎么这么不信呢？”

“新年第一天就这么忙碌地吃瓜，今年又是丰收的一年。”

“星耀真的很小家子气了，厉深解约不可能没给违约金吧，既然都是按照合同办事，别人一走你就在后面爆料，这算什么？只能说厉深跳槽是对的。”

“你说的我一个字都不信，等厉深回应。”

“按照迟璐的说法，厉深是和大学时期的初恋女友复合了？男人果然忘不掉初恋啊！”

“弱弱地说一句，我也觉得深哥好像是谈恋爱了，他最近的微博都太甜了，一看就是恋爱中的男人！”

“深哥不说我就不信！”

“真是搞不懂你们粉丝，就算谈恋爱也没什么吧？厉深都25岁了，连谈恋爱都不行？明星果然没人权。”

“实名怀疑厉深是因为星耀不让艺人谈恋爱所以才跳槽去光辰的。”

“我觉得楼上好像真相了，毕竟乔以辰自己都那么高调，哈哈哈哈哈！”

“不混饭圈的就不要在这里说明星恋爱没什么，OK？反正如果确定恋爱了，我就脱粉，新歌也不会买了。”

“因为厉深谈恋爱就不买新歌的，厉深的音乐也没这么廉价，你不买了，我多买几份。”

“我很喜欢厉深的歌，希望他去光辰以后能发展得更好，至于恋爱，只要不影响唱歌就好。”

厉深在回家的路上也看见了迟璐的微博，脸色顿时就沉了下来。迟璐会干出这种事，他还真是一点儿不意外，他把她的长微博仔仔细细地读了，里面没有提到余晚的个人信息，只说他们是在某场婚礼上重遇的，这让他稍微缓和了脸色。

在厉深跟光辰签约的时候，小董也一起签了过去，继续当厉深的助理。车子经过丽泽公园的时候，里面还在放厉深的PARK，小董本来还有些激动，想喊厉深听，结果见他沉着脸色坐在后面，顿时又收了声。

还没到家，厉深的手机就响了起来，厉深以为是光辰那边联系他，低头一看才发现，是他妈妈打过来的。他把电话接起来，尽量柔和地问道：“妈妈，有什么事吗？”

“深深啊，刚才你的小姨打电话过来说，她在网上看到你和你的初恋女友复合了，是真的吗？”

厉深跟余晚复合的事他一直没告诉他妈妈，没想到现在她以这种方式知道了。厉深轻轻地吐出一口气，道：“是真的。”

厉深的妈妈那边安静了一会儿，才又开口道：“初恋女友，是余晚吗？”

厉深大四那年，第一次在电话里告诉她，他交女朋友了，还说过年的时候要把人带回家给她看。她一听厉深的语气，就知道他很喜欢那个女子，也是十分高兴。只可惜没等到过年，他们两个就分手了，厉深还出乎所有人意料地去当了兵。她一直想，厉深之所以去当兵，是因为那个叫余晚的女子吧。

“你还记得她？”厉深很意外，当初的事已经过去这么久了，他也只是在电话里跟他妈妈提过余晚，她竟然到现在还记得。

厉深的妈妈笑了一声，道：“当然，毕竟那是你第一次正式给我介绍女性。你当时那么高兴，我就想，这个叫余晚的女子到底有多好，让你这么喜欢。”

厉深抿了抿唇，没有答话，他妈妈在电话那头继续道：“没想到兜兜转转了一圈，你又重新和她在一起了。”

过了这么多年，他还是没把她放下啊。

厉深应了一声，道：“今年过年带她回家看你。”

厉深的妈妈笑着道：“该不会又放我鸽子吧？”

厉深也跟着笑了起来：“不会，今年一定带她回家。”

厉深和妈妈通完电话，小董也把车子开到了车库。余晚一听见声音，就从阳台上往下瞧了一眼，见果然是厉深回来了。

小董把厉深送到家，便开车走了。厉深提着给余晚买的午饭，走进了屋。

余晚从楼上下来，看着在饭厅摆放餐具的厉深：“刚才那个是小董吗？”

“嗯，她跟我一起到光辰了。”

“哦，那就好。”余晚走到餐桌前，看了一眼他带回来的吃的，支支吾吾地道，“你看微博了吗？”

厉深的动作顿了顿，点点头：“看了，虽然迟璐没有公布你的信息，但你这几天还是不要到处乱跑，如果要见客户，最好把他们约到这里来。”

余晚想了一阵，点点头道：“好，我知道了。”

“对了，刚才我妈妈打电话过来，问我微博的事。”厉深摆好筷子，在桌前看着余晚，“我和她说今年过年带你回去，可以吧？”

余晚一愣，新年第一天她连续遭遇三个冲击，见厉深的妈妈无疑是其中最大的一个。

“可以。”余晚飞快地给自己做着心理建设，厉深都去她家见过她的父母了，过年是该轮到她跟着他回老家了！

似乎是看出了余晚的紧张，厉深笑着揉了揉她的头顶：“不用害怕，虽然是过年，但带你回去那天，家里不会有其他亲戚的。”

“好。”今年过年比较早，余晚想着，差不多要开始准备给厉深的父母带的礼物了。

她正考虑着，厉深就叫了她一声：“你昨晚喝了多少酒？”

她以为发生这么大的事，厉深早把这事给忘了，没想到他竟然还记得。

“呃，也没有多少，就两杯。”余晚道。

“哦？”厉深抬了抬眉梢，问她，“多大两杯？”

“对了，你是不是给我带药了？我的头还有些疼呢。”余晚说着，揉了揉自己的太阳穴。

厉深无奈地直起身，拉开椅子对她道：“先吃饭，吃了饭再吃药。”

“好。”余晚笑了笑，在椅子上坐了下来。

吃了饭，下午厉深又出门了，说是要去光辰录歌，余晚想起光辰的官博上说厉深马上又要发新歌了，便有点儿期待。

厉深没有回应微博上的事，新东家光辰唱片也没有回应。网上每天都有粉丝追问厉深恋情的事，迟璐的微博也随时有人去问候，甚至有黑粉试图故意激怒迟璐，想来个刨根问底，但迟璐也没有再发过微博。

月中，厉深的新歌横空出世，光辰的宣传确实没有星耀那么大的力度，在发售前没有铺天盖地的广告，只有两个微博预告。倒不是光辰没有钱宣传，而是厉深现在正处在风口浪尖上，过多的曝光率会适得其反。这也是厉深想要的效果，他想直接用自己的音乐来回应恋情的事。

厉深V：新歌《情书》将于今天中午十二点在各大音乐平台上架，感谢大家一路的支持。

他发的图片是新单曲的封面，他穿着很正式的礼服，手里拿着一束玫瑰，像是即将步入婚礼殿堂的新郎。那是厉深的一张侧面照，身侧的光给他的每一根发丝都染上了一层柔柔的金边。这是他今年发的第一条原创微博，几秒钟的时间评论数就过千了。

"啊啊啊啊，深哥终于发微博了！"

"土拨鼠尖叫！深哥好帅啊！帅出新高度！"

"呵呵，恋情不回应，宣传新歌就出来了。"

"厉深的工作本来就是唱歌，不是回应恋情，望周知。"

"新歌叫'情书'哎，还配这么像结婚照的封面，我的心好慌。"

"新单曲好快！不管怎么说，很期待深哥和乔以辰合作的第一首歌！"

"深深你告诉妈妈，你是不是恋爱了？"

"坐等十二点！"

十二点整，厉深的新歌准时上线，余晚也第一时间买了——每个平台都买了。

《情书》延续了厉深一贯温柔抒情的风格，当他唱出第一个音节，听众的心就跟着颤了一下。

亲爱的，这是一封写给你的情书
不知可否有幸，唱给你听
第一次遇见你
就为你的笑容着迷
能够和你走在一起
仿佛得了上天恩赐
一路走来，虽然也有磕磕绊绊
但有你陪伴，所有苦痛我都心甘情愿
我会为你戴上最美的戒指
在此，向所有神明起誓
从今以后，不管欢笑哭泣
无论何年何岁，我们将永不分离
亲爱的，这封写给你的情书
一笔一画都是你的名字
我对你的爱，至死不渝

优美深情的旋律配上厉深独有的温柔磁性的嗓音，瞬间将所有听众拉进旋涡，这是一首听一次就会忍不住单曲循环的歌曲。

新歌发行以后，数据没有当初《心尖刺》那么逆天，不少黑粉在幸灾乐祸，想等着看厉深摔跟头。由于这次恋情的事，厉深的部分粉丝宣布脱粉，不会买他的新歌，这让余晚很担心厉深的新歌销量。好在《情书》这首歌虽然没像《心尖刺》那样一发售就数据爆炸，但销售量一直在稳定增长，她便稍稍放了心。

《心尖刺》是电视剧的主题曲，在发售前就已经有了热度，而《情书》是一首全新的歌，数据一时比不上也正常。她听了《情书》，觉得那是一首很好听的歌，她相信给它一点儿时间，它肯定不会输给《心尖刺》。

余晚又注册了几个小号去买厉深的新歌，没想到有一天，她也会做这种事。她在忙着帮厉深增加数据的时候，厉深的一通电话打了过来：“我的新歌你听了吗？”

“听了！我还注册了好多小号买歌！”

厉深沉默了一下，开口道：“这种事重要吗？”

“当然重要，不能让那些黑粉太嚣张！”

厉深被她说得哭笑不得：“你听了我的歌，就只想到去刷数据吗？”

“也不是，你的新歌很好听啊！真的很好听！我听了超感动的，现在还在单曲循环呢！”

这不是余晚的情人滤镜，而是买了这首歌的人都在评论里这么说，甚至还有人说这首歌就是厉深公开恋情的意思了。微博上也有粉丝在努力吆喝，声嘶力竭地赞美这首歌，就连顾信、丁檬和司马潇潇都特意发了微博，表示厉深的新歌很好听。

厉深低笑了一声，问：“你听了我的歌，不会很想结婚吗？”

余晚沉默了一会儿，道：“这首歌确实很适合在婚礼上放，我的婚礼群里已经好多人分享这首歌了，朋友圈里做婚礼的朋友也都在转。”

厉深道：“这首歌是写给你的。”

余晚的脸爬起一层红晕，她不置可否地应了声哦。

“等会儿关注我的微博。”

莫名地，余晚的心跳漏了一拍，她下意识地抿了抿唇，应了声“好”。和厉深通完电话，她便无心再继续自己的刷榜事业，她走到客厅，抱着丽丽，点开了厉深的微博。厉深发的最新一条微博还是新歌宣传，现在转发和评论分别都破十万了。她有些紧张地刷新了几次页面，就见跳出来一条新的微博，是厉深两秒钟前刚发布的。余晚默默地做了一个深呼吸，读了起来。

厉深V：我20岁那年认识她，21岁时，她为了我的发展，选择了和我分手。24岁，我重新遇到了她。很幸运，我还有机会跟她走到一起。当年我还是个大四的学生，我什么都做不到，现在我25岁了，这一次，我想换作自己来守护她。

余晚愣愣地盯着厉深的这条微博，耳边还是循环播放的《情书》，不知不觉间，眼泪就流了满脸。

厉深的微博下，粉丝也炸成了烟花。

“深深你说什么？你果然长大了，妈妈好伤心，可是又有点儿感动。”

“她是深哥的Lily吗？这首《情书》也是写给她的吧？听着深哥的《情书》，看这条微博，我竟然哭了！”

“终于承认了！”

“为了宣传新歌也是无所不用其极啊。”

“楼上傻的吗？深哥不回应，便一直吵着要人家回应，现在回应了又骂？”

“今天听了《情书》就猜到了，这首歌就是深哥的回应吧。”

“不知道这个Lily是谁，但她是世界上最幸福的女人了！深哥给她写了多少首情歌了！”

“虽然我很酸，但是感觉深哥真的好爱她，而且两个人也好不容易……”

“只要你不宣布结婚，我就还能扛住。”

“你这样说我更不会买新歌了，花我的钱给你谈恋爱吗？”

“喜欢厉深的歌，这次的新歌《情书》很好听，对得起厉深和乔以辰的名号，祝幸福哦！”

“我好早以前就在想为什么Lily会跟你分手！原来是为了你的发展吗？不知道怎么说，希望Lily能好好照顾你吧！”

余晚拿着手机的手还有些抖，她给厉深发了一条微信，问他：“这样算是正式公开了吗？”

阿深："嗯，我跟公司那边沟通过，我问乔以辰的时候，乔以辰说，你的恋爱关我什么事，你又不是我的老婆。"

Lily："哈哈哈哈哈哈哈。"

Lily："那会不会影响你的发展啊？"

阿深："迟璐都发了那种微博了，我们也没必要再遮遮掩掩，至于影响，比起喜欢我这个人，我更希望大家喜欢我的音乐。"

Lily："嗯！我相信你！你的音乐已足以让人喜欢你！"

阿深："不过我不会公开你的信息，希望不会对你造成影响。"

Lily："我没关系啦，哈哈哈哈，加油！我要继续去开小号买歌了！"

退出微信，余晚的干劲更足了，厉深承认恋情的微博很快上了热搜，连同《情书》的销量都嗖的一下涨得很快。不过，《情书》这首歌真正意义上地火起来，还是托婚庆圈的福。

在冬天结婚的新人相对较少，但十对新人十对都会在婚礼现场放这首《情书》，《情书》这首歌俨然晋升为比司马潇潇的YOU&ME更受欢迎的婚礼歌曲，就连歌曲评论里都会频繁地出现"结婚"之类的字眼。

"啊啊啊啊，这首歌太好听了！一听就想结婚了！可是我连男朋友都没有！"

"3月份我和我的男朋友结婚，一定要在婚礼上放这首歌。"

"这首歌真的有魔力，我一个不婚主义听着都想结婚。"

"厉深的《情书》听着会让人感觉幸福，很温暖。"

"这首歌让我想起了当年的Lily，厉深的每一首情歌都是写给她的。"

"每次听这首歌都会听哭，一想到是厉深唱给他的Lily的，我就忍不住流泪。"

“虽然我是单身狗，但我就是倔强地把这首歌加入了婚礼歌单。”

“听哭了，想起了我的前男友，明明说会让我穿上婚纱的。”

因为《情书》的大热和爆棚的口碑，不少之前扬言不会买厉深新歌的粉丝，也纷纷回坑，并发表感言：“真香。”

要说谁最能切身感受到《情书》这首歌有多火，那余晚一定要算一个。她本身就从事婚礼策划的工作，朋友圈也几乎是这个圈子的人，每天，她都能在朋友圈的别人的婚礼上听到这首歌。看着朋友圈里又一个新娘在《情书》响起的瞬间泪洒现场，余晚忍不住对厨房的厉深调侃道：“现在全国各地大大小小的婚礼现场都在放你的《情书》。”

厉深尝了尝勺子里的汤，回过头来对着余晚笑了笑：“我听顾信说，沈诗诗也闹着要在婚礼现场放这首歌。”

余晚摇头：“不，她要求的不是放，是让你去现场唱。”

“哈哈哈。”厉深笑道，“顾信现在非常后悔推荐了我的歌。”

说到这里，余晚又认真了几分：“顾信的婚礼也邀请了你吧，你答应在现场唱了吗？”

“嗯。”说着，他又笑了起来，“顾信的婚礼，我上去唱歌，他要气死了。”

余晚无言以对，厉深这个人是不是因为新歌火了，所以又飘了！

“我的婚礼，就不邀请其他歌手了，你想听什么歌，我都给你唱。”厉深说着说着，语气就暧昧了起来。

余晚的心里一烫，别开视线，问他：“汤还没熬好吗？”

“好了。”厉深关掉炉盘上的火，没去盛汤，而是上前搂住她，看着她微微泛红的耳尖，“明天就是三十了，你准备好跟我回家了吗？”

余晚在这之前虽然给自己做了很多次心理建设，但见家长的前一晚还是紧张到睡不着。好在这一次厉深准备把丽丽一起带回去，余晚多了个伴，便觉得踏实一些——至少丽丽可以帮她吸引走一部分注意力！

三十那天，小董一大早就过来送他们去机场。看到小董，余晚有些过意不去："你三十还要上班吗？"

小董道："送完你们去机场我就能回家啦！"她说着，又特地补充了一句，"你在深哥老家多玩几天啊，这样我也能多放几天假了。"

余晚莫名被她的话说得脸上微烫。厉深安顿好丽丽，在余晚的身边坐了下来："行了，开车吧。你要是想放假，我可以再多找几个助理。"

"没有，你都不知道我有多喜欢工作！"小董立刻把车开了出去。

到了机场，小董送他们去了VIP等候室，为了保险起见，厉深还是戴着口罩和帽子，只露出一双眼睛在外面。他一手提着余晚准备的礼物，一手牵着余晚，步履匆匆。

小董对着他们的背影拍了一张照，喃喃地感叹道："深哥就算遮成这样，还是好帅。"

飞机出于天气缘故，稍微延迟了一会儿，余晚有些担心丽丽的情况，正准备跟厉深说说，就见他放下手机，对自己道："我的姑姑说等会儿到机场来接我们。"

余晚一愣，有些没反应过来："你不是说我要见的人只有你的爸爸和妈妈吗？"

厉深叹了一口气："我的爸爸说漏嘴了，我的姑姑知道后，说什么都要过来看你。不过你不用担心，我的姑姑做事虽然有时候风风火火的，但人还是好相处的。"

"可是我都没有给她准备礼物啊。"因为之前厉深说只见父母，所以她也只准备了给厉深的爸妈的礼物，想挪一份给姑姑都找不到合适的，"要不我现在出去买点儿吧。"

“没关系，我的姑姑不在意这些，而且马上要登机了，要买也等到那边再买吧。”

余晚想想也是，便点了点头：“那好吧。”

两人刚说完，工作人员就过来请他们去登机，厉深重新提起东西，牵着余晚的手：“走吧。”

“好。”

工作人员目送他们离开，有几分激动地小声嘀咕：“那个就是厉深的女朋友吧？”

“肯定是啊，这个航班是到厉深老家的，他带着女朋友回家见家长了！”

“啊，他们两个是不是要结婚了？不要啊！”

“也不一定吧。”工作人员甲说到这里，顿了一下，“说不定已经结了。”

工作人员乙觉得好有道理。

飞机飞了一个多小时，成功降落在机场，厉深和余晚只带了随身的行李，唯一要接的只有丽丽。

丽丽被关了这么久，心情很阴郁，看到厉深后，一头便扎进了他的怀里。余晚笑着道：“丽丽很爱你啊，你要好好对人家。”

厉深一边安抚着丽丽的情绪，一边道：“我对它还不够好吗？它把我的花吃了，我都没把它炖了。”

“哈哈哈哈。”一想起厉深又一次被丽丽吃掉的花，余晚就觉得好笑。那花是厉深花了好几百元买回来的，虽然也不是多贵重，但冬天不容易把花养活，他费了不少心思才让它开了花，没想到那花扛过了冬天，没扛过丽丽。开花的第二天，花就被丽丽一口咬下来了。

“下次你做个笼子，把花框在里面。”余晚提议。

厉深道：“我更想框住丽丽。”

正说着，厉深大衣口袋里的手机便响了起来，他拿出来一看，见是姑姑打来的：“姑姑？嗯，刚到，好，我们现在过来。”

余晚见他挂掉电话，有些紧张地问："姑姑催我们过去了吗？"

"嗯，她已经等了一会儿，我们先过去吧。"

"可是我还没给她选礼物……"

厉深看着她笑了笑："她是来看你的，你对她来说就是最好的礼物了。"

行吧，她说不过他。

厉深和余晚从VIP通道离开了，姑姑的车就等在不远处。看见他们出来，她便鸣了一声笛，降下车窗朝他们道："这里。"

余晚顺势看了过去，姑姑正把脸上的大墨镜摘下来，冲他们笑着招手。余晚也朝她笑了笑，对身旁的厉深道："这个就是姑姑？"

"嗯。"厉深牵着她，加快了步子。

余晚道："姑姑好潮啊。"

"对。"厉深笑了一声，又放低声音对她道，"姑姑还没有结婚，你等会儿也别问她姑父之类的。"

"哦，好的。"余晚点点头，记了下来。

上车以后，余晚率先跟姑姑问了声好："姑姑好，我是余晚，麻烦你来接我们了。"

"客气啥，都是一家人。"姑姑戴上手套，发动了车子。

她从后视镜里打量了余晚几眼，笑着问她："你们吃过午饭了吗？"

余晚道："嗯，吃的飞机餐。"

"飞机餐吃饱了吗？还要吃什么吗？"

厉深道："不用了，过一会儿就吃晚饭了，我妈今晚肯定准备了很多菜，晚上再吃吧。"

姑姑白了他一眼："我又没问你，要是人家小余饿了呢？你还要人家饿着肚子等到晚上？"

余晚忙道："我不饿，谢谢姑姑。"

"那好吧，反正家里有很多零食，到家之后再吃。你们的狗呢？

什么都吃吗？”

厉深道：“我把它平时吃的狗粮都带着的。”

姑姑笑一声：“它要吃狗粮的吗？我以为它就吃花呢。”

丽丽的战绩，已经在他的朋友圈里传开了。

年前的道路比平时拥堵，几人在路上又堵了一会儿，快四点了才到家。虽然离晚饭还有一段时间，但一踏进家门，余晚就闻到了隐隐的饭菜香。厉深的妈妈还在厨房忙活，是厉深的爸爸给开的门。看见站在门外的厉深和余晚，厉爸爸先是愣了一下，才忙不迭把人请进了屋。厉深的妈妈听见动静，也穿着围裙就从厨房里出来了。

丽丽一闻到香味，就想往厨房里钻，厉深拉住它，朝他妈妈道：“妈妈，我们回来了。”

“好，回来就好。”厉深的妈妈点了点头，就看向了他身旁的余晚，“这位就是余小姐吧？”

余晚道：“阿姨您好，您直接叫我的名字就可以了。”

厉深的姑姑从后面走进来，道：“怎么你叫我姑姑，叫她阿姨啊？”

余晚一时有些尴尬，只好把手上的礼物递了出去：“这是给你们带的一些小礼物，希望你们会喜欢。”

“喜欢喜欢。”厉妈妈看了厉爸爸一眼，对他道，“我手上有油，你接一下。”

“没关系没关系，我放到茶几上。”余晚提着东西想往茶几上放，还是被厉爸爸接走了。

“我来放就好，你们两个刚回来，先休息一下，喝点儿水。这里还有坚果和奶糖，你们看看有没有喜欢吃的。”

厉深把丽丽也牵过去，从一堆糖里挑了一个巧克力给余晚：“这个你应该喜欢吃。”

“嗯，谢谢。”

厉深的妈妈站在厨房门口，朝厉深的爸爸使眼色。厉深的爸爸接收到信号，笑眯眯地对余晚道：“收了你这么多礼物，我们还是要表示一下，你等等，我去给你拿。”

“啊，不用啦，叔叔。”余晚没想到他们竟然还给自己准备了礼物，有些不安地看了身旁的厉深一眼。厉深握住她放在膝盖上的手，朝她笑着道：“他们送给你的，你收下就好。”

余晚有些紧张，厉深感觉她的指尖冰凉，微微皱了皱眉：“怎么手指这么凉？是冷吗？”

“冷吗？要不我把小太阳给你打开，烤烤就好了。”姑姑说着，就去开小太阳了。

余晚忙道：“没关系，我喝点儿热水就好了。”

“你这姑娘怎么这么客气呢，都说了是一家人嘛，放松点儿。”

在这种环境下，她真的很难放松。

厉深握着她的手，安抚着她，丽丽也趴到她腿边，朝她叫了一声。余晚忍不住弯腰摸了摸丽丽，丽丽真是太暖了！

“小余啊，这个红包你收下，新年快乐。”厉深的爸爸从房里出来，手里多了个红包。

新年，长辈给小辈发红包也是习俗，只不过余晚一看那红包的厚度，就有点儿不敢接：“叔叔，这怎么好意思呢……”

“有什么不好意思的，发个红包图个吉利，收下吧。”厉深的爸爸说着，就把红包塞到了余晚的手里。完成任务后，还给在厨房的厉深的妈妈比了个“V”的手势。

厉深的妈妈见红包给了余晚，才又安心地继续准备晚饭。余晚见她一个人在厨房里忙，便不好意思坐在这里看电视，主动提出要帮忙。她第一次来，厉深的妈妈又怎么好意思让她帮忙，只好道：“我这边不剩多少事了，要不你和厉深先上楼，收拾收拾东西。”

厉深爸妈的房子有个跃层，厉深的房间和余晚的房间都在楼上。厉深知道他的妈妈不打算让余晚帮忙，便提着行李箱对余晚道：“我们上去收拾收拾吧。”

“好吧，那阿姨等会儿需要帮忙记得叫我。”

“放心吧，去吧去吧。”厉深的妈妈手里拿着汤勺，朝他们摆了摆手。

上楼以后，余晚才稍稍松了一口气，厉深放完行李箱，就到隔壁来找余晚了。余晚正在整理东西，他笑着走进来，看了一眼放在床上的红包：“不拆开看看吗？”

余晚停下手里的动作，把红包拿了起来：“你的爸爸妈妈也太大方了吧，这个红包这么厚！”

“也就是对你这么大方，捏得出来是多少钱吗？”

“呃，我还没这个本领。”余晚老老实实地把红包拆开，把里面的钱拿了出来。

她没有数那一沓一百块的钞票有多少，只不过放在最面上的一张不是一百，而是一块。余晚一愣，她虽然没有捏捏厚度就知道是多少钱的本领，但她是从事婚礼策划工作的，对各个地方的婚礼习俗都有了解。一百张一百块里面放一张一块，总共是一万零一块，寓意为万里挑一，是男方家给刚进门的新媳妇儿的。

余晚的脸一下子就有些红，厉深站在她身边，也看见了那张一块的，微微勾了勾唇：“不用数了，应该是一万零一块，看来他们对你这个儿媳妇很满意。”

被他这么一说，余晚只觉得脸上更烫了，等下都不知道该怎么面对厉深的爸妈了。

“这有什么可害羞的？”厉深看见她泛红的耳朵，忍不住上去抱住了她，“他们知道，我认定的人只有你一个。要不，你等会儿下去直接改口叫爸妈吧？”

余晚觉得厉深的提议让她受到了惊吓。

余晚的东西还没收拾完，她的妈妈就打了通电话过来。余晚看了一眼来电人，把电话接了起来：“妈妈，怎么了？”

厉深听见她叫妈妈，也下意识地看了过去。

电话那头，余晚的妈妈问：“你们到了吗？”

余晚道：“到了，过会儿就要吃饭了。”

“那就好，情况怎么样？”

“呃……”余晚瞄了一眼身旁的厉深，对她妈妈道，“叔叔阿姨给我包了一个大红包。”

余晚的妈妈好奇地问：“多大？”

“一万零一块。”

余晚的妈妈当然懂一万零一块是什么意思，她轻轻地扬了一下眉梢，道：“那看来人家对你还是很满意嘛，你和厉深是怎么想的？你们也不能一直这样，打算什么时候结婚？”

余晚沉默了一下，道：“暂时还没打算，他刚换了新公司，我也刚出来单干……”

她话还没说完，就被电话那头的妈妈打断：“我听你这口气，你们是不打算结婚了？”

“没有，只是说暂时……”

“暂时是多久？5月份，你的生日一过，你也27岁了。”

“我知道啦，但是也不急在这一时啦，等我们的工作再稳定一点儿就结哈！”

“哪样算是稳定啊？你们两个现在赚的钱还不够多吗……”

“哎呀，阿姨叫我们吃饭了！我回头再跟你聊啊！”余晚说着，匆匆挂断了电话。

厉深在旁边看着，低声笑了起来：“怎么，阿姨催我们结婚了？”

“对啊，她生怕我嫁不出去一样。”余晚撇撇嘴，把手机放回了包里，“年轻的时候她不让我谈恋爱，年龄一大，她就开始催着我结婚了。”

厉深笑道：“你今年才十七，不大。”

这话引起余晚的极度舒适，她抬手摸了摸厉深的脸，调笑道：

“你的小嘴抹了蜜啊，你说话怎么这么好听呢。”

厉深也不动，就站在那里让她占便宜。丽丽挤到他们中间，仰头看着余晚，仿佛在让她也摸摸自己。余晚蹲下身逗了一会儿丽丽，就跟着厉深下楼准备吃晚饭了。

大年三十的团年饭，向来都是要做一大桌的，这次为了欢迎余晚，厉深的妈妈做得比往年还要多。厉深看着她不停地把菜摆上桌，忍不住道：“今年这个团年饭，吃到正月十五都吃不完。”

“哪有那么夸张。”厉深的妈妈放下手里的蒸鱼，问他们，“你们准备在家里待多久啊？”

厉深道：“我们买的初三的机票回A市。”

厉深的妈妈微微皱眉：“初三就走？你们好不容易回来一趟，也不知道多待几天。”

厉深笑着搭上她的肩，道：“下次有假期再回来看你们，我们两个都有工作，特别是余晚，比我还忙。”

“我哪有啊，明明是你下个月要出国，别把锅甩给我啊。”

厉深的妈妈问厉深：“你下个月要出国？”

“嗯，去参加时装周，顺便拍拍杂志照，用不了多久。”

“你一个歌手还要参加时装周啊？跟你有关系吗？”

余晚噗的一声，没憋住，直接笑了出来，妈妈简直是实力反问。

厉深故意瞪了她一眼，推着他妈妈进厨房了：“妈，你还有什么菜，我帮你端吧。”

“我先看看我的蒸肉好了没有。”

厨房里只有厉深和他妈妈两人，厉妈妈打开锅盖看了一眼，对身旁的厉深小声道：“我和你爸爸都挺喜欢余晚的，长得漂亮，人又能干。”

听到自己的妈妈夸余晚，厉深也跟着高兴：“当然啦，那可是你儿子看上的人。”

厉深的妈妈啧了一声，笑道：“看把你得意的，既然双方都见过家长了，你们是不是也把这件事定下来？余晚是搞婚礼策划的吧，也给你们自己策划策划啊。”

厉深无奈地笑了笑：“放心吧，我们心里有数。”

“什么有数？你是男性，要主动点儿，结婚这种事难道还要人家女性先提吗？你跟人家求过婚没有？”

厉深道：“我大四的时候就已经跟她求婚了！”

厉妈妈沉默了一会儿，才开口：“那还算数啊？人家说不定都忘了。”见他不说话，厉妈妈又忍不住唠叨，“你赶紧的啊，妈妈也没有说让你们马上就结婚，先定下来嘛，是吧？”

“是是是，你说的都是。”厉深把桌上的一盘蒸肉端起来，对她道，“这个好了是吧？我端出去了。”

“你这孩子……”厉深的妈妈念叨了他一句，又去看罐子里炖着的汤了。

厉深的姑姑带了两瓶红酒过来，说是特地托朋友从国外带回来的，让大家都尝尝。厉深见余晚一副跃跃欲试的样子，便道：“你不能喝酒。”

余晚顿时不开心了：“为什么啊？”

厉深反问她：“你喝醉以后是什么样子这么快就忘记了？”

那次是意外啊！赵欣和周晓宁都超级能喝，跟她们在一起，她一不小心就喝多了。

“有啥不能喝的，大过年的喝口酒还不行了？”厉深的姑姑把余晚面前的酒杯拿过来，给她倒了小半杯，“等会儿还要喝的话，姑姑再给你倒。”

厉深有些无奈：“姑，她真的不能喝，你是没见过她喝醉的样子。”

姑姑不在意地道：“喝醉就喝醉嘛，反正是在家里，再说了，不是还有你在吗？”

厉深的爸妈也跟着附和，让余晚想喝就喝。余晚朝厉深眨眨眼，拿起酒杯喝了一口。

他在桌子下偷偷地捏了一下余晚的腰，小声地在她的耳边道：“你别仗着有我家人给你撑腰就为所欲为，你的胃还要不要了？”

“我就喝一点点啦，一点点。”余晚拿手指给他比了比“一点点”。

饭桌上有厉深管着，余晚到底还是没有喝多少，饭后余晚跟着厉深下楼去遛了遛丽丽。她看见小区附近有卖烟花的，又买了几个小烟花，回院子里放着玩。

三十晚上的烟花爆竹声一直到后半夜才完全消停，余晚一整夜睡得也不踏实，但第二天早上还是九点过就醒了。

听见楼下有声音，她洗漱完，便穿着睡衣下去了。厉深和他妈妈都醒了，正在厨房里做汤圆。看见余晚过来，厉妈妈有些意外地道：“你不多睡会儿吗？昨晚肯定没怎么睡好吧？”

余晚笑着摇了摇头，道：“睡不着了，你们在包汤圆吗？我也来帮忙吧。”

“行，那你去洗个手，我先把这些包好的煮下锅。”

余晚洗好手，站到厉深旁边，看了一眼他包的汤圆：“手艺还不错啊，以前明明连碗牛奶粥都煮不好。”

厉深用沾着面粉的手故意在她的鼻尖点了一下，然后看着那一团浅浅的白色笑了起来：“我的手艺这两年是突飞猛进，不过牛奶粥还是你做得更好吃。”

余晚擦了擦自己的鼻子，看着碗里的馅料：“这些都是阿姨自己做的馅料吗？”

“嗯，刚刚包的汤圆有芝麻的，有玫瑰的，还有红糖的，你喜欢哪种？”

“都喜欢！”

厉深的妈妈听见，笑着道：“那你待会儿多吃几个。”

汤圆煮好后，厉深的爸爸才带着丽丽从外面回来——今天一大早，他就兴致勃勃地带着丽丽去遛公园了。

“你们把丽丽养得真好，我刚才牵到公园去，好多人都夸它漂亮。”厉深的爸爸一回来，就乐呵呵的。丽丽就像是听懂了他的话，甩着尾巴叫了两声。

厉深见丽丽那样子，忍不住道：“快别夸它了，再夸它更要上天了。”

“汪汪！”丽丽冲他叫了几声，惹得厉深的爸妈都笑了起来。

“行了，你既然回来了，就一起吃汤圆。”厉深的妈妈把汤圆盛好，端上了桌。

刚煮好的汤圆很烫，余晚一边拿勺子轻轻地搅动着，一边刷了一下微博。今天是大年初一，大部分人都在放假，但也总有些人仍然坚守在自己的岗位上——没错，说的就是狗仔。

余晚抬起头，看向坐在身边的厉深：“你又上热搜了。”

厉深微微皱眉，往余晚的身旁凑了凑，朝她的手机屏幕上看去。

“厉深带女友回家过年，疑似婚期将近？”厉深笑了一声，“大年初一还在上班，有点儿对他们肃然起敬了。”

余晚道：“比起这个，我简直怀疑他们在你的身上装了追踪器。”

厉深仔细地看了报道，上面的照片明显是偷拍的，照得很不清楚，余晚围着围巾，穿着羽绒服，基本上看不见脸。

厉深的妈妈有些紧张地问：“怎么了，被记者拍到了吗？”

“没关系，不用管他们。”厉深安抚道，“咱们先吃汤圆吧，不然等会儿凉了。”

厉深的妈妈责备地看他一眼：“你的心怎么这么大呢？”

厉深道：“那有什么办法，做我们这一行就是被人拍的，只要不太过分，我们一般都是不管的。”

“那小余呢？”

“阿姨，我也没关系的，而且他们拍得也不清楚。”余晚朝她笑了笑，既然决定跟厉深在一起，余晚早就做好了面对这些的心理准备。

厉深的妈妈抿了抿唇，没再说什么。

厉深没有在微博上回应，只是发了一些新年的祝福语。三天的假期结束后，他和余晚带着一大堆吃的返回了A市。

步入2月，离顾信的婚礼也就更近了。这次婚礼现场比较复杂，还是在海外，余晚和婚礼团队预定提前二十天过去布置现场。

厉深2月的时候要出国，3月余晚又要走，这让他一度闷闷不乐。余晚本来还哄着他，告诉他没什么，时间过得很快的，可是厉深走的当天，她就觉得房子变得空荡荡的。幸好家里还有丽丽陪着，否则她就搬回自己的小洋楼住了。晚上忙完，余晚一个人躺在大床上刷微博。虽然今天是厉深到国外的第一天，但微博上已经有不少他的图了。

去参加时装周，自然要精心打扮一番，厉深这趟是带着专业的服装造型和摄影团队去的，因此拍出来的照片每一张都是大片。

“深哥又帅出新高度了！恋爱中的男人都会变帅的吗？”

“这身花里胡哨的衣服，也就深哥的颜值撑得起来了，不懂他们时尚圈。”

“深哥身材真好，羡慕Lily，我酸了。”

“姐妹们，这个时候就不要管Lily了，让我们一起把那个厉深嘿嘿嘿。”

“深哥那条围巾！他最近好像走哪里都戴着啊！”

“哈哈哈哈，终于有人发现围巾了！深哥真的好爱这条围巾啊，什么衣服都配的它！”

“这条围巾真是百搭，话说，该不会是Lily送的吧？”

这条围巾还真是厉深过生日时余晚送给他的那条。她看着照片上的厉深，嘴角渐渐地扬了起来，心情比之前好了不少。

阿深："睡觉了吗？"

手机忽然收到厉深发来的消息，余晚愣了一下，才回复他。

Lily："正在刷你的微博，嘻嘻，照片拍得很好看！"
阿深："别看了，快去睡觉，回来给你看真人。"
Lily："哦。"
Lily："你不在家，突然感觉房子变得好大好空。"

远在国外的厉深看到这一句，心里忽然涌上一股立刻买机票回国的冲动。

阿深："我工作结束后马上就回来。"
阿深："你把门窗都关好了吗？"
Lily："嗯，睡之前检查过了，还有丽丽在。"

厉深笑了笑，用语音给她发了一句"晚安"过去，哄她睡觉。

听到厉深的"晚安"，余晚觉得心也被填满了，可是这样，好像更加想他了。厉深也不放心余晚一个人待在国内，只不过时装周结束后，他还有杂志拍摄的任务，要在这边多耽误几天。

这边的天气很好，很适合拍照，厉深在街头拍了一组照片，忽然收到了余晚的消息，她没有说话，只是给他发了一个定位。厉深一愣，飞快地编辑起消息。

阿深："你也过来了？"
Lily："对呀，哈哈哈哈哈，顾信的婚礼上大概要用十多万束鲜花，我跟许总过来看看。"

其实她不必亲自过来的，但是许毅问她的时候，她立马就答应了。

厉深情不自禁地扬起嘴角，眼睛里都像落进了阳光，比之前明亮了许多。

阿深："你之后还要去哪里？"

Lily："已经谈完了，许总回酒店休息了，我在花店里再逛逛。"

阿深："你不休息一下吗？不倒时差？"

Lily："我现在有些亢奋。"

厉深又扬了扬唇，给她发一条语音："我这边快要结束了，等下过去找你。"

Lily："好。"

"深哥，可以拍下一组了。"小董见厉深一边发消息，一边笑得跟傻子似的，就知道他肯定在跟余晚聊天。只不过摄影师在催了，她还是硬着头皮上来叫他。

厉深没说什么，收起手机，很快进入了工作状态。

这组照片比之前任何一组拍得都有效率，结束以后，厉深没让小董跟着自己，直接叫了一个当地的司机，送自己去余晚那里。车子开了四十多分钟才到，厉深让司机等自己一会儿，说是要去接个人。

余晚还在花店里看花，厉深走过来的时候，她正好背对着他站在落地窗里面。

只是看见她的背影，厉深的目光便柔和了下来，他停下脚步，走到落地窗前，抬手轻轻地敲了敲玻璃。

余晚的手里拿着一束玫瑰，她听到响声，回过头朝身后看去。

厉深穿着拍摄照片时的大衣，就站在落地窗前，看着她笑。阳光斜斜地打在他的身上，点亮了他的眉眼与唇角，一时晃得余晚有些睁不开眼。

花店的门在厉深的右侧，大概再走十步就能到，可是他迫不及待地想靠近她。他往前走了一步，在余晚下意识地凑近的时候，他浅笑着低下头，隔着玻璃，在她嘴唇的位置亲了一下。

第十二章　是结束也是开始

明明隔着玻璃，余晚却觉得厉深唇上的温度直接烫到了自己的心里。她的脸上一红，往后拉开了距离，花店里还有不少其他客人，而且对面就是大马路，虽然这是在国外，可她并没有外国人放得开。

厉深看着她故意蹙起的眉和微红的耳尖，嘴角又上扬了几分。他走到花店门口，顺手挑了一枝红火的玫瑰，递到余晚面前："送给你。"

余晚撇了撇嘴，把他手上的花接了过来："什么送给我，你给钱了吗？"

厉深笑着道："你选好了吗？我一起结账。"

余晚在花店待了这么长时间，看到不少喜欢的花，都让老板放在一边了。厉深把花全买下来，牵着她走出了花店："你住在哪个酒店？"余晚正想说话，厉深又打断了她，"不过也不重要，你今晚跟我住一起吧。"

"可是我的行李还在那边。"

"没关系，走的时候再过去拿。"厉深拉着她上了车，问她，

“你想先去吃饭，还是想直接去酒店休息？”

“吃了东西再回酒店吧。”余晚看着他，“你接下来没有工作了吗？”

“明天还要再拍摄一天，你后天跟我一起回国吧。”

余晚想了想，道：“也行。”

厉深让司机送他们去餐厅，侧过头看了看余晚手里的花：“你买这么多，是打算自己插花吗？”

“嗯，颜色都是按照这次给顾信婚礼的配色搭配的，我想试着做一束婚礼概念的花。”

“你还学过插花？”

“当然，婚礼策划可是十项全能的。”余晚笑眯眯地道，“等我做好了，送给你啊。”

“那我就期待一下。”厉深看着她，也跟着笑了起来。

两个人沉浸在异国重逢的喜悦之情中，完全不知道他们的照片已经被传到了国内。厉深在花店隔着玻璃亲吻余晚的那一幕，刚好被花店外的一个路人拍了下来，还传上了社交平台。她不认识厉深，只是觉得这个举动很浪漫，没想到传上网络没一会儿，就被中国的网民看见了，还认出了照片上的男主角就是厉深。

照片一被转到国内，很多营销号便闻风而动。照片上的厉深很好认，虽然只是个侧脸，但因为他身上的衣服和今天图透的杂志照一模一样，所以人们几乎是一眼就能看出来。

“啊啊啊啊啊啊啊，我要疯了！我做不了Lily，那就让我做那片玻璃吧！”

“妈耶，好甜啊他们，我想嗑这对CP了。”

“深夜暴击，又酸又甜的我不知所措。”

“深哥的Lily终于露脸了！我这个柠檬精女孩儿竟然觉得很般配！”

“太浪漫了吧……原来深哥这趟是公费谈恋爱吗？”

“大晚上的在电脑前又哭又笑的我仿佛一个傻子。”

“啊啊啊啊啊啊啊啊，我要站CP了！太甜了啊，我的天！请你们站在这里不要走动，我去把民政局给你们搬过来！”

“深哥和Lily都长得好好看，果然好看的人只会喜欢好看的人，我就假装自己是玻璃吧。”

“深哥在国外这么放得开吗……算了，捂住心口帮上面的人一起搬民政局吧。”

“昨天我还在为深哥恋爱哭泣，今天只想高喊结婚结婚结婚！我命令你们马上结婚！”

“哈哈哈哈，我看到‘帮厉深搬民政局’这个话题了！你们粉丝倒戈得也太快了吧，@今天厉深分手了吗，请问你下岗了吗？”

“今天厉深分手了吗”这个号，是厉深正式公开恋情那天建立起来的，它从众多“厉深今天分手了吗”“今天厉深和Lily分手了吗”等雷同号中脱颖而出，拥有了最多的粉丝数。

今天厉深分手了吗：通知一下，我还坚挺着，要帮厉深搬民政局的，你们的良心不会痛吗？

“哈哈哈哈哈，不仅不会，还美滋滋的！”

“心疼你，哈哈哈哈，今天痛失大批粉丝！”

“博主一定要坚持下去啊！我还在！和你一起等着深哥分手！”

“阿博，我也看见深哥的那张照片了，别人的恋爱永远那么甜，而我只是一条酸菜鱼。”

而两位当事人吃完晚饭回到酒店，才知道双双上热搜了。这还是余晚有生之年第一次上热搜，她愣了几秒，然后截了一张图留念，在一旁看着她截图的厉深一时语塞。

余晚截完图之后，又抬起头来问厉深：“你说我现在热度这么高，要不要顺势宣传一下我自己？”

余晚的个人微博粉丝不多，而个人策划主要就是依赖这些平台，让客户看到自己，如果这个时候蹭一波热度，她就一定可以涨很多粉的！

厉深道："你想宣传的话，我可以直接帮你转的，只不过这样大家都知道你了。"

他之前不是没想过帮余晚宣传，但一来他引流过去的粉丝绝大部分都不是余晚的目标客户群，二来会曝光余晚的信息，他便一直没有这么做。

"我开玩笑的啦，你别当真。"余晚想要的是有效的客户，而不是一堆粉丝，如果只是想涨粉，买就能买到。

厉深考虑了一下，对她道："我可以发好友圈微博，和我互相关注的人都可能是潜在客户。"

不过这个行为也不太妥当，现在余晚的照片虽然曝光了，但也只有她的亲朋好友能认出她来。一旦他发了微博，就有可能被有心人截图传播，使余晚彻底暴露在公众面前。

两人正说着，赵欣就对余晚发起了信息轰炸，余晚看了几眼，就一阵头疼。赵欣一直不知道她就是厉深的女朋友，今天她的照片曝光，赵欣直接炸了。

余晚："不好意思一直瞒着你。"

赵欣："啊啊啊啊啊，这是不好意思的问题吗？我的好朋友竟然是我'爱豆'的女朋友！"

赵欣："我该高兴还是哭泣！"

赵欣："你们两个现在在干什么！"

余晚："在讨论要不要趁着热度帮我宣传一波。"

赵欣："打扰了。"

赵欣："你们两个现在还有心思讨论这个！微博上都在帮你们搬民政局了！"

余晚："国内现在都过了零点吧，别搬了，睡觉吧。"

余晚和赵欣聊完，见厉深微微蹙着眉头，像在考虑什么，便走过去圈上他的脖子，踮起脚尖在他的唇上亲了一下："我把顾信的婚礼做好，就是最好的宣传了。"

厉深情不自禁地搂住她的腰，眷恋地在她的唇上轻轻地蹭着："你累吗？"

余晚勾起嘴角，朝他道："从见到你开始，我就一直很亢奋。"

厉深将她搂得更紧，身体也不自觉地贴了上去："那……我们先做点儿什么？"

"好啊。"余晚看着面前的人，她对他的身体一样有渴望。她也想他了。

厉深的眸色加深了几分，将余晚压在了她身后的大床上。

一天的奔波加上时差，还有晚上的剧烈运动，余晚这一觉睡得很沉，厉深一大早起来的响动也没有把她惊醒。睁开眼睛后，窗外已经阳光明媚，她拿起手机看了看，已经中午十二点了。手机上有一条厉深发来的微信，说他中午在外面吃饭，下午才回来，他帮她叫了午餐，午餐会在十二点半的时候送来。

余晚忍不住勾起嘴角，她给厉深回复了一条消息过去，然后躺着刷起了微博。微博的热搜可以说每天都风云变幻，你永远想不到下一刻会爆出什么大瓜来。

顾信和沈诗诗在这一天领证了，他还发了一条微博通知大家。余晚一看到这条消息，顿时就精神了。

在顾信发结婚证的微博下，评论数已经逼近两百万，余晚光看这个数字，就知道里面有多惨烈。想不到她在热搜上只待了一天，就被别人碾压了。她点开评论，瞻仰起里面的血雨腥风。

"顾帅你在说什么？是我穿越了？"

"之前的绯闻果然都是真的！但是直接结婚也太狠了！"

“不是，厉深的粉丝是不是把民政局搬错地方了？”

“哈哈哈哈哈哈哈哈哈，说搬错地方的那个，我本来都要哭了，到你这里一下子笑出来了！”

“请厉深的粉丝给我们一个合理的解释。”

“哈哈哈哈哈哈，还是要恭喜顾帅！”

“呜哇哇哇哇哇，男神你怎么就英年早婚了！”

“顾信也不小了吧……厉深都拿最佳专辑了，顾信都出道多少年了啊？”

“厉深粉丝发来贺电，恭喜恭喜！”

“建议顾信像厉深那样秀一波恩爱，应该就有CP粉了。”

余晚看完评论，也差点儿笑出眼泪，她飞快地把微博分享给了厉深。

Lily：“顾信和沈诗诗结婚了！”

厉深这会儿正在拍照，没有看见她的消息，休息的时候，他一边喝水，一边拿起手机看了下，差点儿被嘴里的水呛一口。

“怎么了，深哥？”小董听见他咳了一声，连忙嘘寒问暖。

厉深摇摇头道：“没什么，顾信领证了。”

小董：“啥？！”

厉深侧头看了她一眼：“你还喜欢顾信？”

“没有，我对深哥忠心耿耿！”

厉深笑了一声，回复余晚的消息去了。小董连忙拿起自己的手机，登上微博围观。

余晚吃着午餐，听见手机响了一声，便低头瞄了一眼。

阿深：“你现在才知道吗？我以为他们的婚礼是你策划的。”

Lily：“不是，我是说，他们正式领证了，还在微博上公开了！”

阿深：“他们之前没和你提过吗？”

Lily：“好像提过，我忘了。”

阿深：“迟早是要公开的，没差。你吃饭了吗？”

Lily：“正在吃。”

为了增加可信度，她还特地拍了一张照给厉深看。厉深又和她交代了几句，便也登上微博，转发了顾信宣布结婚的消息。

厉深V：恭喜！祝百年好合！同时也感谢我的粉丝，你们辛苦了！

厉深在微博上皮这一下很开心，但顾信的粉丝就很糟心了。但不管粉丝再怎么哭天抢地，也不能影响顾信的婚礼进程。

余晚跟厉深回国以后，又一头扎进了顾信的婚礼之中。厉深今年也要发新专辑和开全国巡回演唱会，两人的日程都排得非常满。要不是还住在一起，估计连见面的机会都没有了。

3月中旬，春天刚刚探出一张小脸，余晚就跟顾信的婚礼团队一起去了海外，开始准备婚礼现场。

玻璃水台的搭建是一项大工程，更不用说还要在花园里搭建一个小型游乐园。花艺也是这次婚礼的重头戏，除了仪式现场，整栋别墅的顶棚也都会布置上鲜花，致力打造出童话世界的浪漫感。

应沈诗诗的要求，余晚真的给她准备了一套白雪公主的衣服，还请了小演员扮演七个小矮人。仪式的婚纱和晚宴的敬酒服也全是定做的，光是这几套衣服就花了一大笔钱。

现场的布置工作如火如荼地进行着，余晚忙得顾不上其他，厉深对此怨念很重。

原本两人说好每天都要视频一次，后来改成两天一次、三天一次，最后厉深直接抱着丽丽坐在电脑前，痛斥余晚抛夫弃狗。

“以后不要接海外婚礼了，麻烦。”经过了这次事件，厉深深刻地反省了当初把顾信介绍给余晚的自己。

余晚无奈地道：“就算在国内，也是会去外地做婚礼的，不可能每个客户都在A市办。”

“那就只接A市的。”

“汪汪！”

“看到没有，丽丽也同意！”

她看着厉深耍赖的样子，笑了一声：“顾信的婚礼马上就要举行了，他和沈诗诗会提前过来彩排，你到时可以跟他们一起过来。”

厉深一听她提起这个，就满脸不高兴：“我跟公司说过了，然后被乔以辰无情地拒绝了。”

余晚挑了挑眉梢：“看吧，你自己明明也很忙，那你和乔以辰一起过来吗？”

顾信的婚礼也邀请了乔以辰和丁檬，乔以辰是厉深新专辑的制作人，他都走了，厉深自然也可以放假了。

“不了，乔以辰和丁檬一起，我不想跟他们待在一起。”厉深道，“我和陈醉一起走，会提前一天到。”

余晚点了点头，应了声“好”，陈醉要在婚礼上主持节目，厉深要来唱歌，是需要提前来彩排一下。

厉深到的那天，顾信和沈诗诗正在进行彩排。水台边上，沈诗诗挽着顾信的手，余晚就站在他们旁边，纠正着他们的动作。

“你的手要挽着他的这个位置。”余晚拿过沈诗诗的手，往顾信的上臂移了移，“放在这个位置显得更正式，拍照也会更好看。拿手捧花这只手往下移一些，对，你的婚纱胸口那一片是最好看的地方，不要挡住了，做的美甲也可以露出来。”余晚纠正完他们的动作，往后退了几步，看了一下效果，“不错，记住这个感觉，进场时就保持这样。”

她刚说到这里，就撞进了一个人的怀里，对方伸手扶住了她，余晚一愣，往前迈了一步，回过身来道歉："不好意思……"

剩下的话戛然而止，厉深站在她的身后，看着她笑："没关系，你还可以再撞过来一点儿。"

余晚还在出神，沈诗诗就在旁边笑了起来："哈哈哈哈哈，我刚刚就一直在想，你还要多久才会撞进他的怀里。"

余晚沉默了，她刚才背对着厉深的方向，看不见他，但顾信和沈诗诗就面对着他，肯定早就看见他来了，却一个字都没有说。

"练习得怎么样了？"厉深笑着走到余晚身旁，问顾信和沈诗诗，就像刚才的小插曲没有发生过一般。

沈诗诗道："余晚很专业哦，很多细节都会纠正我们，有她罩着，感觉稳了。"

厉深听了十分得意："我没有介绍错吧。"

顾信看着他，哼笑了一声："夸奖的又不是你，你得意什么？"

厉深扬扬眉梢："我与有荣焉，不行吗？"

"行了，我们接着进行下一步吧，完了再叙旧。"余晚说着，看向了和厉深一起过来的陈醉，"陈老师，待会儿还要麻烦您也走一下流程。"

陈醉点了点头，算是答应。

余晚纠正完顾信和沈诗诗的姿势，又领着他们往前面走："你们就保持我刚才说的那种姿势，一路走过玻璃水台，这两边是宾客，到时每人手上都会分发花瓣，大家会撒花瓣雨祝福，走过以后，前面的通道就只有你们两人过去，神父在尽头等你们。"

余晚领着他们一路走过去，通道两旁的路用的也是白色的花，花柱是透明玻璃，和脚下的水台一样，仿佛融入蓝天和大海，美得不可思议。

"宣誓结束以后，神父会让新郎亲吻新娘……"余晚说到这里，顿了一下，"你们知道怎么接吻吗？"

顾信觉得这个问题仿佛是在侮辱他。

站在余晚身边的厉深牵唇笑了一下，什么都没说，就看好戏似的看着顾信。顾信低头亲了沈诗诗一下，余晚摇摇头："这样不太好，可能会拍不到你们的脸或者拍出来不怎么好看。到亲吻的时候，你们两人的头都记得朝右边偏。"

顾信搂着沈诗诗，向右偏了偏头，沈诗诗下意识地跟着他往同一方向偏过了头。

"诗诗，是你自己的右方，不要跟着顾信做。"

"哦……"沈诗诗有些尴尬，把脑袋换了一个方向。

余晚点点头道："嗯，这样好多了，到时候你们接吻要保持至少八秒钟的时间。"

沈诗诗愣了愣："要亲那么久吗？"

本来当着那么多亲朋好友的面接吻，她已经很不好意思了，竟然还要维持八秒钟！

余晚道："因为现场会有很多摄影师拍照，所以如果你们亲得太快了，他们就没办法拍，要给摄影师留够时间。"

顾信是明星，在拍照上还是很有经验的，知道该怎么配合摄影师，沈诗诗就有些不习惯。他看着沈诗诗笑了笑，对她道："放心吧，到时候我会让你感觉八秒飞快地就过去了。"

沈诗诗的脸飞快地红了起来，一旁的厉深啧了一声，顺手拿起手机对着他们拍了一张照。

余晚看了他一眼，跟他道："今天乐队老师没有过来，你明天要不要跟他们排练一下？"

厉深放下手机，点点头道："可以，反正你明天去哪儿，我就跟去哪儿。"

前面的顾信道："真想把你这个样子发给你的粉丝看看。"

厉深毫无畏惧："你发啊，你发我的，我就发你的，互相伤害啊。"

余晚和沈诗诗都觉得男人真的好幼稚啊。

彩排结束以后，几人一起吃了晚饭，顾信给厉深单独安排了房间，但他就是不住，硬要和余晚去挤同一间。余晚的房间本来就不大，还堆着很多东西，厉深一来，顿时空间就更小了："你去睡你的房间啊，比我这里舒服多了！"

厉深道："没有你在，怎么可能舒服？"

"你要不要这样为顾信省钱？"

厉深笑着道："你要是觉得亏了，就跟我一起去住大房间？"

"不了，我这里东西多，不好搬。"

"那我就住你这里了。"

余晚觉得他这死皮赖脸的模样和他大学时一模一样。

两人在小房间里挤了两天，终于正式迎来了顾信和沈诗诗的婚礼。这次顾信结婚邀请的人没有胡娇结婚时邀请得多，但来的明星咖位都很大，特别是歌坛现在顶尖的歌手几乎是齐聚一堂了。下午新人准备的时候，厉深上台唱了《情书》，现场那么多歌手，一下子都来了兴致，一人上去唱了一首歌，比演唱会还要精彩。余晚偷偷地把大家唱歌的画面录了下来，剪辑一下发到了朋友圈。

"今天来到现场的朋友真是赚翻了！"

然后她收获了一大堆土拨鼠尖叫。

除了豪华的演唱阵容，现场的小火车、小城堡和小旋转木马这些装饰也刷足了存在感。

临近仪式举行的时间，沈诗诗挽着顾信的手出现在大家面前。神父只负责主持仪式，现场的嘉宾都是陈醉在指引。大家坐在水台的椅子上，等顾信和沈诗诗过来，就将手里的花瓣撒向了他们，对他们表示祝福。

这次婚礼也用了航拍，现场的摄影师也都是本地最知名的，他们知道怎么将海上的婚礼拍得最漂亮。

沈诗诗和顾信宣誓后，顾信就按照神父的指示亲吻了自己的新娘。这次沈诗诗没有出错，牢记了余晚的叮嘱，把头偏向了右边。而顾信的吻，也真的没有让她感觉到任何尴尬，就连耳边亲友的起哄声都变得格外遥远，仿佛这水天一色的天地间，只剩下了他们两人。

顾信离开她的唇瓣时，笑着问她："是不是完全没有感觉到八秒？"

沈诗诗红了红脸，也跟着他笑了起来。

接下来的晚宴是在别墅里面进行的，顾信和沈诗诗也回准备室重新换了一套衣服。这次婚礼的鲜花大部分都用在了别墅里，一走进别墅，就像置身在浪漫的花海之中。陈醉等沈诗诗和顾信出来，便跟宾客宣布，新娘要扔手捧花了。

现场未婚的女性都有些跃跃欲试，沈诗诗对陈醉低声说了一句什么，陈醉便点点头，对宾客道："新娘有话想跟大家说。"

在场的人都看向沈诗诗，沈诗诗从陈醉手里接过话筒，清了清嗓子："我的手捧花，想直接送给在场的一位女士，她就是我的婚礼策划师余晚小姐。感谢她为我策划了这么棒、这么梦幻的婚礼，这束手捧花送给你，希望你也能收获幸福。"

这不是事先设定好的环节，余晚整个人都蒙了一下。大家的目光都集中在她的身上，站在她身旁的厉深轻轻地推了她一下，在她的耳边说："过去吧。"

他的声音露出一丝笑意，余晚回过神来，顺势朝前迈了两步，到了沈诗诗跟前。

沈诗诗把手里的花交到她手上，对她笑着道："希望这束花能把好运和祝福都带给你。"

"谢谢。"余晚拿着手里的花，拥抱了她一下，然后退回了人群里。

手捧花的环节结束，大家便正式开始用晚宴。厉深看着明显有些出神的余晚，低头问她："怎么了？还没缓过来？"

余晚抬头，撞进自己熟悉的温柔视线中，不自觉地勾起了嘴角：

“说实话，有些感动，我做婚礼策划第六个年头了，还是第一次有新娘给我送手捧花的。”

在余晚以前策划过的婚礼上，也有新娘直接送手捧花的，但都是送给自己的亲人。她和沈诗诗非亲非故的，是真没想到沈诗诗会把手捧花送给自己。

厉深抬手揉了揉她的头发，轻声道：“因为你值得。”

厉深的脸配上这声音，余晚真是有些顶不住。

宾客用晚宴期间，余晚当然不能闲着，更别说跟他们一起吃饭了。接下来还有烟花秀和舞会，她走到外面，跟工作人员和乐队老师确认情况。

夜晚的大海看上去黑洞洞的，没有白天那么浪漫，但当海边燃起烟花时，又是完全不一样的场景。烟花一个接一个地升空，绽开五颜六色的花朵，甚至还有心形的，大家的热情也随着升空的烟花被点燃。乐队老师趁着气氛，演奏起了音乐。

开场舞自然是顾信和沈诗诗跳的，两人在绽开的烟花下翩翩起舞，旋转木马这个时候也亮起了灯，跟着他们的舞步转动起来。

摄影师捧着“长枪短炮”，在一边疯狂地拍照，这样浪漫的场景，极大地勾起了他们的创作欲。

开场舞结束以后，宾客也找到自己的舞伴，纷纷踏进了舞池。

余晚站在一旁，稍稍松了一口气。这已经是整场婚礼的最后一个环节了，总算是顺利地走到了这里。虽然她还没有看到摄影和摄像的效果，但她知道不会差的。

这是她作为独立策划完成的第一场婚礼，还算是给自己交了一份满意的答卷。

“不知道有没有这个荣幸，邀请这位美丽的女士跳支舞？”

耳边忽然传来的声音打断了余晚的思绪，她看着眼前对自己伸出手、微微弯腰的厉深，忍不住笑了一声：“我就不跳啦，我都没有穿裙子。”

作为婚礼的策划人，余晚的穿着自然偏向职业化，虽然她身上的衣服也不是一板一眼的工作服，但比起现场其他女性的飘飘长裙来，她这样的打扮走进舞池，确实有些奇怪。

厉深的手却没有因她的拒绝而收回："那怎么办？你忍心看你帅气的男朋友连个舞伴都找不到吗？"

余晚无奈地看着他："你别耍赖了，你想找人跳舞，不知道有多少人想跟你跳。"

"可是我只想跟你跳。"厉深看着她，眼里似乎落进了刚才烟花的辉光，明亮得炫目。

余晚看了他一阵，笑着把自己的手放进了他的掌心。

厉深的唇角也跟着牵了起来，他握住她的手，牵着她走进了舞池。他的右手搭在她的腰上，他垂眸注视着她："你吃过晚饭了吗？"

余晚踩着拍子，慢慢地挪动脚步，轻轻地点了点头："刚才和乐队老师一起吃了一些。"

"这支乐队还不错。"

余晚笑着道："当然，顾信钦点的。"

厉深的唇角缀着点儿笑，又将她搂紧了一些："辛苦了，回国以后好好休息休息。"

"嗯。"余晚刚应了一声，就不小心踩了厉深一脚，"不好意思。"

厉深轻笑道："没关系。"

余晚有些尴尬："我今天是太累了，没发挥好。"

"哦，那我们改天挑个你状态好的日子，重新跳一次。"

余晚在他的腰上轻轻地掐了一下，回应他的调侃，厉深低笑着道："踩了我还不够，还要掐我，这算不算家暴啊？"

"你小心我再踩你一脚。"

"来吧，我承受得住。"

婚礼结束以后，顾信和沈诗诗顺势度起了蜜月，他们婚礼的一些照片也流传到了网络上。尽管都是宾客自己用手机拍的，但还是掩盖不住现场的梦幻，顿时就吸引了无数网友围观，各个自媒体号也大肆报道了顾信的浪漫婚礼。

围观的群众可能不会关心婚礼策划师是谁，只会感叹“真好看啊”，但在婚礼圈子里，余晚的名字更加响亮了。不少好友都给她发来了贺电，就连许久没有联系她的魏邵都特地发了一条消息，称赞她策划的这场婚礼。

余晚一边心怀感激，一边等着摄影师的官方图。这次的图不仅是顾信和沈诗诗要，《美丽新娘》的主刊编辑也通过国内刊的编辑联系了她，说想在主刊上报道这场婚礼。《美丽新娘》的主刊是英文杂志，会在全美发行，拥有数量相当可观的读者，余晚收到编辑的消息时，高兴得差点儿跳起来，有一种突然出人头地的感觉。

收到摄影师的出图后，余晚第一时间传给了沈诗诗，在专业摄影师的镜头下，现场的梦幻程度又上升了一个维度。当然，报道还是需要取得新人的同意，毕竟是他们的婚礼，余晚跟他们说了，顾信和沈诗诗都没有反对，只是把图片筛选了一次，留下可以刊登的打包发给了余晚。

厉深晚上回家的时候，就看见余晚坐在电脑前，兴致勃勃地研究什么，丽丽趴在她的旁边，也把脑袋凑到电脑前，好奇地看着。

这个画面逗得厉深勾了勾唇，他脱下外套，走进客厅，问余晚：“什么事这么高兴？”

余晚抬头看了他一眼，笑盈盈地道：“顾信和沈诗诗的婚礼图我收到了，刚才整理了一下发给杂志的编辑，他们还说要给我做个小采访呢！”

“哦，恭喜你。”厉深在她的身边坐下，也看向了电脑，“照片拍得怎么样？”

“超级漂亮的，天哪，简直都不敢相信是我策划的！”

厉深这下彻底被她逗笑了："真是好久没见过这么夸自己的了。"

"真的很漂亮嘛！而且要上《美丽新娘》的主刊了，想想就想嗷嗷叫。"他们这一行需要时时关注业界动态，《美丽新娘》杂志是这方面的权威，特别是英语版的，一直走在最前沿，可以从上面获得不少灵感。余晚以前是杂志的读者，现在，自己的作品也即将在杂志上刊登，怎么能不激动？

"等我们结婚的时候，肯定会拍得比他们更漂亮的。"厉深说着，从电脑上收回目光，看着身旁的余晚，"晚晚，你生日又快要到了，想好怎么过了吗？"

余晚道："还有一个月呢，我发现人年龄越大，越对生日提不起兴趣了。"

厉深笑笑道："那不管你想怎么过，这天的时间都要为我空出来。"

"这么霸道吗？"余晚看着他，眨眨眼，"不过你确定你那天有空？"

厉深低下头，在她的唇上亲了一下："这种事不用确定，我说有就有。"

几天之后，余晚接受了《美丽新娘》杂志的采访，采访她的是国内的编辑，到时候稿件会翻译成英文发给主刊编辑部。问题都是主刊那边发来的，主要就是关于顾信和沈诗诗这场婚礼的筹备和灵感，结束以后，编辑还跟她谈到了做婚礼培训讲师的事情。

《美丽新娘》杂志在国内有一所婚礼培训学院，是针对婚礼策划师的专业培训机构，课程从入门班到高级班都有。这所培训学院在国内算是创办得最早的一批了，办学正规，生源稳定。余晚几乎是没怎么考虑，当场就答应了下来。

编辑又跟她另外约了一个时间去公司签培训讲师的合同，才收拾好东西离开。

余晚坐了地铁回家，走到门口时，发现厉深的车已经停在车库里了。她换了鞋子，打开门走进去，果然看见了在客厅和丽丽玩的厉深。

“你今天这么早就回来了？”厉深这阵子在录制新专辑，虽然也不是忙得见不到人，但每天也是天黑后才回来的。

厉深放下丽丽，对她道：“录音录到一半，乔以辰说他有新的想法，这首歌就暂停了，明天再继续。”

“哦，这样啊。”余晚放下包包，摸了摸凑到自己跟前来的丽丽。

“你今天跟杂志编辑聊得怎么样？”

“挺顺利的，编辑说稿子会刊登在7月份那期，到时候会给我寄样刊。”余晚道，“哦，他们还想请我去他们的培训学校当讲师。”

“讲师？”厉深看了看她，似乎有些意外，“你答应了吗？”

“嗯，具体负责哪个班还没有确定，但是课程不会太多，毕竟我不是他们的专职讲师。”

厉深道：“你怎么突然想到去当讲师？”

余晚朝他笑了笑，道：“虽然讲师的薪水不是很多，但我想借这个机会学习一下培训学校的运营，也积累点儿经验。”

厉深愣了一下，问她：“你是打算以后自己搞培训学校？”

余晚嘿嘿笑了两声：“是的，有这个想法，等我以后去做培训，也不会这么忙了，不是正合你意？”

厉深低下头，笑了起来，原来他家晚晚的野心比他想的还要大啊。

《美丽新娘》很快就联系了余晚，双方签订了短期合约，同时余晚要教的课程也确定了下来，是针对有一定策划经验的学员开设的中级培训班。课程除了婚礼策划的相关内容，也会涉及一些花艺和灯光设计的知识，如果学员想着重了解这方面的知识，还有专门的培训课程。

余晚这两天都在研究课程设置和做教案，虽然还是很忙碌，但整天都是待在家里的，这点厉深还是比较满意——至少他每天回家，都可以看见余晚了。

晚上，厉深洗了澡出来，余晚还抱着电脑坐在床上。厉深擦着头发走过去，在她的身边坐了下来："怎么样，有什么收获？"

"嗯……"余晚想了一阵，道，"我觉得这个课程的时间太短了，像我要带的这个班，学期只有五天，就算是有一定基础的学员，五天也太短了。我之前去国外参加CWP的课程，学了整整三个月。"

虽然国内的培训学校没有这么正式，但五天的时间，只能走马观花地讲一些内容，对于初学者来讲可能还好些，五天的时间能够带他们入门，但对于越是有经验的学员，五天的时间就越是不够。

"如果我要办的话，还是希望能够讲得稍微深入点儿，至少要一个月吧？"余晚点了点头，"到时候我可以先招一批学员做个试验，看看效果。"

厉深笑着问她："小白鼠吗？"

"小白鼠学费可以打折嘛，肯定有人愿意的。而且第一个班我会亲自带，以后等我的学校规模做大了，也去请讲师，自己坐着收钱就可以了！"想到这个美好的未来，余晚觉得自己又充满了干劲。

厉深点了点她的脑门："想得太长远了，你还是先把手上的课讲好吧。你上台会紧张吗？"

"有一点儿，毕竟我还从来没给别人上过课。"余晚看了学员名单，她带的班一共十多个人，人数虽然不多，但也是在教室里集体授课，"不行，我要再背一次教案，到时候绝对不能在学生面前丢脸。"

厉深看她边说边把打印的教案拿了出来，连忙抽走了她手里的资料："已经十一点过了，现在是睡觉的时间，明天再看。"

"我后天就要讲课了。"

余晚想去抢他手里的资料，厉深仗着手长的优势把资料举过头顶，让余晚拿不到："不给。"

余晚撇了撇嘴："你不给我，我就挠你痒痒了！"

见厉深微微变了脸色，余晚得意地勾了勾唇，谁能想到这个身高一米八五、当过两年兵的男人，竟然怕挠痒痒！她坏心眼地伸手在厉深最敏感的部位挠了两下，厉深马上就哈哈笑着把手放了下来。余晚想趁机抢他手里的资料，哪知道厉深先她一步，直接将她按在了床上。厉深整个人都覆了过来，身上的气息瞬间将余晚笼罩在其中，像是一张逃不开的网。

他看着她，嘴角勾着一点儿笑，温热的气息就吐在她的脸侧："知道这么做的后果吗？"

余晚有点儿后悔了。

"你以为不说话就可以逃过去了吗？"厉深又朝她贴近了几分，身上的压迫感也比刚才更强烈。

余晚的双手抵着厉深的胸口，她做着最后的挣扎："你今天工作了一天，不累吗？"

厉深贴着她的唇瓣道："嗯，就是有点儿累，因此需要补充能量。"

她以后再也不作死了。

这晚，厉深是得到了能量补充，余晚却是到第二天中午才从床上爬了起来。她"身残志坚"地把已经滚瓜烂熟的教案又背了几次，然后正式投入了授课之中。

充分的准备虽然不能完全消除紧张，但能给她更多底气，在这次短短五天的课程中，她也学到了不少东西。

经过4月短暂的休整，余晚在5月又忙了起来，不仅接了一单新的生意，准备了婚礼策划培训班的课程，最意外的是，她竟然收到了一档谈话节目的邀请。这档谈话节目不是普通的谈话节目，是陈醉主持的一档新节目，一播出就拥有超高人气。

节目组的编导跟余晚联系过以后，余晚既兴奋又紧张地跑去朋友圈发了一条消息。

余晚：啊啊啊啊啊啊啊，我要上陈醉的谈话节目了！

她发完以后，就打开衣柜开始考虑要穿什么衣服上节目了。陈醉是新闻主播出身，现在虽然因为突然爆红，被ABA安排了谈话节目，但节目风格还是比一般综艺节目正式的。这档节目每期都会请一个在某领域比较出名的人来谈自己的一些经历，也带领观众认识和了解该行业。余晚曾经看过几期，陈醉的主持还是很有趣味性的，时不时便会抛一个梗，不过她相信，更多的观众都是冲着看他的脸去的。

她对着衣柜看了半天，没有选到满意的衣服，便打算约周晓宁和赵欣去星光百货买衣服。

微信又有了好多新消息，余晚先点进去看了一眼，赵欣的新动态格外引人注目。

赵欣：我想明白了，从今天开始，要更加努力工作，努力赚钱，因为这样才有可能上男神的节目甚至直接上男神。

她默默地给赵欣点了一个赞。介于赵欣的精神状况可能不稳定，她没有再刺激赵欣，只约了周晓宁去逛商场，买完衣服回来，厉深已经到家了。

余晚兴致勃勃地走上去，把自己新买的裙子拿出来给他看："这条裙子好看吗？我准备穿着它去参加陈醉的节目！"

厉深看着眼前的长裙，挑了挑眉梢："你在问我你特地为了其他男人买的裙子好不好看吗？"

她把裙子收回包里，瞪了厉深一眼，上楼回卧室了。

厉深笑着跟在她身后，一起回了房间："你要参加的节目定了是什么时间录制吗？"

余晚道："说的是17号，之前可能还要去演播厅彩排一次。"

厉深点点头，道："嗯，那你记得把20号空出来，那天不要有安排。"

20号是余晚的生日，她眨了眨眼，把裙子挂进衣柜，回头看着厉深："你那天有什么特殊安排吗？"

厉深笑了笑，卖了个关子："暂时保密。"

余晚盯着他，似乎想从他的神情中看出什么。厉深怕她真的能看出什么，赶紧侧了侧头，轻咳一声转移了话题："对了，你之前说又接了一场新的婚礼，是什么样的？"

余晚收回目光，把衣柜的门关上了："哦，新人双方都很喜欢打麻将，想做一场麻将主题的婚礼。"

厉深听她这么一说，就笑出了声："现在的人真是什么都想得出来啊。"

"是啊，他们还说想在婚礼上搞一场麻将比赛。"余晚觉得新人提出这样的要求，对麻将也是真爱了，"我给我妈妈说了这事，我妈妈受到了启发，说也想补办一场麻将婚礼。"

"哈哈哈哈哈。"厉深笑着问她，"但是你好像不会打麻将啊？"

"嗯，我以前跟我妈妈学过一点儿，现在会认牌。"她不会打麻将这件事，让她妈妈一度怀疑她是不是在医院被抱错了，"总之，我这段时间要恶补麻将的知识，我真怕到时候他们找来一堆策划，然后摆一张麻将桌，说谁打赢了单子给谁。"

要真这样，那么婚礼策划必须具备的技能又可以更新了。

厉深想起了当初胡娇的那场婚礼，又忍不住勾起了唇："没关系，我不仅会打游戏，也会打麻将，你要是想找人练手，我可以陪你啊。"

余晚没有见过厉深打麻将，听他这么说，还有些好奇。但她最后还是没有找他，真要找人练习，她会下载一个麻将游戏，每天登上去进行人机对战，这比找厉深方便省事多了。

除了准备婚礼，余晚还花了大量时间准备访谈节目，这是她第一次上电视，前一天晚上紧张得根本睡不着。厉深见她翻来覆去睡不着，也在黑暗中睁开了眼：“怎么了？在为明天的节目紧张吗？”

“嗯……”余晚应了一声，面朝着厉深的方向看着他，“是不是吵醒你了？”

厉深笑了笑道：“没事，你一直翻来覆去，我本来就没睡着。”

余晚沉默了一下，开口道：“那我去隔壁房间睡吧。”

她说着，就掀开被子，作势起身，厉深连忙按住她，把被子重新给她盖上：“就在这儿睡。”

“不是吵着你了吗？”余晚睁大眼睛看他，即使在黑暗之中，厉深也能看出她那副故作无辜的样子。

“你不在身边，我更睡不着。”他的声音在黑暗之中传来，带着一丝无奈和一丝笑意，“要不要我给你讲个故事，哄你睡觉？”

“嗯，那好吧。”

厉深低沉的声音在她的耳边响起，他讲了《三只小猪》的故事，明明是哄小朋友的故事，但经过他的声音修饰，仿佛变成了一个特别高级的故事。余晚认真地听他讲完，仍是没有一点儿睡意：“我好像更精神了。”

他圈住余晚的腰，贴近她道：“那要不我帮你消耗一点儿精神？”

不用问余晚也知道他在暗示什么。她抬眸看着他，问：“你第一次上电视的时候紧张吗？”

“嗯——”厉深拉长尾音，像是在思考，“第一次上电视，肯定会紧张。”

“那你是怎么克服的？”

厉深笑了笑，注视着她道：“我想说不定你会在电视上看见我，就告诉自己一定要表现好，把最帅的一面展现出来，让你后悔跟我分手。”

“哈哈哈哈哈哈哈。”余晚笑了一阵，又安静了下来，“对不起。”

“怎么又突然道歉，已经过去了，我们现在很好。”

“嗯。”余晚知道当初对厉深造成的伤害永远都在，“我真的有在电视上看见你哦，回国的时候，机场的广告牌也是你，啊，对了，我还遇到一个和你长得很像的海关小哥。”

“和我长得很像？”厉深挑了挑眉，“他比较帅，还是我比较帅？”

“你比较帅啦，满意吗？”余晚无奈地撇了撇嘴，“他看向我的时候，我吓得差点儿冲关了。”

厉深抱着她，闷笑了一声：“我这么可怕吗？”

“呃，谁叫我做了亏心事呢。”

“好了，别再说这个了。”厉深低头，在她的额头上吻了一下，“明天的节目是录播的，就算有哪里出错，也可以重新再来，别担心。”

“嗯。”不知道是厉深的吻安抚了她，还是厉深悦耳的声音安抚了她，余晚终于渐渐有了些睡意。

这一觉始终还是睡得不踏实，厉深起来的时候，余晚干脆也跟着起来了。看着抱着被子坐在床边的余晚，厉深走过去揉了揉她的头：“天还没亮呢，这么早就起来了？”

“嗯，反正也睡不着，不如早点儿去电视台吧。”

厉深笑着道：“也好，你过去的时候陈醉肯定都在了，让他再跟你对对词。”

“好。”

“陈醉是专业的，他知道怎么控制节奏，录制过程中他会引导你，不用怕。”

“嗯。”这话陈醉也对她说过，虽然已经知道整个节目流程，但余晚还是控制不住紧张。她深吸了一口气，起床换衣服化妆。

陈醉这个节目的时间并不长，一期大约有四十分钟，这次余晚上去会讲一些自己的经历，还有一些婚礼小知识，诸如“婚礼上的禁忌”“各地婚礼习俗的不同”。刚开始，余晚还是很紧张的，但和陈醉聊着聊着，渐渐就忘记自己是在录制节目了，真的跟陈醉交流了起来。节目录完以后，她才觉得自己的感知渐渐地回笼，因紧张而没有吃过东西的胃现在也疼了起来。

厉深就像知道她在这个时候录完节目一般，在她跨出演播厅的同时，就给她打了通电话来。余晚接起电话，往休息室走：“阿深。”

“嗯，陈醉跟我说节目录制完了，你感觉怎么样？”

“还行，不过现在觉得胃有些疼。”

厉深下意识地皱了皱眉：“你是不是没有吃饭？”

“嗯……录节目前太紧张了，没感觉饿，现在就开始胃疼了。”

“你去休息室里坐一会儿，我让陈醉给你送点儿热水和吃的过去。”

“啊？这个就不用了吧？”余晚觉得陈醉虽然不是明星，但好歹也是电视台的台柱子啊，他这么让人家跑腿，不太好吧……

“没事，你这个本来就算工伤。”

余晚在休息室里坐了没几分钟，陈醉真的给她送了一盒热牛奶和一个面包过来，还顺带给她捎了一盒胃药。

余晚赶忙接过来，跟他道了谢。等他走以后，余晚把吃的拍下来，发给了厉深：“收到东西了，喝了一口热牛奶感觉好多了。”

阿深：“那就好，吃完以后就回家休息吧，今天辛苦了。”

Lily：“哪里哪里，你们艺人每天都过这种日子，你们辛苦了。”

厉深看着她发过来的消息，忍不住笑出了声。

余晚录制的这期节目会在6月份播出，电视和网络平台都可以收看。余晚的爸爸特别激动，还特地发了一个朋友圈，说6月份自家闺女的节目要在电视上播了，让亲朋好友记得去看，余晚在他的朋友圈下面回复了一个省略号。

节目录制完，余晚心中的一块大石也放下了，她在家里休息了两天，就迎来了自己27岁的生日。去年的生日，是她和厉深复合的起点，这么算起来，今年的这个生日还是值得庆祝的。

厉深向余晚强调了好多次，生日这天一定要为他空出来。余晚这天什么工作也没有，就在家等着厉深安排。

厉深今天收工很早，三点的时候就回家了，还给余晚带了一束玫瑰花回来。余晚接过他的花，问他："你今天是准备在家里给我做饭吗？"

厉深从前两天就开始往冰箱里添置了许多食材，早被余晚发现了。

厉深笑着对她道："是这样打算的没错，不过担心会做失败，我还准备了Plan B（计划B）。"他说着，把余晚推上楼，对她道，"你上去看电视也好玩游戏也好，天黑以后再下来。"

"这么神神秘秘吗？"

厉深没有回答，只顾推着她往上走。余晚想起他第一次说要给自己露一手时，差点儿烧掉自己的厨房，又忍不住提醒："你要是搞不定就叫我。"

"你就放心吧，我都说了我还有B计划。你等会儿不论听到什么动静，都不要下来哦！"

"虽然你这几年厨艺长进了……"余晚不能放任他在下面拆房子，可话还没说完，厉深就突然低下头，吻住了她的唇。绵长的一吻结束，他松开余晚的唇瓣，浅笑着看她："一定要让我用这种方法让你安静？"

余晚顶着微微泛红的脸颊，转身进了屋。

如厉深所说，楼下传来了不小的动静，中途还来过人，和厉深一起在楼下捣鼓什么。余晚偷偷地打开门看过一次，刚走到楼梯口，就被厉深发现了。好不容易挨到天黑，厉深请来的外援开车离开了，余晚也光明正大地打开门，朝楼下走去。

客厅和饭厅都被厉深装饰过，挂了不少气球，甚至挂了“生日快乐”字样的彩纸。沙发和桌子周围还装点了许多鲜花，配色和造型都可圈可点。

“这些都是你做的吗？”余晚有些意外，打气球、挂彩纸可能还没啥技术含量，但花艺绝对不是人人都能做的。

厉深骄傲地道：“当然都是我做的，为了今天，我特地去学了几节花艺课，这些花都是我一朵一朵地装饰上去的！”

“好好，知道你厉害了。”余晚笑着看向餐桌，餐桌也被重新装饰过，桌面摆着一个超大的心形铁盒，盒子里面放着满满的玫瑰花和巧克力，盒子的旁边还有一个双层的生日蛋糕，色系是红色和白色，蛋糕上画着两个小人，一个穿着婚纱，一个穿着西装礼服。

呃，与其说这是生日蛋糕，不如说更像是结婚蛋糕啊。

她不动声色地把目光移向蛋糕周围的小甜品，这些甜品和蛋糕是同一个色系，造型各异，都很可爱。

这个甜品风格，余晚一眼就看了出来：“这个蛋糕总不是你做的吧？看着像是糖糖做的。”她跟“糖心蜜意”甜品店合作过多次，应该不会认错，刚才厉深请来的外援是糖糖吗？

厉深咳了一声，道：“我也打了打下手。虽然甜品我还不太上手，但今晚的菜都是我做的！”

“哦，那你端上来我看看？”余晚看戏一般地看着他。

厉深没有去厨房，而是先把那盒心形的巧克力递到她的面前，对她道：“你先尝一颗？”

余晚看了看，从里面挑出一颗拆开包装纸。精美的包装纸里不是香浓诱人的巧克力，而是一枚钻戒。余晚没想到自己随手一挑，会挑出一颗藏着钻戒的巧克力，而厉深已经单膝跪在她的面前，虔诚地看着她。

“余晚小姐，请问你愿意嫁给我吗？”

虽然余晚早就隐隐地感觉厉深可能要跟她求婚，但此刻她捧着钻戒，看着跪在自己面前的厉深，还是愣了愣神。她一时没有回答，厉深也没有催促，只是仰头注视着她。

过了好一会儿，余晚才攥着手里的钻戒，开口问他：“你在每个巧克力里都藏了钻戒吗？”

厉深微微一怔，旋即浅笑着道：“没有，结婚钻戒只能买一枚。”

“那我要是没有拿这个呢？”

厉深道：“这些包装巧克力的纸，每张都不一样，我了解你的喜好，知道你会最先拿这一个。”

“这么肯定？”余晚的眉梢轻轻地扬了一下，“要是我拿了别的，场面不是尴尬了？”

“那我可以直接把这颗巧克力挑出来送给你。不过就结果来说，我对你的了解还是很准确的。”厉深跟余晚解释完，终于意识到他们跑偏了，“现在的重点不是答应我的求婚吗？”

余晚笑了一声，故意道：“我也有拒绝的权利吧？”

“你把戒指握得那么紧，哪里像要拒绝了？”厉深把桌上的一束花捧到手上，看着她道，“你要是不答应，我就一直跪在这里了。”

余晚不禁疑惑，他这到底是求婚还是逼婚呀？

“正确的流程，是不是应该由你帮我把戒指戴上？”

厉深面上一喜，知道这就是答应的意思了。他把手里的花递给余晚，然后将她手里的戒指拿过来，看着她道：“手给我。”

余晚右手捧着花，她把左手递了过去。厉深握住她的手，像是握住了人生中最贵重的珍宝，郑重地将钻戒戴在了她的无名指上：“明天我们去领证吧。”

余晚本来还欣赏着戒指，听他这么一说，又是一愣："这么快吗？"

厉深给她戴好了戒指，手却没有松开。他在她的身边坐下来，看着她道："我本来想今天领证的，今天是你的生日，又是520，现在的小情侣不是都喜欢在这天领证吗？不过来不及，民政局已经下班了。明天是521，还是比较有纪念意义吧。"

余晚看着他，笑了笑道："这两天领证的人很多，我们何必去跟他们挤呢？"

厉深皱了皱眉，他是想能越快领证越好，他的户口本都让他的妈妈寄过来了。不过余晚说得也不是没有道理，小情侣排排队倒没什么，但他如果去排队，太容易被认出来，到时更不要想结婚了。

"那你觉得什么时候比较好？"厉深说完，又补充了一个条件，"要最近的。"

余晚想了想，道："那就儿童节吧！"

定了领证的时间，厉深便放了一半的心。余晚从沙发上站起身，对他道："你做的菜呢？可以端出来了吧？"

厉深朝她笑了笑，道："可以，你去饭厅坐着等我。"

厉深今晚做的都是余晚爱吃的菜，卖相算不上多好，但也看得出来是尽力了。余晚尝了一筷子蒜蓉茄子，对厉深点点头道："不错嘛，看来单身果然使人进步。"

"汪汪！"丽丽见他们开饭了，也在花园里叫着，想分一杯羹。

下午厉深布置房间的时候，害怕丽丽来捣蛋，特意将它拴在花园里了，这时才想起它来。他走出去把丽丽牵了进来，给它倒了些狗粮。

余晚给丽丽夹了一块肉，厉深在她对面坐下，跟她道："你趁这两天回家拿一下户口本吧，如果不想跑，让叔叔阿姨给你寄过来也行。"

余晚想了一会儿，道："我还是亲自回去一趟吧，毕竟这么大的事，还是当面跟他们说说比较好。”

“嗯，我也是这么想的。”

余晚问他：“你的户口本呢？”

“已经让我的妈妈给寄过来了。”他想到当时给妈妈打电话的时候，妈妈在电话那头激动得快哭了，“我感觉我跟你求婚，我妈妈比你这个当事人还激动。”

余晚咳了一声，道：“我的内心其实也很激动。”

“是吗？”厉深笑着看她，“你都没有一滴眼泪，我看别的女人被求婚，都激动得红了眼眶。”

余晚也看着他：“可是怎么办？你跟我求婚，我只想开心地笑。”

厉深愣了一下，微微垂下眼眸。他家晚晚真是越来越会说情话了。

“对了，这些装饰，你待会儿会自己拆掉吧？”余晚问。

她果然就是不激动！不仅不激动，还太清醒了！

这天晚上，厉深又一个人默默地把房间复了原。

第二天，余晚回了趟老家，跟她的父母说了要结婚的事情。余晚的爸爸很是激动，还第一时间给余晚的外婆打去了电话报喜，余晚的妈妈虽然表面上很淡定，但余晚看得出来，她还是高兴的。

她拿到户口本，不免又被家里人问了举办酒席的时间，余晚手上还有一场婚礼，婚礼培训班那边也还有课程，她只好说最快也要等年底。

现在很多人都是先领证，过段时间再办酒席，余晚的父母也没有说什么。拿到户口本，余晚第二天就返回了A市。儿童节那天刚好是周一，厉深一大早就把余晚叫起来，开车载她去了民政局。这天领证的人不是特别多，厉深和余晚没用多少时间就一人领到一个红本本，从民政局里走了出来。

厉深的心情很好，现在他是余晚的合法丈夫了！

“你要拍照发微博吗？”余晚拿着结婚证，问身旁的厉深，“你要拍照的话，我就等会儿再装进包里。”

厉深摇摇头道：“等我们举办仪式的时候再发正式的通知吧。”他说到这里，对余晚勾起了唇角，“作为一个资深的婚礼策划师，你现在可以想想怎样给自己策划一场完美的婚礼了。”

余晚不假思索地道：“我早就说过，我的婚礼只要有你在，就是最完美的。”

这话厉深不是第一次听，但他心里的悸动还和第一次听到时一样。他把和余晚的结婚证收进了包里，笑着发动了车子：“话虽这样说，但也不能不举行仪式吧？”

否则就算他同意，双方家里的长辈也不会同意吧。

余晚考虑了一阵，对他道：“我想尽量简化仪式，不想弄得太复杂，酒席我都不太想办，如果家里人一定要让我们办，请几个长辈参加就行了吧。”

厉深知道她为别人策划婚礼很辛苦，自己的婚礼就想一切从简，但再怎么从简，也不能简到这个样子吧：“这样别说长辈不同意，我也不同意。”

余晚像是知道他会这么说一般，又继续道：“现在有不少年轻人，都更愿意尝试旅行婚礼，就是把办酒席的钱拿去旅行。”

厉深道：“想法不错，但是他们曾经送出去的钱也不打算收回来了吗？”

“哈哈哈哈哈。”余晚想到，她和厉深重逢的这段时间，他好像参加了不少婚礼，“可以留到以后办满月酒、周岁宴，要想收礼金，总是有办法的。”

厉深一边开车，一边用余光瞄了她一眼：“听你的意思，你也打算办这种旅行婚礼？”

“嗯……”余晚朝他眨了眨眼，“我比他们还要贪心一点儿，我想办四次。”

“四次？”厉深笑了一声，“你确实很有想法。”

“谢谢。我想过了，我们的婚礼主题就叫‘与你的四季’，春夏秋冬每个季节都去旅游一次，顺便拍一套该季节的婚纱照。我以前就一直觉得，每个季节都有每个季节的美丽，而婚纱照只能拍一次，太遗憾了。我呢，春天想在超大的花园里拍照，夏天想在海边拍照，秋天想在你大学母校的银杏林拍照，冬天想在雪地里拍照。”她说完自己宏大的构想，问，“就是不知道，你这位大明星有没有时间配合我了？”

对厉深来说，花一大笔钱举办一场隆重的婚礼不是什么难事，反而是这样花费时间来陪她才更困难。厉深不知道想到了什么，忽然笑一声：“你知道吗？我想等举办仪式的时候再公布结婚的消息，就是想着我的粉丝可以少受一次刺激，你这样拍四次婚纱照……”他说着说着，自己又笑了起来，“我已经能想象到我的粉丝会有什么反应了。”

余晚觉得好像对他的粉丝来说，刺激是大了些：“那你愿意陪我吗？”

厉深的眼里是掩饰不住的笑意：“老婆的心愿，我当然要竭尽全力满足。”

厉深在床上的时候，会动情地喊她“老婆”，但这样日常的时候，他还是第一次这么称呼她。余晚听得面上一热，下意识地别开了目光：“你的行程安排得过来吗？年底就要开始全国巡演了吧？”

“嗯，不过巡演不是连续的，会有休息时间，正好可以陪你去旅游。第一次旅行，你准备安排在什么时候？”

“嗯……8月，夏天。”余晚道。

她和厉深的相遇是从夏天开始的，他们的婚礼，她也想从夏天开始。

厉深自然也明白夏天的意思，他看着车外明媚的阳光，眼里像是也染上了光：“好，那你是不是要开始选婚纱了？”

“放心吧，婚纱、妆发、摄影摄像，我全熟。海边的话，就去上次顾信他们举行婚礼那里吧，那里的海拍出来很漂亮。”

“好。”

“冬天那次，可以选你的生日吗？还能做一组圣诞主题的婚纱照，雪地和婚纱的白，搭配圣诞红，我早就想尝试了！”

“好。”

“等到了春天，我们就在丽泽公园拍照吧。”

厉深的眉眼间都是笑意，他吐出一个字：“好。”

和你在一起，一切都是好的。

厉深和余晚结婚的消息没有对外公布，但还是有网友发了一条微博，说疑似在民政局看到了厉深，怀疑他已经登记结婚。这种捕风捉影的说辞网上一抓一大把，因为厉深本人和光辰唱片方面都没有回应，所以大家也没有深究。

与此同时，余晚前些时候在ABA录制的谈话节目也正式播出了。节目在播放预告片的时候，就有眼尖的观众认出了这是厉深的女朋友，正式播出时，收视率也创下了节目开播以来的新高。

余晚在节目里表现得很专业，她策划的几个经典主题婚礼也通过大屏幕展示了出来。胡娇的婚礼和顾信的婚礼都在网络上引起过轰动，但网友通常都不关心婚礼策划师是谁，节目播出以后，大家才恍然大悟，这两场婚礼的策划师竟然都是余晚。

这无形中为余晚拉了不少好感度，现在独立自主的女性更容易赢得同性的青睐，抛开“厉深女友”这个身份，她本身就足够优秀，许多厉深的粉丝看完节目，发微博表示认同这位漂亮小姐了——她们不认同也没有用，厉深又不会听她们的意见。

节目播出后不久，余晚也收到了从国外邮寄回来的《美丽新娘》的样刊，上面关于她的报道虽然只占了两页，但也足够余晚开心了。

工作踏上了正轨，余晚除了忙手上的工作，也在厉深的催促之下开始准备他们两人的第一次婚纱照了。余晚在圈里人脉广，要准备个婚纱照还是很容易的，只是她特别邀请的摄影师听到她想拍四次的想法后，真切地表示厉深对她是真爱。

和女人不一样，大多数男人对婚纱照并没有多少浪漫的幻想——它不会是男人一生中最帅的时刻，只是要消耗无数时间和耐心去拍的一个东西。干他们这一行，见过不少不愿意拍婚纱照的新郎，像厉深这种愿意陪着新娘拍四次的，可以归为稀有物种了。

拍照的时间、地点这些，都是余晚和厉深商量着定下来的，但挑选婚纱这一块，余晚说要保持神秘感。

如今国内的婚礼圈也开始流行国外婚礼的一个概念，叫First look。顾名思义，就是新郎看见穿上婚纱的新娘的第一眼。在国外，新人通常不会提前拍婚纱照，新郎都是在婚礼上才第一次看见穿着婚纱的新娘的，他们在这个瞬间流露出来的感动和惊艳都很真实，而这个反应也会被摄影师的镜头捕捉下来，成为值得珍藏的瞬间。

国内的大多数新人都会提前拍婚纱照，因此在婚礼上，新郎并不是第一次看见穿婚纱的新娘，这个概念引入国内以后，获得了不少新人的喜爱，他们会在婚礼上加上这个环节。

有圈内人评价过这是把西方的东西学得不伦不类，依余晚的经验来看，在举行仪式的那天加上First look，新郎还是更容易被感动。她让自己的婚纱成为保留项目，不管是挑选还是试穿，她都没有让厉深陪同。厉深自然是想早点儿看到余晚穿婚纱的样子，但余晚的保密工作做得太好，他试了几次都失败后，便打消了这个念头。反正他们的婚纱照定在8月拍，还有一个月，他等就是了。

在等来他们的第一次婚纱照之前，厉深先等到了一个难得的工作机会。

寰宇这几年拍了不少幸心的作品，都取得了很不错的成绩，这次他们准备进军好莱坞，选的还是幸心的新作《死亡留言》。不仅是剧本下了工夫，两个主演更是最近观众极其想看到合作的莫榛和封敬，两个人都是影帝，可以算是顶尖配置。而厉深被邀请为这次电影演唱主题曲，乔以辰会担任电影的音乐总监。

这个消息公布以后，厉深的粉丝都疯狂了，这部电影就是寰宇用来打开好莱坞市场的，而为电影演唱主题曲，就意味她们的深深要走向国际了！

“啊啊啊啊，我所有的男神都在这部电影里了！”

“恭喜深哥！以后要叫你国际深了！”

“之前谁说的深哥跳槽去光辰以后，就得不到寰宇的资源了？打脸不？”

“现在寰宇除了俞家，宋南川他们几个股东也很强势，而且这部电影能赚钱，俞家没道理跟钱过不去。”

除了厉深的粉丝激动，普通网友和书粉也很激动，主演是莫榛和封敬，主题曲演唱是厉深，这个几乎是娱乐圈顶级的配置，搞得跟过年一样。余晚得知这个消息后，也为厉深高兴，厉深趁机说穿上婚纱来庆祝一下，被余晚冷静地拒绝了。

而还在狂欢的粉丝，并不知道接下来等着她们的是什么。

8月初，厉深已经录完了今年的新专辑，接下来的工作就是为全国巡演做准备，以及创作电影主题曲。创作自然需要灵感，厉深跟公司请了一个礼拜的假，说是要去国外寻找灵感。乔以辰用一个冷哼回复了他，不过假还是批了。

厉深再次来到海边，心情是截然不同的。上次他过来是参加顾信的婚礼，这次再过来，便是他自己和余晚的婚礼。他们会在这里举行仪式，没有邀请任何宾客，等到之后在国内拍婚纱照时，再办一场小型的酒席。

厉深自认为出道这几年已经把所有大场面见完了，以后再遇到什么事，都不会紧张，可等到仪式那天，他的手心还是出了汗。

昨天他已经和余晚彩排过一次，为了保持神秘感，余晚穿的是便装。今天余晚在准备室里化妆，他过去想偷看几眼，结果被工作人员发现，拦在了门外。

摄影师见他在门口徘徊，不愿意离开，便把他带到了等会儿First look的地方。

“到时候你就背对着这条小路站着，新娘没叫你的时候，记得不能回头看。”摄影师谆谆告诫他。

厉深微抿着嘴角，轻轻地点了点头。

“哦，对了，为了防止你偷看，这个眼罩你戴上。”摄影师从包里拿出一个特意制作的眼罩，跟新郎礼服是同一个色系。

厉深看着他手里的眼罩，沉默地接过来，戴在眼睛上。

摄影师见他戴好，才放心地点点头：“那我去藏起来了，你不要把眼罩摘下来！”

为了给新郎新娘增加气氛，摄影师特别敬业地躲到了一处不会轻易被看见的树丛后。这个角度虽然可能拍不到最好的表情，但这是最给新人私密空间的做法。

余晚追求的就是最还原的First look，摄影师不会拿着相机对着他们拍，地上埋的摄像机位也做了伪装，至于航拍器就要等到稍后仪式时才用了。

摄影师藏好以后，厉深便一个人站在花园里。眼睛被蒙上了以后，其他的知觉便变得敏锐起来。这里靠近海边，有海风徐徐地吹来，厉深感受着面上的微风，希望凉风能为自己降降温，可他手心的汗仍是越来越多。四周很安静，只有风吹动花草树木的声音，空气里弥漫的淡淡花香味钻进厉深的鼻尖，流淌到他心里。他用力吸了一口，然后听见身后有脚步声靠近，厉深整个人一下子绷得笔直。

高跟鞋踩在花园的石板路上，发出清脆的声音，也像踩在他的心上。他听着余晚的脚步靠近，仿佛可以想象出她提着婚纱沉重的裙摆、一点点走近他的样子。厉深的心跳也在高跟鞋咚咚咚的声音中，变得越来越快，厉深放在身侧的手渐渐捏成一个拳，他终于听见余晚在身后叫了他一声：“阿深。”

厉深握着的拳猛地松开，他从喉头处嗯了一声，在余晚轻拍自己肩膀的时候，回过了头。他还戴着眼罩，自然什么都看不到，可他不能自己解开，这个眼罩是要新娘子为他摘下来的。余晚看着他的样子，忍不住笑出了声："你这个样子，真是好性感、好诱人哦。"

厉深能感觉到她的一呼一吸，他抬起手，准确地触碰到她的脸颊，压低声音对她道："可以帮我把眼罩摘下来了吗？"

"嗯。"余晚笑了一声，慢慢地将他的眼罩取了下来。

亮光一点一点地落进他的眼里，他看着余晚的脸一点一点地出现在自己面前：洁白的新娘头纱，盘起的短发，头发上的发夹，还有耳朵上的耳钉。余晚左手拿着的手捧花和他的新郎胸花是同一系列，她的长裙没有他想象中那么臃肿，而是轻纱拖地，上面绣着明丽的花纹和珠子。裙摆前短后长，刚好把余晚亮闪闪的银色高跟鞋露了出来。厉深一眼就看出来这鞋是余晚最喜欢的牌子——那个曾经他想攒钱给她买的牌子。

"晚晚……"他捧着她的脸，下意识地叫了一声她的名字。

余晚抵着他的额头，笑容满满地看他："嗯？"

"你今天真漂亮。"厉深说这话的时候，声音都是颤抖的，他捧着余晚的那只手也在微微发抖。

余晚握着他放在自己脸上的手，望进他的视线："我选的婚纱还不错吧？"

"嗯，很漂亮。"厉深说着说着，眼眶不自觉地开始发红。这时，不知道是事先准备在哪里的音响竟然放起了厉深的《情书》。这首歌作为婚礼神曲，至今还在无数人的婚礼上催人泪下，余晚听到这首歌，也感动得有些想哭了。不行，她一定要忍住，她可不想自己也出现在朋友圈里。

"我会为你戴上最美的戒指，在此，向所有神明起誓，从今以后，不管欢笑哭泣，无论何年何岁，我们将永不分离。"厉深跟着音乐，轻唱起了这首歌。

他最心爱的姑娘，终于为他穿上了婚纱。

余晚和厉深在岛上待了一周，举行了仪式，拍摄了婚纱照，也小小地度了一下蜜月，之后便结伴返回了A市。

摄影师先给他们修了First look的一组照片，厉深拿到以后，特地挑了一个吉时传上了微博。微博一共只能配九张图，他把九宫格填满，中间的位置放结婚证，然后配了一句话："感谢一路有你。"

婚纱照和结婚证的特点都太过突出，许多粉丝一眼看去，根本没看见厉深写了什么，光是照片就足够她们炸裂了。

"什么？"

"那天乔以辰不满你请了一个礼拜的假，原来你是去结婚了？"

"年初的时候公布恋情，现在才8月就结婚了？给粉丝一条活路吧，哥！"

"啊啊啊啊啊啊啊！本柠檬精女孩儿觉得深哥帅炸了！深哥看着Lily的眼神真的好深情啊！"

"这组是First look的照片吧，深哥的眼眶都红了，啊呜呜呜，总之恭喜深哥吧。"

"顾信粉丝发来贺电。"

粉丝在微博上震惊和哭着祝福，其他明星也纷纷跟进，转发了厉深的微博并表示祝福。厉深结婚的消息毫无意外地上了热搜，婚纱照实在拍得太好看，又有一部分粉丝因此转型成了CP粉，当然，"今天厉深分手了吗"这个博主依然坚挺。

今天厉深分手了吗：不仅没有，还结婚了。

她发完这条微博，很多粉丝都到她这里来表示她即将失业了。没想到博主发完这条微博以后，直接把名字改成了"今天厉深离婚了吗"，粉丝表示，还是博主棋高一着。

不管粉丝和圈内是什么反应，总之厉深这个婚已经结了。婚纱照拍完以后，乔以辰也把他拖回公司，开始为年底的全国巡回演唱会做准备。

随着厉深新专辑的正式发售和全国巡演的预热，他结婚给粉丝带来的伤痛也渐渐地被时间抚平了。就在大家准备好开始抢演唱会门票的时候，厉深又忽然上线，发了一条微博，不是给门票预售做宣传，而是发他刚和余晚拍的秋季主题婚纱照，于是微博成了粉丝大型震惊现场。

“儿子你又结婚了？”

“照片上还是他和Lily啊，应该是再拍了一次婚纱照吧？”

“你们都不看配文的吗？深哥写的是‘与你的秋天’，上次那个是夏天，我猜还有与你的冬天、与你的春天。”

“我们深深结一次婚要发四次婚纱照？”

“结一次婚要提醒我们四次，也只有皮皮深了。”

“哈哈哈哈哈哈哈，我还在想厉深的婚礼怎么办得这么无声无息，原来是在这里等着你们，同情你们粉丝，哈哈哈哈哈哈！”

“深深，你告诉妈妈，你去光辰是不是就跟着乔以辰学怎么虐狗了？”

“哈哈哈哈哈，这个操作比乔以辰还要厉害啊，真是青出于蓝而胜于蓝！”

“深哥，你这个时候发照片不怕演唱会门票卖不出去吗？不过这样也好，她们都不跟我抢，我就能买到票了！”

粉丝的留言很多，厉深没有再解释什么，只给那个说还有冬天和春天的评论默默地点了一个赞。于是大家都明白了，他是真的打算发四次婚纱照。

然而，厉深的演唱会门票并没有因这件事而受到影响，还是该卖完就卖完了。对此，乔以辰给出的解释是，粉丝都想亲自到现场打他。

12月，厉深的演唱会和第三次婚纱照都如约而来。12月是厉深的生日月，粉丝都很给他面子，没有人冲上台打他，但年后在外地举办的场次，乔以辰表示很悬，厉深无言以对。

冬天的这组婚纱照是在厉深的生日这天发布的。照片背景是布置成圣诞小屋的房子，用了大片大片的红色，弥漫着浓郁的圣诞气氛。余晚穿着拖地的大裙摆婚纱，手捧着一大束玫瑰，整个场景美得像是童话世界。

粉丝一边发泄着情绪，一边点击了保存图片。厉深发四次婚纱照的做法，虽然引来不少批评，但每次他们的照片都拍得特别好看，让人体会到感动和浪漫，粉丝嘴上说着不满，心里却暗矬矬地期待着下一次的美图。

厉深的生日过完，今年也差不多结束了。而就在今年的最后一天，厉深发现了一个大秘密。

余晚由于创办婚礼学校的事情，这阵子又和魏邵有联系，她想跟魏邵达成合作，让她班里的毕业生能获得去韶华实习的机会。厉深也知道这件事，因为跟余晚的工作有关，所以他也不好说什么，但他密切地留意着余晚和魏邵的互动，还说想请魏邵来参加他们准备在过年时办的私人酒席。

余晚没有答应，也没有拒绝，只是有次跟厉深聊天时说漏了嘴，提到了她最早的那双高跟鞋是魏邵给她报销的。这件事已经过去好多年了，余晚也几乎没有再穿过那双鞋子，但厉深就是容不下它。当初他想给余晚攒钱买鞋，没想到最后还是让别的男人捷足先登了。

“我都说了是公司报销的，不是魏总送给我的。”余晚见厉深一直闷闷不乐，又一次耐着性子给厉深解释。

厉深看了她一眼：“公司不是魏邵的吗？公司报销不就等于是他送给你的吗？”

“还是不一样吧？”

“呵。”

“那你想怎么样？”

“烧了吧。”厉深觉得只有烧掉才比较解恨。

余晚张了张嘴，最后只是道：“随便你吧。”

第二天，这双鞋子就从余晚的鞋柜里彻底消失了。她不知道厉深是不是真的把鞋子烧掉了，也没有问他，两个人都心照不宣地再也没提过这件事。

年后厉深开始巡回演唱会的第二站，余晚也正式开始筹备她的婚礼学校。魏邵那边她已经谈好了，韶华可以给毕业生提供实习的机会，此外，她从许毅的花艺公司请了讲师，为单独开设的初级花艺课授课。

第一次招生主要还是试水，余晚没有安排太多课程，也不打算招太多学员。她不打算一口气吃成胖子，现在规模小一点儿没有关系，等到之后学校走上了正轨，她再扩大规模也不迟。

申请学校的营业执照的程序比较烦琐，余晚都是一个一个亲自跑的，等厉深从外地回来，余晚的婚礼学校的手续已经齐全了。

“最后名字定了哪个？”在厉深的演唱会期间，余晚发过一长串名字让他挑选，看得他脑仁都开始发疼，最后还没有定下来。

余晚嘻嘻一笑：“就是最开始想的那个，维纳斯之吻。”

维纳斯是罗马神话中爱与美的女神，用她的名字来命名婚礼学校再适合不过了。

厉深似乎不是很意外：“不过你的爸妈给你的建议不是‘余晚婚礼培训学院’吗？他们都是做生意的熟手，给的建议肯定不会错。”

余晚道：“这个名字可能确实更简单直白吧，但是一点儿都不浪漫啊！还是维纳斯之吻比较好，我希望婚礼上的每一对新人都受到爱神的祝福，帮他们策划婚礼的策划师，某种意义上来说就相当于维纳斯吧！”

厉深笑着道：“反正是你的学校，你喜欢就好。什么时候开学？”

“4月份，我们发最后一次婚纱照的那天！”

厉深愣了一下，不禁有些感慨："当初听到你说要拍四季主题的婚纱照，还觉得是一项庞大的工程，没想到一眨眼，我们就都已走到最后一个季节了。"

余晚看着他，忽然凑上去吻了他的唇："婚纱照是走到最后一个季节了，但你和我才刚刚开始。"

我们以后，还会一起走过每一个四季。

番外一

4月的丽泽公园迎来了最美的时候，每年的这个季节，都有许多新人来这里拍摄婚纱照。余晚和厉深最后一次婚纱照的拍摄地点也定在了这里。

这次没等到厉深在微博上发表正片，就有围观群众把他们拍摄时的花絮传上了网。也许是到了最后一季，粉丝看到后也都十分感慨，这一转眼的，就迎来了大结局。

余晚的生日就在这之后不久，厉深说他们两人重逢以后，第一年余晚过生日，他们两人复合了；第二年余晚过生日，他们两人结婚了；第三年余晚过生日，是不是该生娃了？

余晚对此表达了一个省略号，别说她的婚礼学院才刚刚起步，就连厉深也还没有结束全国巡演，现在显然不是一个生娃的好时机。不过怎么说两人结婚也快一年了，他们不着急，家里的长辈也开始催了。之前余晚说想拍四次婚纱照，想着大着肚子拍婚纱照也不好看，大家就没提这一茬，现在婚纱照也拍完了，每次长辈给他们打电话，都要有意无意地提一嘴。余晚生日前，她的妈妈又打了电话过来，表面上是祝她生日快乐，实际上也就是旁敲侧击地问他们有没有生娃计划。

“哎，妈，我们都知道了，厉深的演唱会要下半年才结束，再怎么也得等年底再考虑吧。”

余晚的妈妈听她这么说，呵呵一笑：“你可别把锅都甩给厉深，别以为我不知道，是你捣鼓你那个学校，没时间生。”

余晚沉默了一下，道：“我们才结婚一年，不着急要孩子嘛，多过过二人世界不是挺好。”

“在厉深大学的时候，你们两个就认识了，你算算你们两个过了多少年两人世界了。”

余晚小声地说了一句：“中间不是分手了三年吗？”

余晚的妈妈冷冷地呵了一声，没说话了。

余晚趁着她无话可说的时候，迅速地掌握了这场谈话的主动权：“对了，之前三姨找我借钱来着。”

“借钱？”这下余晚的妈妈完全忘记生娃这回事了，“她借钱都借到你这里来了？”

“是啊。”余晚道，“她说如果找你们，你们肯定不会借。”

“呵，她还知道啊，上次她借的10万块还没有还，又借？”

余晚咳了一声，道：“这次她可不是借10万块，她跟我借240万。”

“240万？”余晚的妈妈的声音都提高了，余晚估计她之后一个月肯定只记得这240万的事，“她借这么多钱做什么？”

“她说她看上了一间商铺，需要280万，她出40万，让我出剩下的240万。你是不是也觉得很奇怪？这和叫我直接送给她有什么区别？”

余晚的妈妈问：“你借了吗？”

“怎么可能，你的女儿还没那么傻。但是我怕她再给我打电话，你也知道她是长辈，我不好说什么的。”

“我晓得，我现在就给她打电话。”

“嗯，好的。”

余晚挂断电话，深深地吐出一口气，三姨虽然确实有毛病，但好歹还是转移了她妈妈的注意力，算是帮了她的忙，要是三姨跟她借40万，她就借了。

厉深洗完澡出来，见余晚拿着手机如释重负地坐在床边，笑了一声走过去：“怎么，又有谁催生娃了吗？”

余晚看向他，道：“我妈妈，不过我用240万转移了她的注意力。”

余晚的三姨跟她借钱的事，厉深也知道，他走到她的身边坐下，看着她道：“那看来你的三姨还是为你做出了贡献。”

“嗯，我在精神上感谢她。”

厉深扬唇笑了笑，凑近她一些：“不过我觉得妈妈说得没错，我们是该考虑一下生娃的事情了。”

“等你巡演结束再说吧。”

厉深想了想道：“等巡演结束，我今年就没什么工作了，一定全力配合你。”

长辈催生娃，还在余晚的预料之中，她唯一没想到的是，厉深结束全国巡回演唱会以后，竟然连粉丝都形成了一支催生大队。她们不仅在厉深的微博下留言，还会跑到余晚的微博下面来。大家都给他们算着时间呢，厉深是去年8月公布的结婚证，到现在已经过去一年零两个月了，而且他们实际结婚的时间说不定比8月更早，是时候该生个小包子了！

余晚真的不解，现在当粉丝，连这种事都要替“爱豆”操心的吗？真的太不容易了。

入冬以后，余晚终于找到了几个比较中意的婚礼策划讲师，然后自己从授课前线退了下来，开始备孕。除了平时要注意饮食和作息，身体素质也是重要的一环，厉深担心她怀孕的时候会太辛苦，每天晚上都拉着她跟自己一起夜跑。余晚是跑不了十公里的，小区只有那么大，通常厉深会从她身边经过好几次，然后两人一起结束为期半个小时的跑步运动。

备孕期间，丽丽也依然跟他们住在一起，没有被送走。长辈担心过丽丽的问题，但余晚和厉深都说没有关系，长辈也就顺着他们了。

日子平稳地过着，但余晚心里还是有些紧张，毕竟怀孕会让女性的身体发生巨大的变化，之后的生产也存在风险。厉深似乎看穿了她的心事，给她报了一个心理辅导班，每次都陪她一起去上课。这个课是一对一的，老师戏谑过厉深，这是专门针对准妈妈的课，准爸爸学了也没什么用。厉深倒是不这么看，虽然怀孕的人不是他，但他也一样会紧张，多了解一些相关知识，到时候余晚需要，他也可以派上用场。

就在两人的精心准备下，小生命终于降临了。余晚查出怀孕的那一天，厉深本来还在录音棚里录歌，电话是小董帮他接的。小董听余晚说完，一刻也不敢耽误，就冲录音棚里面的厉深吼了起来。厉深愣了一秒，然后以百米冲刺的速度，从录音棚里跑了出来。

录音师看着空荡荡的录音棚沉默了两秒，扭头看乔以辰。乔以辰抱着双臂站在那里，开口道："今天就先到这里吧，明天再继续。"

"好。"

余晚打电话的时候，已经回到家里了。厉深从公司赶回去，着急地问她："你怎么样了啊？你怎么一个人去医院了啊？怎么都不叫上我啊？！"

余晚刚拿到报告时，情绪跟他一样激动，这会儿倒是冷静了不少："我想确定了再和你说，免得闹出什么乌龙。"

厉深的手心还有一层薄汗，他看着她，连眼睛都不敢眨一下："医生怎么说？"

"各方面都挺正常，每个月准时去复查就行。"

"嗯，以后复查记得叫上我。"

余晚想了想，有些不放心："叫上你的话，目标会不会太大了？要是被媒体拍到怎么办？"

厉深道："我会注意的，我的变装很厉害的。"

余晚想起厉深的那头黄毛和女士外套，默默地在心里点了点头，觉得是挺厉害的。

"你通知爸妈了吗？"厉深问她。

余晚道："还没有，我就怕他们一激动，从外地跑过来，那样反倒是麻烦了。"

厉深笑了笑道："还是得告诉他们，不然后果更严重。对了，要不我帮你请个保姆吧？"

"不用了吧？"

"用的。"厉深说完，沉默了一下，又问，"还有小朋友的名字，我们是不是要开始想了？"

余晚觉得他也太着急了吧。

番外二

11月底，余晚顺利地诞下了一名女婴，取名厉琳琳——这就是厉深提前想了十个月的结果。但余晚早就说过，她当婚礼策划这么多年，什么稀奇古怪的名字都见到过，厉琳琳这种已经算非常正常了，就是有些不好念。

女儿出生以后，厉深非常高兴，也非常感动，当即就为她创作了一首歌，名字叫*Linlin*。这首歌发表后的热度不输给当初的*Lily*，透过厉深对女儿的爱，就能看出他有多爱他的妻子。

粉丝表示，会写歌的人就是可以为所欲为，他给Lily写歌表白还不够，现在还以女儿的名字跟她表白，真是让人发酸。

在家人的爱护下，厉琳琳快乐健康地慢慢长大，到了正式上幼儿园的年龄，余晚也终于松了一口气。虽然琳琳小朋友挺听话懂事，但毕竟年龄还太小，还是要花很多时间照顾，现在把她送到幼儿园里去，有老师管着，余晚的心里觉得轻松了不少——这么想有点儿对不起琳琳小朋友。

琳琳特别黏余晚，就跟家里的丽丽一样，一人一狗都喜欢跟着她。现在忽然被妈妈送到陌生的幼儿园，琳琳一时间还有些接受不了，在教室门口哭得稀里哗啦的，拽着余晚的裙子就是不撒手。余晚跟老师好说歹说，最后还出动了零食和漂亮的玩偶，才止住了她的眼泪。

离开幼儿园，余晚长长地呼出一口气，正准备发动车子，厉深的电话就打了过来。她看了一眼屏幕，把电话接了起来："阿深。"

"嗯，琳琳去幼儿园了吗？"

"去了，刚进去。"

"你还在幼儿园？"厉深有些意外，这会儿离报名都过了一段时间，琳琳竟然才去吗？"你们今天迟到了？"

"才没有，是琳琳哭得太凶了，说什么都不让我走。好不容易才劝住。"

厉深笑一声，道："第一天上幼儿园是这样的，你小时候第一次去幼儿园，哭了吗？"

"我才没有哭，从小我妈妈管我就严厉得不行，我宁愿去幼儿园。"

厉深又笑了笑，柔声对余晚道："我后天就回国了，给你和琳琳买了礼物。"

余晚听到他要提前回来，也忍不住勾了勾嘴角："需要我去接机吗？"

厉深道："余校长这么忙，我哪好意思让你来接机啊。你和琳琳在家等我吧，我下午到。"

"好。"余晚没理会他那句调侃，又问，"回来想吃什么？"

厉深挑了一下眉梢："你做？"

余晚道："保姆做。"

厉深轻声笑道："保姆做的就随便吧，你们吃什么我就吃什么。"

"哦……那我先去学校了，下午约了宁宁她们逛街。"

厉深听她这么说，不禁又笑了起来：“才把琳琳送走，你就一副‘翻身农奴把歌唱’的喜悦，琳琳知道会伤心的。”

“放心吧，我不会让她知道的。”这真的也不能怪余晚，为了照顾琳琳，家里已经特地请了保姆，但琳琳就是特别爱黏着余晚，连厉深的账都不买。

有次余晚出门之前，特地把琳琳哄睡着了，下午琳琳醒过来见不到妈妈，厉深在旁边亲亲抱抱举高高全不管用，她就是要找妈妈。然后电影看到一半的余晚，只好提前回家了。

“我觉得你这个爸爸应该好好反思一下，为什么琳琳跟你没有跟我亲。”

“关于这个，最委屈的人难道不该是我吗？”厉深很无奈，他和余晚陪琳琳的时间差不多是一样的，但琳琳就是更喜欢余晚，不是都说女儿更黏爸爸吗？都是骗人的！厉深为了这件事，还写过一首歌，主题就是抱怨女儿更喜欢妈妈以及展现自己受伤的玻璃心。他本来以为粉丝会安慰他，没想到大家都让他好好反思自己。厉深反思之后，觉得自己更委屈了。

余晚听到厉深委屈地抱怨，笑出了声：“行了，我要开车了，等你回来再说。”

“好的，开车小心，宝贝。”

“嗯……”余晚含糊地应了一声，把电话给挂断了。都老夫老妻了，这个人说话还这么肉麻。

余晚上午把学校的工作处理完，下午就跟周晓宁和赵欣去逛街、看电影了。这是生了琳琳以后，余晚看得最放心的一场电影！

电影散场以后，周晓宁和赵欣跟余晚一起先去幼儿园接琳琳，然后再一起吃晚饭。

琳琳在幼儿园那是度日如年，中午饭也没有吃多少，一直闷闷不乐的样子。周围的小朋友也都没有妈妈，她越来越觉得，妈妈就是不要自己了。眼见着她又要哭出来，幸好放学的铃声响了，老师大大地松了一口气。

开学第一天终于结束了！

“好了，小朋友们，现在大家拿好自己的东西，排队跟老师出去找爸爸妈妈哦。”

听到老师这么说，小朋友们顿时都吵闹了起来，老师好不容易组织好纪律，领着他们去校门口了。

校门口围着许多家长，都是来接孩子放学的，琳琳跟着老师和同学从幼儿园里走出来，四处搜寻着她的妈妈。最后还是在门口的余晚先看见她，朝她招了招手，喊了一声：“琳琳，妈妈在这里。”

琳琳听见余晚的声音，叫了声“妈妈”就背着小书包跑了过去，因为跑得太快，所以她把自己给绊倒了，手里拿着的小水壶也滚到了一边。这可把老师吓得不轻，急急忙忙地上去想把她扶起来，哪知老师刚跑到她身边，她就自己爬了起来，小水壶也不要了，一头扎进了余晚的怀里。

这个模样让余晚莫名想起当年她和厉深带着丽丽回厉深老家，被托运过来的丽丽见到厉深时，一头扎进他怀里的样子。

余晚安抚地揉了揉她的头，在她的身上看了看：“琳琳摔到哪里没有？”

琳琳摇了摇头，又拽着她的裙子不放手。老师把她掉在一旁的小水壶捡起来，送了过来。余晚见状，连忙跟她道谢：“麻烦唐老师了。”

“没事没事。”

余晚问：“琳琳今天在学校表现得还好吗？”

老师道：“琳琳很乖，就是哭了好几次，过几天应该就好了。”

余晚点点头道：“好的，谢谢老师了，那我们先走了。”

“嗯，慢走。”

余晚把琳琳抱起来，走到车前，周晓宁和赵欣都在车边，见到她们过来，就上去逗琳琳。琳琳认识她们，见到她们就主动打了招呼：

“宁姐姐好，欣姐姐好。”

“嗯，琳琳你也好呀！”这声“姐姐”听得两人十分舒心，余晚在旁边啧了一声，把琳琳抱上车。

“晚上我们跟两个姐姐一起吃饭，好吗？”

“好。”琳琳点了点头。

跟着坐进车的赵欣问：“琳琳想吃什么？欣姐姐给你买。”

琳琳想了想道：“我想吃冰激凌。”

周晓宁也跟上：“琳琳不是还喜欢吃蛋糕吗？姐姐带你去买。”

“好呀。”

余晚道：“别吃太多，不然会长胖哦。”

周晓宁道：“别听你妈妈说，她是想让你少吃点儿，然后自己把你的那份吃掉。”

琳琳咯咯咯地笑了起来。

几个人一起去天下居吃了晚饭，余晚就载琳琳回家了。余晚给琳琳洗了澡，让她去客厅跟丽丽玩，自己也去洗澡了。余晚下来的时候，琳琳已经自己把电视打开了，抱着丽丽坐在沙发上看电视，好不惬意。

余晚把已经长长的头发扎在脑后，走了过去。电视上正在放厉深的歌，琳琳见余晚走过来，便指着电视道：“妈妈，我看见爸爸了。”

余晚也朝电视看去，那是厉深今年在国外的演唱会的现场表演。这几年厉深发展得很好，他凭借之前给《死亡留言》唱的主题曲成功地打开了海外市场，今年是他第一次在国外开演唱会，到场的观众有国内的粉丝，也有当地的观众。

余晚看了一阵，走到琳琳的身边坐下，看着她道：“今天爸爸给妈妈打电话了，说他后天就要回来了，琳琳开心吗？”

“嗯，开心。”琳琳笑得弯起了眼角，“终于又可以见到爸爸啦。”

余晚也笑了笑，摸着她的头道："爸爸还说给琳琳带了礼物哦。"

"哇，太好啦！是国外的糖吗？"

余晚笑着道："琳琳就知道吃。"

国内的媒体广泛报道了厉深回国的消息，这次他在国外举行的演唱会很成功，票基本上也是被一抢而空，好多媒体都等着想采访他。不过厉深回国当天没有接受任何媒体的采访，十分低调地离开了机场。

现场也有不少自发赶来接机的粉丝，最终也没能见到厉深，厉深的粉丝后援会因为这件事又在微博上强调了一次，让大家不要去接机，因为深哥不喜欢。

厉深在五点过的时候到家，余晚也正好接琳琳回来，琳琳看见许久不见的爸爸，终于对他亲热了些，还抱着他亲了一口。这让厉深受宠若惊，看来女儿还是挺喜欢他的嘛。

他也没有收拾东西，先把给琳琳和余晚的礼物拿了出来。琳琳一收到礼物，就开心地跑到一边去拆了。余晚没急着拆礼物，只是似笑非笑地看着他："大明星，欢迎回来啊。"

厉深微微勾了勾唇，问她："怎么了？"

余晚道："没什么，就是你现在这么红，突然看到你出现在我面前，有些不真实。"

厉深不知道她说的话几分真几分假，但他还是敛了敛神色。他走上前将她抱进怀里，在她的耳边低声道："在你的面前，我永远只是厉深。"

那个深爱着你的男人。

番外三

11月29日是厉琳琳的生日。今年是厉深和余晚给她过的第五个生日，因为厉琳琳已经明白“生日”是什么意思，所以今年父母为她准备的生日比前几年隆重一点儿——余晚直接用自己婚礼策划的能力给她策划了一场小型生日会。

生日会现场就选在他们家别墅的花园，余晚像模像样地给她设计了主题，做了主背景板，还有生日甜品台，现场还装饰了许多小朋友喜欢的彩色气球。

琳琳小朋友一大早就兴奋得不得了，闹着要穿厉深昨天晚上送给她的白色公主裙。

“妈妈——爸爸——”天刚蒙蒙亮，厉琳琳就从小床上爬起来，跑去主卧敲厉深和余晚的房门。

厉深先被吵醒了，他安抚地对即将转醒的余晚说了句“我去开门”，便掀开被子一角，起身去给厉琳琳开门。

“爸爸！”看见房门打开，厉琳琳一头扑了过去，“爸爸起床了，琳琳要穿裙子。”

11月底的A市很冷，即使家里开着暖气，厉深仍是对穿着薄睡衣就跑出来的厉琳琳皱了皱眉："琳琳，怎么穿着睡衣就出来了？感冒了怎么办？"

"琳琳要穿爸爸昨天送给我的裙子。"厉琳琳仰起脑袋跟他撒娇。昨天妈妈说现在是冬天，不能穿小裙子，但是今天她过生日，她想穿小裙子。跟爸爸撒个娇的话，爸爸说不定会同意。五岁的厉琳琳已经有了自己的小心思，努力地抱着她爸爸的大腿撒娇："爸爸给琳琳穿裙子好不好？"

厉琳琳自出生以来，一直是更喜欢黏着余晚的，今天这么主动地投怀送抱，还跟自己撒娇，厉深只想不管她说什么都回答"好好好"。只不过这个"好"字还没有出口，终于被厉琳琳吵醒的余晚就先拒绝了："不行哦，琳琳，妈妈昨天是怎么跟你说的？"

"呜。"厉琳琳抱着厉深的大腿，眼里泛起浅浅的水雾，"爸爸……"

他安抚地揉了揉女儿的头，转过身去跟余晚商量："今天好像也不是很冷，你让她穿一下，十分钟就换下来？"

余晚还是摇头："花园里没有暖气，穿那么薄的裙子，大人都扛不住，更别说她才五岁。"就算有暖气，她在室内穿那么薄的裙子，也是会冷的。

听到妈妈拒绝，厉琳琳更加卖力地跟厉深撒娇，希望他能说服妈妈："爸爸，琳琳想穿爸爸送的裙子嘛，就穿一下下。"

厉深为了女儿，硬着头皮继续开口："五分钟？"

"一分钟都不行。"

厉深沉默了一下，回过头来劝厉琳琳："琳琳，要不我们穿别的，别的衣服也很漂亮哦。"

年仅五岁的厉琳琳小朋友虽然懂得了跟爸爸撒娇可以为自己谋福利，但没懂这个家是妈妈说了算，爸爸并没有家庭地位，即使他是国际巨星。

把厉琳琳劝回床上，盖上小被子，厉深和余晚离开了她的房间。看着女儿那么可怜的样子，厉深还是不忍心："今天是琳琳的生日，你就让她穿一下裙子吧。五分钟也不会怎么样，要不我们把会场改到屋里？"

余晚看他一眼："这件事是谁的错？明明就是你不该在冬天给女儿买夏天穿的裙子，现在还要我来扮恶人。"

厉深点点头，认错态度良好："是我的错。"

厉琳琳那么想穿裙子，现在就只有把会场改到室内这一个办法。但会场都布置好了，改起来也不是一时半会儿的事，肯定是来不及了，再加上他们中午是吃自助烧烤，这个在室内也没办法进行。

余晚叹了一口气："这样吧，我们等客人来的时候，让她穿着裙子待在屋里，生日会开始就换别的。"

"行，那你去告诉琳琳吧。"

余晚挑挑眉梢："为什么我去？"

厉深笑着，在她的额上亲了亲，抵着她的额头道："免得你说我让你扮坏人，这个刷好感度的机会就让给你了。"

余晚也跟着扬起嘴角，看着他："还是你去，毕竟我在她那里的好感度比你高太多。"

最后还是厉深去把这个好消息告诉了厉琳琳，厉琳琳高兴得直接在他的脸上吧唧地亲了一大口。

穿上小裙子的厉琳琳蹦蹦跳跳地下楼，看见余晚在厨房，就跑过去找她："妈妈，我的小裙子好看吗？"

余晚关上冰箱门，对她笑笑道："特别好看哦。"

"妈妈抱。"厉琳琳小朋友完全不记仇，又跟她的妈妈好到一块儿去了。

一家人简单地吃完早饭，余晚约的甜品台负责人便过来布置甜品台了。甜品和蛋糕都是前一晚做好的，今天一早过来布置上就行。厉琳琳很想出来看他们布置，余晚把她拦在屋里，蹲下身抱着她："出去的话就要换掉小裙子。”

厉琳琳犹豫了一会儿，最后还是在“出去”和“小裙子”之间，选择了小裙子。

余晚在外面帮忙布置甜品台，这次厉琳琳生日会的甜品台也是糖心蜜意的老板唐蜜负责的，她是余晚的好朋友兼老搭档了，厉琳琳的生日会也邀请了她参加。她来的时候，还给厉琳琳带了一只超级大的兔子玩偶，厉琳琳险些都抱不住。

厉深和丽丽在屋里陪着她和玩偶，还顺便给她照了几张相，毕竟等会儿小裙子就要脱下来了。

“琳琳，我来啦！”一个奶声奶气的女孩儿的声音从门口传来，厉琳琳回过头，看见自己在幼儿园的好朋友陈熙。陈熙是陈醉的女儿，陈醉和厉深也是老朋友了。两人都生的是女儿，她们的年纪还一样大，两家人选择幼儿园的时候，特地选到了一起。

厉琳琳一见到陈熙，就放下兔子玩偶，跑过去在她面前转了一圈：“熙熙你看，这是爸爸送给我的生日礼物，好看吗？”

“好看！”陈熙重重地点了点头，把准备的礼物递给了厉琳琳，“这是我和哥哥给你选的礼物。”

她刚说到这里，一个高高瘦瘦的男生就从她身后走了进来，低头对厉琳琳笑了笑：“琳琳生日快乐。”

厉琳琳的小脸一红，都不好意思去看他：“谢谢一然哥哥。”

陈一然是陈醉的外甥，从小就跟着陈醉一起住。厉琳琳在陈熙家里见过他一次，当时她就觉得这个哥哥长得可真好看啊，比幼儿园里的潘星宇都要好看。潘星宇是他们幼儿园里长得最好看的男生，好多女生都喜欢跟他玩，厉琳琳原先也觉得他好看，但在见到陈一然之后就变心了。

陈一然今年都上高一了，只把厉琳琳当作是自己的小妹妹，就跟陈熙一样。他摸了摸厉琳琳的头，跟着陈醉夫妇走了进去。

厉琳琳和陈熙两个小女生坐在一边，聊着自己的小秘密。

今天生日宴，余晚和厉深除了邀请厉琳琳在幼儿园的好朋友，也请了几个与他们要好的朋友，来的总人数不多。余晚看着人来了大半，就走进来催厉琳琳换衣服了：“琳琳，跟妈妈上去把裙子换了。”

听到要换裙子，厉琳琳立刻扁起小嘴，看着她的妈妈：“妈妈，我想多穿一会儿。”

“不行哦。”余晚把她拉了起来，“琳琳之前答应了妈妈，只穿这么久的，不能当说话不算数的小朋友哦。”

“哦……”厉琳琳应了一声，虽然不怎么情愿，但还是跟着她的妈妈走了。走之前，她还不忘跟陈熙说了声：“熙熙，我马上下来哦，你和兔兔在那里等我。”

“嗯。”陈熙坐在原地抱着兔子，点点头。

经过陈一然身边时，厉琳琳突然停下来，拉着她的妈妈道：“妈妈，我可以穿着裙子和一然哥哥照张相吗？”

余晚看向坐在沙发上的陈一然，问他：“你要跟琳琳照张相吗？”

“好啊。”陈一然朝厉琳琳笑着招招手，“琳琳过来，哥哥抱你。”

听见哥哥说要抱自己，厉琳琳屁颠屁颠地就过去了。陈一然把她抱起来放在腿上，一只手圈着她的腰，怕她摔下去。余晚站在他们对面，拿起厉深之前用的相机，将镜头对准了他们：“准备好了吗？”

“等等，我要再理理我的裙子。”

周围的大人都笑了起来，琳琳才五岁，就知道臭美了。

厉琳琳吭哧吭哧地把自己的裙摆整理好，才看着她的妈妈道：“好了。”

陈一然举起右手，在她旁边比了个“V”，厉琳琳的两只手合在一起比了个心。

“好了，琳琳下来了，妈妈带你去换衣服。”余晚帮他们照完相，就把厉琳琳抱了下来。厉琳琳一边走，一边还叮嘱她的妈妈：“妈妈，照片等会儿要给我看哦。”

“放心吧，你的爸爸会把今天所有的照片都洗出来的。”

“那可以让爸爸把我和一然哥哥的合照洗成最大的吗？”

余晚笑了一声：“琳琳还真是喜欢一然哥哥啊。”

“嗯。”厉琳琳被她说得不好意思了，“一然哥哥长得好看。”

余晚故意问她：“那琳琳觉得是爸爸更好看，还是一然哥哥更好看？”

“嗯……”这个问题把厉琳琳小朋友难住了，“那妈妈觉得呢？”

“妈妈当然觉得爸爸最好看。”

厉深就像有感应一般，抬起头朝她们的方向看去。

楼梯上，余晚正牵着厉琳琳，弯腰和她说着什么，两人脸上都带着笑。不经意地，厉深的嘴角也翘了起来。

生日会过后，厉深果然把所有照片都洗了出来。应厉琳琳要求，她和陈一然的那张合照洗得最大。厉琳琳特地让余晚买了相框，放在自己的床头。

为此，厉深还吃起了醋：“琳琳为什么不把爸爸和你的合照摆在床头？”

厉琳琳道：“因为爸爸已经有妈妈了，妈妈觉得爸爸最帅，把跟爸爸的合照挂在墙上呢，那张照片比琳琳这张大好多好多呢。”

她说的是厉深和余晚的结婚照，她懂事以后第一次看到那张照片，就跟余晚说自己长大后也要和像爸爸这么帅的男生拍这样的照片。

厉深回房以后，深深地忧虑了起来：“晚晚，琳琳以后是要嫁人的。”

“所以呢？”

“我舍不得。”

“我的爸爸也舍不得我嫁人。”

他抱住余晚，在她的耳边道：“你的爸爸是个伟大的爸爸。”

“哦。”

“我会好好地照顾他的女儿的。”他说着，抱住余晚的双手收紧了几分，“一辈子。”